新視野

中華經典文庫

新 視 野
中華經典文庫

宋詞三百首

名譽主編 饒宗頤

導讀及注釋 康震 向鐵生

中華書局

新視野中華經典文庫

宋詞三百首

□

導讀 / 注釋

康震　向鐵生

□

出版

中華書局（香港）有限公司

香港北角英皇道 499 號北角工業大廈一樓 B

電話：(852) 2137 2338　傳真：(852) 2713 8202

電子郵件：info@chunghwabook.com.hk

網址：http://www.chunghwabook.com.hk

□

發行

香港聯合書刊物流有限公司

香港新界大埔汀麗路 36 號

中華商務印刷大廈 3 字樓

電話：(852) 2150 2100　傳真：(852) 2407 3062

電子郵件：info@suplogistics.com.hk

□

印刷

深圳中華商務安全印務股份有限公司

深圳市龍崗區平湖鎮萬福工業區

□

版次

2012 年 12 月初版

2018 年 1 月第 3 次印刷

□

規格

大 32 開（205 mm × 143 mm）

□

ISBN：978-988-8181-07-0

出版說明

為甚麼要閱讀經典？道理其實很簡單——經典正正是人類智慧的源泉、心靈的故鄉。也正是因此，在社會快速發展、急劇轉型，因而也容易令人躁動不安的年代，人們也就更需要接近經典、閱讀經典、品味經典。

邁入二十一世紀，隨着中國在世界上的地位不斷提高，影響不斷擴大，國際社會也越來越關注中國，並希望更多地了解中國、了解中國文化。另外，受全球化浪潮的衝擊，各國、各地區、各民族之間文化的交流、碰撞、融和，也都會空前地引人注目，這其中，中國文化無疑扮演着十分重要的角色。相應地，對於中國經典的閱讀自然也就有不斷擴大的潛在市場，值得重視及開發。

於是也就有了這套立足港台、面向海外的「新視野中華經典文庫」的編寫與出版。希望通過本文庫的出版，繼續搭建古代經典與現代生活的橋樑，引領讀者摩挲經典，感受經典的魅力，進而提升自身品位，塑造美好人生。

本文庫收錄中國歷代經典名著近六十種，涵蓋哲學、文學、歷史、醫學、宗教等各個領域。編寫原則大致如下：

（一）精選原則。所選著作一定是相關領域最有影響、最具代表性、最值得閱讀的經典作品，包括中國第一部哲學元典、被尊為「群經之首」的《周易》，儒家代表作《論語》、《孟子》，道家代表作《老子》、《莊子》，最早、最有代表性的兵書《孫子兵法》，最早、最系統完整的醫學典籍《黃帝內經》，大乘佛教和禪宗最重要的經典《金剛經、心經》、《壇經》，中國第一部詩歌總集《詩經》，第一部紀傳體通史《史記》，第一部編年體通史《資治通鑒》，中國最古老的地理學著作《山海經》，中國古代最著名的遊記《徐霞客遊記》，等等，每一部都是了解中國思想文化不可不知、不可不讀的經典名著。而對於篇幅較大、內容較多的作品，則會精選其中最值得閱讀的篇章。使每一本都能保持適中的篇幅、適中的定價，讓普羅大眾都能買得起、讀得起。

（二）尤重導讀的功能。導讀包括對每一部經典的總體導讀、對所選篇章的分篇（節）導讀，以及對名段、金句的賞析與點評。導讀除介紹相關作品的作者、主要內容等基本情況外，尤強調取用廣闊的「新視野」，將這些經典放在全球範圍內、結合當下社會生活，深入挖掘其內容與思想的普世價值，及對現代社會、現實生活的深刻啟示與借鑒意義。通過這些富有新意的解讀與賞析，真正拉近古代經典與當代社會和當下生活的距離。

（三）通俗易讀的原則。簡明的注釋，直白的譯文，加上深入淺出的導讀與賞析，希望幫助更多的普通讀者讀懂經典，讀懂古人的思想，並能引發更多的思考，獲取更多的知識及更多的生活啟示。

（四）方便實用的原則。關注當下、貼近現實的導讀與賞析，相信有助於讀者「古為今用」、自我提升；卷尾附錄「名句索引」，更有助讀者檢索、重溫及隨時引用。

（五）立體互動，無限延伸。配合文庫的出版，開設專題網站，增加朗讀功能，將文庫進一步延展為有聲讀物，同時增強讀者、作者、出版者之間不受時空限制的自由隨性的交流互動，在使經典閱讀更具立體感、時代感之餘，亦能通過讀編互動，推動經典閱讀的深化與提升。

這些原則可以說都是從讀者的角度考慮並努力貫徹的，希望這一良苦用心最終亦能夠得到讀者的認可、進而達致經典普及的目的。

「弘揚中華文化」是中華書局的創局宗旨，二〇一二年又正值創局一百週年，「承百年基業，傳中華文明」，本局理當更加有所作為。本文庫的出版，既是對百年華誕的紀念與獻禮，也是在弘揚華夏文明之路上「傳承與開創」的標誌之一。

需要特別提到的是，國學大師饒宗頤先生慨然應允擔任本套文庫的名譽主編，除表明先生對本局出版工作的一貫支持外，更顯示先生對倡導經典閱讀、關心文化傳承的一片至誠。在此，我們要向饒公表示由衷的敬佩及誠摯的感謝。

倡導經典閱讀，普及經典文化，永遠都有做不完的工作。期待本文庫的出版，能夠帶給讀者不一樣的感覺。

中華書局編輯部

二〇一二年六月

目錄

賀鑄

黃孝邁

潘希白

無名氏

朱嗣發

《宋詞三百首》導讀

康震

有宋一代，詞體發展蔚為大宗。南北宋三百年來，名家輩出，風格各異，倍極變化而又垂範後世。宋人葉夢得《避暑錄話》中記載，柳永詞流傳極廣，「凡有井水處，即能歌柳詞」。舉凡閨情、旅愁、親情、離思、交遊、國事、田園、隱逸，皆得以在詞中彰顯廣大，宋詞遂成為與「唐詩」並峙的又一座高峰。

宋詞選本歷代層出不窮，清代以來尤為豐富。龍榆生《選詞標準論》有言：「晚清詞人，頗喜選錄，以寄其論詞宗尚。各矜手眼，比類觀之，亦可見當時詞壇趨向。」即道明其原因所在。選本既多，難免各有偏頗，或過繁，如《歷代詩餘》、馮煦《宋六十一家詞選》；或過簡，如端木埰《宋詞十九首》；或入選太少，如周濟《宋四家詞選》；或偏重南宋，如戈載《宋七家詞選》。另有陳廷焯《詞則》，梁令嫺、麥孟華《藝蘅館詞選》，況周頤《蕙風簃詞選》等，皆因規制太小而影響不足。唯上彊村民仿《唐詩三百首》體例所選《宋詞三百首》，擷眾家之長，疏密兼收，情辭並重，沾溉甚遠。龍榆生評曰：「以尊體誘導來學之詞選，至此殆已臻於盡善盡美之境，後來者無以復加矣！」

上彊村民與《宋詞三百首》的編選

上彊村民即朱祖謀（一八五七—一九三一），原名孝臧，字藿生，一字古微，浙江歸安（今湖州）人，因世居歸安埭溪渚上彊山麓，故號「上彊村民」，又號漚尹。光緒九年（一八八三）進士，歷國史館協修、會典館總纂總校、翰林院侍講、禮部侍郎兼署吏部侍郎。光緒三十年，出為廣東學政，因與總督不睦，辭官歸隱蘇州。朱氏早歲工詩，風格近乎東野、山谷，陳衍稱其為「詩中之夢窗」。光緒二十二年，專力於詞，遂為近代詞學宗師，與王鵬運、況周頤、鄭文焯並稱清季詞學四大家。其詞宗法夢窗，晚年更趨渾成，王國維《人間詞話》中稱其「學人之詞，斯為極則」。朱氏曾遍訪南北藏書家善本，精審嚴校，編刻《彊村叢書》，彙集唐、五代、宋、金、元詞總集五種，別集一百六十三家，乃迄今較完善之詞集。

《宋詞三百首》乃朱祖謀晚年所編訂。朱氏中歲治詞，受王鵬運指引甚大，其後兩人合校夢窗詞，交遊唱和甚多，朱氏的前期詞學思想也於此形成。王鵬運對周濟《宋四家詞選》退蘇進辛、取王沂孫為四家之首頗感不滿，有意為蘇軾叫屈。這種傾向對朱氏編選《宋詞三百首》不無影響。朱祖謀與況周頤唱和亦較多。張爾田《詞林新語》曰：「歸安朱彊村，詞學宗師。方其選三百首宋詞時，輒攜鈔帙，過蕙風簃，寒夜啜粥，相與探論。繼時風雪甫定，清氣盈宇，曼誦之聲，直充閭巷。」可見況氏對《宋詞三百首》的編選影響也不小。

《宋詞三百首》的四個特點

一是推崇吳文英。《宋詞三百首》中選夢窗詞二十四首，為集中之最。朱祖謀中歲學詞即從夢窗入手，一生四次校訂《夢窗詞》，費心歷時。王鵬運曰：「自世之人知學夢窗、知尊夢窗，皆所謂但學蘭亭面者。六百年來，真得髓者，非公更有誰耶？」可知朱氏深得夢窗神髓。其實，推崇夢窗就是推崇格律。《宋詞三百首》另選周邦彥二十三首，姜夔十六首，吳、周、姜再加上王沂孫等格律派詞人，幾乎佔據全書三分之一篇幅。吳梅《宋詞三百首箋》序言曰：「彊村所尚在周、吳二家，故清真錄二十二首，君特錄二十五首，其義可思也。」說的就是這個意思。朱氏治詞恪守格律，王鵬運稱他為「律博士」。陳匪石《聲執》曰：「守律之聲家，懸為厲禁，近日朱、況諸君尤斤斤焉。而宋詞於此，實不甚嚴，即清真、白石、夢窗亦或不免。」可見，朱祖謀推崇吳文英的用意所在。

二是重視豪放詞。《宋詞三百首》選蘇、辛詞二十二首，可謂夥矣。朱氏喜愛東坡詞，曾為其編年。在創作中他也有意融合東坡、夢窗兩家，求得「疏密相間」的效果。馮煦《東坡樂府序》曰：「彊村頗嗜坡詞。」蔡嵩雲《柯亭論詞》曰：「彊村慢詞，融合東坡、夢窗之長，而運以精思果力。學東坡，取其雄而去其放；學夢窗，取其密而去其晦，遂面目一變，自成一種風格。」盧前《望江南·飲虹簃論清詞百家百三十四集》曰：「老去蘇、吳合一手，詞兼重大妙於言。」所指的都是這一點。對東坡的重視其實是朱氏對自己前期詞學思想的調整，於「密」中寓「疏」，意在擴大詞學門庭，對後學也是一種啓發。

三是選取了不少愛國詞，尤以反映故國之思、黍離之悲的南宋遺民詞居多。這當然與朱氏的遺民身份有一定關係。《宋詞三百首》的編選體例乃是傳統的先帝王後女流，帝王部分又首選宋徽宗《燕山亭》，蓋有微志寓焉。吳梅《宋詞三百首箋序》曰：「雖然彊村此選冠以徽宗《燕山亭》北行見杏詞，又錄王聖與《獻仙音》、姚聖瑞《紫萸香》二闋，讀『故宮何處，明月歸輦』及『長楸走馬，歌罷涕零』諸語，白頭吟望，意未有易明言者焉。夜闌削稿，良用憮然。」確屬懇切之論。愛國情懷、民族氣節是中國古代文學的重要脊樑，千載以下，愛國詞依然令我們怒髮衝冠、熱血沸騰，我們這個民族永遠都需要這樣的豪情與壯志。

四是選了一些非名家的詞，如蕭泰來、蔡幼學、李玉等人。有些詞人僅存一兩首詞，也被選入，如徐伸（存詞一首）、廖世美（存詞兩首，選一首）等。朱祖謀摒棄一些大家的名作，留出空間選入這些無名之作，顯然有因詞存人的用意。需要注意的是，況周頤的《蕙風詞話》

對這些無名之詞頗多品評，如評韓疁《高陽台》曰：「此等詞語淺情深，妙在字句之表。」評章良能《小重山》曰「章文莊公《小重山》詞，雅韻天然，不假追逐」等等。朱祖謀選入這些詞作與況周頤也許不無關係吧。

《宋詞三百首》的四個版本

《宋詞三百首》曾歷經三次增刪，共有四個版本。最先為手稿本，選詞八十六家，三百一十二首。原稿朱氏手抄贈送友人陳曾壽，現藏浙江圖書館。其後為一九二四年刻本，在稿本基礎上增補陸游、韓疁兩家，刪去趙鼎一家，比原稿多出一家，為八十七家。其中李重元《憶王孫》一詞誤列李甲名下，實為八十八家。刪去蘇軾等人二十一首詞，增補姜夔等九首，共三百首。第二次增刪又在刻本基礎上刪去蘇軾等人二十八首詞，增補辛棄疾等十一首，共二百八十三首。據唐圭璋先生《宋詞三百首箋》附錄所知，最後一次增刪僅增補林逋《長相思》、柳永《臨江仙》兩首。一九三四年，唐圭璋先生以第二次增刪本為底本，在神州國光社出版《宋詞三百首箋》，這是《宋詞三百首》編成後的第一次箋注，影響頗大。一九四七年，唐先生以一九二四年刻本為底本，在神州國光社重新出版《宋詞三百首箋》，這是名副其實的「宋詞三百首」。然中華書局一九五九年、上海古籍出版社一九七九年重版唐圭璋《宋詞三百首箋》時，所依據者皆為一九三四年本，以致有人指責此書並不是真正的「宋詞三百首」。

本書的主要貢獻

此次整理評注《宋詞三百首》，我們以「中华经典藏書」本為底本，參以《全宋詞》、唐圭璋先生箋注本及諸家別集等。「中华经典藏書」本的底本是一九二四年刻本。我們的主要工作是：

一、整理文本，校正部分誤字。如柳永《少年遊》「夕陽鳥外，秋風原上，目斷四天垂。」「鳥外」，中華本作「島外」，當誤。此處寫長安古道遠眺，故夕陽當在飛鳥之外，加以原上秋風，倍寫羈旅淒涼。又朱服《漁家傲》「寄語東城沽酒市」，「東城」，中華本作「東陽」，《全宋詞》亦作「東城」，改。又呂濱老《薄倖》一詞「乍聽得、鴉啼鶯哢」，「哢」，鳥鳴聲。詞意為烏鴉和黃鶯啼叫，中華本作「弄」，當誤。又如蔡幼學《好事近》「又醒來岑寂」，「岑寂」，中華本作「沉寂」。一本作「岑寂」，《全宋詞》亦作「岑寂」，故改為「岑寂」。另外，校正某些斷句。如彭元遜《六醜》「日下長秋，城烏夜起。」中華本斷為「日下長秋城，烏夜起。」此句用柳宗元《楊白華》詩：「回看落日下長秋，哀歌未斷城烏起。」長秋，漢宮名，一般為皇后所居。再就是補充一些詩題，如舒亶《虞美人》，一本有「寄公度」題，中華本脱。此公度當為崔公度，與舒亶同在王安石門下，故有交遊。

二、重新注釋，校改底本某些注錯之處，補充一些必要的注釋。如黃庭堅《鷓鴣天》「黃花白髮相牽挽」，「黃花白髮」，中華本注為「未成年人」和「老年人」，當誤。此處指菊花插在白頭上，以此挑戰世俗的眼光。黃庭堅的下一首詞《定風波》中也有「幾人黃菊上華顛」句，意思同此。此詞中，中華本賞析部分即指出這一點。又如田為《江神子慢》「玉台掛秋月。鉛素淺，梅花傅香雪。」「玉台」，中華本注為「傳説中天神所居之地」，實應為女子之梳妝台。「鉛素」，注為「筆和紙」，則完全失誤。後一句「梅花傅香雪」指女子在臉上畫梅花妝，之前的鉛素當指化妝品。又韓元吉《六州歌頭》「但茫茫霧靄，目斷武陵溪」，「武陵溪」，中華本注為陶淵明桃花源記之典，當誤。詞前已寫明「前度劉郎，幾許風流地」，此劉郎諧劉禹錫與劉晨之典，下面「武陵溪」也應指劉晨、阮肇迷路之武陵溪。還有李清照《聲聲慢》「乍暖還寒時候」，應是「早上將暖未暖的時候」，而不是「初春忽冷忽熱的天氣」，等等。另外還補充了一些必要的注釋，力求能扼要通透。在詞牌名注釋上，為了節省篇幅，不做大量的文獻索源，而僅僅注明大概來歷，想必讀者是可以理解的。詞中的典故注釋，儘量注釋原典，不做過多引中。此外，詞人的小傳儘量標明其生平履歷、詞作風格和作品結集情況。由於某些詞人作品散佚太多，生平事蹟又頗缺乏，只好作簡化處理。

三、對每首作品作閱讀導示。這部分內容所費心血尤多，我們着力在較短的篇幅中參透詞人的詞心，以優美、簡潔而形象的語言揭示詞旨和詞作風格，以便讀者對其做進一步的賞析。在有些詞作的導讀部分，我們力圖自出機杼，寫出新意。如對李清照千古名作《聲聲慢》的賞析：「詞作展現了詞人秋日一天到晚寂寞難捱的愁悶。早上的扶頭酒說明昨日已然藉酒澆愁了，可謂是伏筆暗藏，天天如此，可見愁苦之甚。秋鴻歸來，卻是舊日北地故識，傷心更進一層。秋日之菊此時也是滿地憔悴，早非當年悠然飲酒東籬下的情形了。兼之梧桐秋雨不止，一點一滴如同打在心頭，痛煞人也。這種苦痛豈止是悲秋而已，滲透了詞人一生經歷的苦痛，涵括了種種物是人非的感懷，又豈能用一個愁字說明呢？全詞巧用口語，三個『怎』字反問，卻寫得筆力雄健，直透人心。」古人說「詩無達詁」，我們的解讀自然也只是一得之見，但能夠將自己的這點會心之處與讀者分享，就是我們最開心也最滿足的。

《宋詞三百首》是文學選集歷史上最風行的本子之一。很多專家學者對其進行研究、箋注、評析以及翻譯，到目前為止，各類相關的本子不下幾百種，甚至遠播海內外，可見這一經典選本的魅力。

香港中華書局出版《新視野中華經典文庫》，亦將《宋詞三百首》列入其中。這是一件嘉惠學林、澤被大眾的好事，值得我們努力。蒙香港中華書局的熱情邀約與幫助，我們不揣淺陋，對它進行了新的整理評注。限於學識與時間，必然存在諸多不當之處，懇請讀者賜教。

趙佶

趙佶（一〇八二—一一三五），即宋徽宗，是神宗第十一子，哲宗的弟弟。公元一一〇〇—一一二五年在位。繼位後，崇尚浮華，親近奸佞，終致亡國。靖康之變（一一二七）後，汴京陷落，徽宗與欽宗一起被金人擄掠到北方，後被押解至五國城（今黑龍江依蘭），受盡凌辱，併死於此。趙佶藝術修養很高，精通詩詞、書畫、音樂。早期生活閒適，詞作風格穠豔；晚景淒涼，詞風也轉為淒清。現存詞十七首。

燕山亭[1] 北行見杏花

裁剪冰綃（xiāo）[2]，輕疊數重，淡著燕脂勻注[3]。新樣靚妝[4]，豔溢香融，羞

殺蕊珠宮女[5]。易得凋零，更多少、無情風雨。愁苦。閒院落淒涼，幾番春暮。

憑寄離恨重重，這雙燕，何曾會人言語[6]。天遙地遠，萬水千山，知他故宮何處[7]。怎不思量，除夢裏、有時曾去。無據[8]。和夢也、新來不做[9]。

注釋

1 燕山亭：一作「宴山亭」。2 冰綃：輕薄潔白的絹。這裏指杏花花瓣像白色的薄絹。3 燕脂：同「胭脂」。匀注：塗抹均匀。4 靚妝：豔麗的妝扮。5 蕊珠宮：裝飾有花蕊珠玉的宮殿，道教經典中所說的仙宮。6 會：理解，領會。7 故宮：故國的宮殿，指汴京的皇宮。8 無據：無所依憑。9 和：連。

賞析與點評

這首詞是徽宗被擄掠到北方時，見到盛開的杏花，思念故國所作。上片描寫杏花之豔，連仙宮的神女也自慚形穢。然而，如此美麗的杏花卻因為無情的風雨而凋謝，這不禁讓作者聯想到自己悲涼的身世，藉憐花而自憐。下片描寫對故國的苦戀。自己有重重離恨，與故國又相隔萬水千山，只有在夢中才偶然能回去。而如今，竟連新夢也再夢不到故國，這是何等的淒絕與哀傷。詞人無限的怨憤，化作筆下節制的詞句，更顯得淒涼，與李後主一脈相承，堪稱絕唱。

錢惟演

錢惟演（九六二—一〇三四），字希聖，錢塘（今浙江杭州）人，吳越王錢俶之子，隨父親歸順宋朝。歷右神武將軍、太僕少卿、命直秘閣，累遷工部尚書，拜樞密使。錢惟演為人好結權貴，但博學多識，且雅好文辭，善於提攜後進，曾奉命修《冊府元龜》，編書閒暇時與楊億、劉筠等人酬唱往來，結成《西昆酬唱集》，是西昆詩派的領袖人物。其詩詞語脈較為清暢，時有清峭感愴之意。現存詞二首。

木蘭花[1]

城上風光鶯語亂[2]，城下煙波春拍岸[3]。綠楊芳草幾時休，淚眼愁腸先已斷。

情懷漸覺成衰晚，鸞（luán）鏡朱顏驚暗換[4]。昔年多病厭芳尊[5]，今日芳尊惟恐淺[6]。

注釋

1 木蘭花：為唐教坊曲名，在宋代與「玉樓春」同調。2 鶯語亂：鶯的叫聲此起彼伏。3 煙波：波濤浩淼，水汽蒸騰，有如輕煙浮動。4 鸞鏡：鏡子的美稱。南朝宋範泰《鸞鳥詩》序云：罽賓王獲一鸞鳥，三年不鳴。夫人懸鏡於鸞鳥之前，欲使其見同類而後鳴。不想鸞鳥睹鏡中影則愈悲，哀鳴不已，不久即亡。故詩詞中多以鸞鏡表現臨鏡而生悲。朱顏驚暗換：朱顏即紅顏，指青春年華。青春的消逝令人驚訝。5 尊：同「樽」。酒杯。6 今日芳尊惟恐淺：現在唯恐酒杯太淺，指沉溺於飲酒。

賞析與點評

這首詞作於詞人暮年，當時錢惟演被貶謫漢東（今湖北鍾祥），藉春光抒發遲暮之悲，所以語意纏綿，詞調凄婉。上片寫春景，城頭鶯啼婉轉，城下煙波浩蕩，春光明媚中，詞人卻已是淚眼迷蒙，愁腸百轉。下片寫情，哀歎年華不再，鏡中朱顏也早已變換。年輕時身體多病，不愛飲酒；此時卻惟恐酒少。

范仲淹

范仲淹（九八九—一〇五二），字希文，蘇州吳縣（今江蘇蘇州）人。謚「文正」，故後人尊稱「范文正公」。范仲淹是北宋初期的名臣，官至樞密副使、參知政事，曾積極推行「慶曆新政」，在政治、文學、軍事方面均有建樹。他的詞清麗柔婉與悲慨豪壯並重。他於駐守西北期間所作之詞，風格蒼涼，內容充實，極大拓展了詞的題材和意境，因而為後人所稱讚。其詞流傳較少，現存《范文正公詩餘》一卷，《全宋詞》據《中吳紀聞》卷五補輯一首。

漁家傲[1]

塞下秋來風景異。衡陽雁去無留意[2]。四面邊聲連角起[3]。千嶂裏，長煙落日孤城閉。濁酒一杯家萬里。燕然未勒歸無計[4]。羌管悠悠霜滿地[5]。人不寐。將軍白髮征夫淚。

注釋

1 漁家傲：詞牌名，此調始見於北宋晏殊。因詞中有「齊揭調，神仙一曲漁家傲」，因以「漁家傲」名之。2 衡陽雁去：指秋日南飛的雁。衡陽，位於今湖南省，其舊城南有回雁峰，相傳大雁飛到此處，便不再南飛。3 邊聲：指邊境上羌管、胡笳、畫角等各種聲音，聲調比較低沉蒼涼。4 燕然：山名，即今蒙古人民共和國境內的杭愛山。據《後漢書》載，東漢竇憲領兵出塞，大破北匈奴，登燕然山，刻石記功，宣揚漢朝威德。勒，刻石記功。後世稱戰功為「勒石燕然」。5 羌管：羌為西方的少數民族。笛子本出自羌地，故稱笛子為羌管。

賞析與點評

這首詞為詞人鎮守西北時所作，是邊塞詞中的佳作。上片寫邊塞風景，邊聲四起、長煙落日，滿目蒼涼，營造了肅殺的邊關氣氛。下片抒寫懷抱，自己鎮守邊關，雖白髮叢生卻大功未成，歸鄉更不可得，難以入眠。在這首詞中，報效國家的理想和對故鄉的思念，構成複雜而矛盾的情感，激蕩在詞人胸中，於是濃鬱的情感在全詞的景物與氛圍中滲透出來，更顯蒼涼悲壯。

蘇幕遮[1] 懷舊

碧雲天，黃葉地。秋色連波，波上寒煙翠。山映斜陽天接水。芳草無情[2]，更在斜陽外。

黯鄉魂[3]，追旅思[4]。夜夜除非，好夢留人睡。明月樓高休獨倚。酒入愁腸，化作相思淚。

注釋

1 蘇幕遮：唐教坊曲名，又名《鬢雲鬆令》、《雲霧斂》。唐慧琳《一切經音義》卷四十一「蘇莫遮」條：「『蘇莫遮』，西域胡語也，正云『颯磨遮』。此戲本出西龜茲國，至今猶有此曲。此國渾脫、大面、拔頭之類也。」此曲流傳中國在唐中宗前，本為軍樂，後宋人用此調譜新曲。2 芳草無情：此處用典，據《窮幽記》載，小兒坡上草很旺盛，裴晉公經常散放幾隻白羊於其中，並說：「芳草無情，賴此裝點。」3 黯：黯然。「黯鄉魂」化用江淹《別賦》「黯然銷魂」之語。4 追旅思：追憶羈旅中的愁思。

賞析與點評

這首詞也當是主持西北防務時所作，而其情感又具有普適的思鄉懷舊的意義。上片寫秋景，開闊而又穠麗，暗懷離鄉之苦。下片抒寫思鄉之情，黯然難入夢，樓高休獨倚，唯有藉酒澆愁，層層轉深，可見愁思之甚。思鄉之情通常與蕭索的秋景相合，然而本詞卻描寫開闊的秋景，低沉婉轉，而又不失清雄剛健之氣，歷來被認為是「以秋心寫秋景」的佳作。

御街行[1] 秋日懷舊

紛紛墜葉飄香砌[2]。夜寂靜、寒聲碎。真珠簾捲玉樓空[3]，天淡銀河垂地。年年今夜，月華如練[4]，長是人千里[5]。

愁腸已斷無由醉。酒未到、先成淚。殘燈明滅枕頭攲（qī）[6]，諳（ān）盡孤眠

滋味[7]。都來此事，眉間心上，無計相迴避。

注釋

1 此調又名「孤雁兒」，最早見於柳永《樂章集》。2 香砌：帶有落花或旁邊開有鮮花的台階。3 真珠：即珍珠。4 練：素絹。5 長是人千里：語本南朝謝莊《月賦》「隔千里兮共明月」句。6 攲：傾斜。7 諳：熟悉。諳盡，有嘗盡之意。

賞析與點評

這是一首描寫思婦懷人之詞。上片先寫秋色夜景，思婦空閨獨守，良人天涯遠別，愁思纏綿縈懷，用詞淒婉而不失清麗，意境也較為開闊；下片寫長夜難眠的孤獨與頹唐，無可迴避，思致新穎。全詞雖明麗淒婉，卻帶有范氏特有的清剛之意。其中「眉間心上，無計相迴避」一句，構思新巧，被李清照化用為「此情無計可消除，才下眉頭，卻上心頭」，而廣為流傳。

張先

張先（九九〇——一〇七八），字子野，烏程（今浙江湖州）人。天聖八年（一〇三〇）進士，曾任嘉禾判官，知渝州、虢州，官至尚書都官郎中。晚年退居湖杭之間，與梅堯臣、歐陽修、蘇軾等人交遊唱和。其詞多寫士大夫詩酒生活和男女之情，尤其擅長寫慢詞長調，造語工巧，細膩深婉，與柳永齊名。以《行香子》詞有「心中事，眼中淚，意中人」之句，人稱為「張三中」；又因「雲破月來花弄影」（《天仙子》），「嬌柔懶起，簾幕捲花影」（《歸朝歡》），「柔柳搖，墜輕絮無影」（《剪牡丹》）三首詞的「影」字絕佳，得名「張三影」。現存詞一百八十餘首，收錄在《張子野詞》中。

千秋歲[1]

數聲鶗鴂（tí jué）[2]。又報芳菲歇。惜春更把殘紅折。雨輕風色暴[3]，梅子青時節。永豐柳[4]，無人盡日飛花雪[5]。

莫把幺絃撥[6]。怨極絃能說。天不老，情難絕[7]。心似雙絲網，中有千千結。夜過也，東窗未白凝殘月[8]。

注釋

1 千秋歲：唐開元年間，因為玄宗生於八月初五，百官乃奏請此日為千秋節，教坊有大曲名「千秋樂」，其後兩京淪陷，人聞之為之悲涼。後傳入民間，宋人翻為新曲。又名「千秋節」、「千秋萬歲」，聲調較為淒涼。2 鶗鴂：即杜鵑鳥。屈原《離騷》：「恐鶗鴂之先鳴兮，使夫百草為之不芳。」杜鵑鳥鳴叫之時，意為春去之日。3 風色：即風勢。4 永豐柳：唐時洛陽永豐坊西南角荒園中有一株垂柳，白居易賦《楊柳枝詞》：「一樹春風千萬枝，嫩如金色軟如絲。永豐西角荒園裏，盡日無人屬阿誰？」以喻家妓小蠻。後遂以「永豐柳」泛指園中柳樹，比喻孤寂無靠的女子。5 花雪：指柳絮。6 幺絃：琵琶的第四絃，藉指琵琶。因其最細，故稱。7 天不老，情難絕：此處化用李賀《金銅仙人辭漢歌》「天若有情天亦老」句，意指天無情，而人有情且堅韌執著。

8 凝殘月：一作「孤燈滅」。

賞析與點評

這首詞的詞調原本就甚是悲涼，詞人用來塗寫情人間的相思與悲歡離合，更是曲折迴環，情感纏綿激越。上片描述暮春的衰敗景象，既有主人公的自擬，也埋下低沉的情感基調。下片，女主人公幽怨至極，發出不平的呼喊——「天不老，情難絕」，刻畫出一個癡情女子在愛情遭遇阻撓時的決心。「心似雙絲網，中有千千結」一句，構思極為奇巧，歷來為人傳誦。

菩薩蠻[1]

哀箏一弄湘江曲。聲聲寫盡湘波綠。纖指十三絃[2]。細將幽恨傳。
當筵秋水慢[3]。玉柱斜飛雁[4]。彈到斷腸時。春山眉黛低[5]。

注釋

1 菩薩蠻：唐教坊曲名。2 十三絃：唐宋時教坊用箏皆為十三絃，模擬一年中的十二個月和一個閏月。[3] 秋水：形容雙目明澈、深邃，如同秋水一般。[4] 玉柱斜飛雁：繫絃的箏柱排列如同斜飛的雁陣，又稱「雁柱」。[5] 春山：指演奏者雙眉淡如遠山。眉黛：古人以黛色畫眉，故稱。黛：青黑色。眉黛低：是指彈箏女子因樂曲曲調幽怨，而雙眉緊蹙。

醉垂鞭[1]

雙蝶繡羅裙[2]。東池宴[3]。初相見。朱粉不深勻[4]。閒花淡淡春。

細看諸處好。人人道。柳腰身。昨日亂山昏。來時衣上雲[5]。

注釋

[1] 醉垂鞭：詞調最早可見於張先《張子野詞》，後人很少有填此調。調名可能源於李白詩《贈郭將軍》：「平明拂劍朝天去，薄暮垂鞭醉酒歸。」[2] 羅裙：絲羅製的裙子。[3] 東池：唐代潭州刺史楊憑所建的大型園林，為潭州官府宴客觀遊場所，後人便以「東池」藉指官員宴遊之所。[4] 朱粉：胭脂和鉛粉。深勻：濃濃的塗抹。[5] 衣上雲：衣帶飄飄如雲霞。

一叢花[1]

傷高懷遠幾時窮。無物似情濃。離愁正引千絲亂，更東陌[2]、飛絮濛濛。嘶騎(jì)漸遙[3]，征塵不斷，何處認郎蹤。

雙鴛池沼水溶溶。南北小橈(ráo)通[4]。梯橫畫閣黃昏後，又還是、斜月簾櫳[5]。沉恨細思，不如桃杏，猶解嫁東風[6]。

注釋

1 一叢花：此詞牌歷代以蘇軾《一叢花》（今年春淺臘侵年）為正體，但張先這首流傳尚在蘇軾之前。2 陌：街道，尤指田間小路。3 騎：坐騎，配有鞍轡的馬。4 橈：船槳，此處指船。5 簾櫳：窗戶。6 嫁東風：唐詩中常喜歡以花為女，嫁與東風。李賀《南園十三首》之一：「可憐日暮嫣香落，嫁於春風不用媒。」這裏也是此意。

賞析與點評

這是一首閨怨詞，刻畫了一個期盼丈夫歸來的女子形象。上片寫女子登高望遠，本來離愁正苦，卻又飄來了片片柳絮，惹人煩惱。女子回憶起當初與丈夫的離別，征戰不斷，早已無法找到郎君的蹤跡。下片將目光投向家中亭台，池中鴛鴦戲水，斜月西沉，女子由思生怨，自己正當青春年華，卻獨守空閨，尚不如桃李春風，兩相廝守。結句的微嗔，實是將女子滿腹心事點明，自是妙筆。整首詞刻畫女子的閨怨，婉轉細膩，層層轉深。

天仙子[1]

時為嘉禾小倅（cuì）[2]，以病眠不赴府會

水調數聲持酒聽[3]。午醉醒來愁未醒。送春春去幾時回，臨晚鏡。傷流景。往事後期空記省。

沙上並禽池上暝。雲破月來花弄影。重重簾幕密遮燈，風不定。人初靜。明日落紅應滿徑。

注釋

1 天仙子：唐時本名「萬斯年」，後因皇甫松詞有「懊惱天仙應有以」句，取以為名。2 嘉禾：宋代郡名，今浙江省嘉興市。小倅：即小副官，這裏指判官。張先此時在嘉禾任判官。3 水調：曲調名，相傳為隋煬帝所製，聲韻悲切。後演化為大曲《水調歌頭》。

賞析與點評

這首詞是寫詞人暮年傷春的情懷。上片寫詞人午睡醒來，對鏡自照，傷感年華消逝。下片到了黃昏與夜晚，雲開月明，風聲不定，想到明天落花滿徑，傷春的惆悵之情也就滿懷了。這首詞寫景含蓄，意境空靈，煉字極為妥帖。「雲破月來花弄影」句，一個「弄」字將自憐、傷感、欣慰等種種細微情感精妙地傳達出來，王國維認為最具境界。

青門引　春思

乍暖還輕冷[1]。風雨晚來方定。庭軒寂寞近清明[2]，殘花中（zhòng）酒[3]，又是去年病。

樓頭畫角風吹醒[4]。入夜重門靜。那堪更被明月，隔牆送過鞦韆影。

注釋

1 乍：剛剛。2 庭軒：庭院，走廊。3 中酒：喝酒過量，猶言病酒。杜牧《睦州四韻》：「殘春杜陵客，中酒落花前。」4 畫角：古代樂器名，以竹木或皮革製成，外加彩繪，故稱「畫角」。一般在黎明和黃昏之時吹奏，發音哀厲高亢，古代軍中常用來警報昏曉、高亢動人振奮士氣。

賞析與點評

這首詞是士大夫的抒懷之作。上片寫春日天氣的變幻無常，詞人獨自酒醉，不由得引發寂寞的心境。下片描寫詞人在淒涼的畫角聲中風吹酒醒，心如重門不得開啟，溶溶月光居然把隔牆的鞦韆影子送了過來，幽微的影子更增添了詞人的寂寞。末句極為傳神，寫人卻言物，寫物卻只寫物的影子，人與影之間虛實相生，寫出了雋永的韻味，成為另一句寫影的名筆。

晏殊

晏殊（九九一—一〇五五），字同叔，撫州臨川（今江西撫州）人。七歲能屬文，十四歲以神童應召試，賜同進士出身；三十歲拜翰林學士。慶曆二年（一〇四二）官同中書門下平章事，兼樞密使。卒謚元獻。為相期間，進賢納士，頗得賢名。工詩文，閒雅而有情思。詞則全為小令，音韻流美、和諧，上承南唐，多表現詩酒生活和悠閒情致，與歐陽修並稱「晏歐」。現存詞一百三十餘首，輯於《珠玉詞》三卷中。

浣溪沙 1

一曲新詞酒一杯，去年天氣舊亭台，夕陽西下幾時回？

無可奈何花落去，似曾相識燕歸來，小園香徑獨徘徊[2]。

注釋

1 浣溪沙：唐教坊曲名，宋人因之為詞。又有《小庭花》、《滿院春》、《東風寒》、《減字浣溪沙》等十餘種異名。2 香徑：落花滿徑，留有芬芳，故稱為香徑。

賞析與點評

這首詞雖然是傷春之作，卻同時抒發了詞人對人生、對自然的哲思。上片將過去與現在重疊，思念流逝的時光。下片則帶着淡淡的悵惘之情描述眼前的景色。詞人由眼前之景生出人生之思，基調瀟灑淡然，含蓄而典雅。其中「無可奈何」兩句，對仗工整，情思雅致，將全詞提升到空靈的境界，故而膾炙人口，廣為傳誦。

浣溪沙

一向（shǎng）年光有限身[1]，等閒離別易銷魂[2]，酒筵歌席莫辭頻。

滿目山河空念遠[3]**，落花風雨更傷春，不如憐取眼前人**[4]**。**

注釋

1 一向：片刻。向，同「晌」。指時光易逝。2 等閒：平常。銷魂：謂心靈震蕩，如魂飛魄散。形容極度哀愁感傷。3 念遠：思念遠方友人。4 憐：愛憐。唐《會真記》載崔鶯鶯詩：「還將舊來意，憐取眼前人。」此句化用詩句。

賞析與點評

這首詞寫的是離愁別緒，在感慨人生有限的同時，表現出及時行樂的思想。詞人寫的並不是某一次送別，而是將抽象的人生感悟落實在具體的情景中，感慨時光有限，人生短暫，不應讓悲苦佔據生命，而應及時把握現有的時光。下片首句，氣象宏闊，意境莽蒼，以健筆寫閒情，兼有剛柔之美，用來形容傷春懷遠的情懷，深刻而又明快，是《珠玉詞》中不可多得的佳句。

清平樂[1]

紅箋小字[2]，說盡平生意。鴻雁在雲魚在水[3]，惆悵此情難寄。
斜陽獨倚西樓，遙山恰對簾鉤。人面不知何處[4]，綠波依舊東流。

注釋

1 清平樂：詞牌名，又稱《清平樂令》、《憶蘿月》、《醉東風》。2 紅箋：紅色箋紙。3 鴻雁在雲魚在水：鴻雁和魚都是用來傳遞書信的，此句暗含魚雁傳書之意。4 人面不知何處：化用崔護《題都城南莊》詩「人面不知何處去，桃花依舊笑春風」。

賞析與點評

這首詞是懷人之作。上片傾訴相思，即使在紅箋上吐盡別情，即使魚雁都在，然而也無法傳遞這份深情。下片描繪詞人的處境，紅日西沉，黃昏時候更容易勾起相思，詞人獨對遠山，只見碧水東流。這首詞用語平淡明淨，似乎毫無修飾而又十分雅致，景雖淡，情卻濃。

清平樂

金風細細[1]，葉葉梧桐墜。綠酒初嘗人易醉[2]，一枕小窗濃睡。

紫薇朱槿花殘，斜陽卻照闌干。雙燕欲歸時節，銀屏昨夜微寒[3]。

注釋

1 金風：秋風。李善《文選》注曰：「西方為秋而主金，故秋風曰金風也。」2 綠酒：美酒。3 銀屏：鑲銀的屏風。藉指華美的居室。

賞析與點評

這是一首悲秋之詞。詞人在詞中營造出一種寂寞清冷的氛圍，傳達出一種淡然的傷感。

木蘭花

燕（yān）鴻過後鶯歸去[1]。細算浮生千萬緒。長於春夢幾多時，散似秋雲無覓處[2]。

聞琴解佩神仙侶[3]。挽斷羅衣留不住[4]。勸君莫作獨醒人[5]，爛醉花間應有數[6]。

注釋

1 燕鴻：燕地的鴻，指秋天南歸的鴻雁。2「長於」二句：這兩句化用了白居易《花非花》詩「來如春夢不多時，去似朝雲無覓處」。3 聞琴：據《史記》記載，卓文君聽到司馬相如的《鳳求凰》，夜奔歸之。解佩：據《列仙傳》載，鄭文甫遇見江妃二女，兩情相悅，女神解下玉佩送給他。此處用「聞琴解佩」喻情投意合，兩情相悅。4 挽斷羅衣留不住：化用了李之儀《偶書二首》：「通中玉冷夢偏長，花影籠階月浸涼。挽斷羅巾留不住，覺來猶有去時香。」5 獨醒人：《楚辭．漁父》：「屈原曰：『舉世皆濁我獨清，眾人皆醉我獨醒。』」6 應有數：數，規律，引申為天命，命運。指命運的安排。

賞析與點評

在這首詞中，詞人藉年華和愛情的消逝，感歎生命的無常。最後兩句，以及時行樂自勉。全詞多處化用古人詩句和典故，營造出充滿韻味的意象，增添了更多複雜的情愫。

木蘭花

池塘水綠風微暖。記得玉真初見面[1]。重頭歌韻響錚琮（zhēng cóng）[2]，入破舞腰紅亂旋（xuàn）[3]。

玉鉤闌下香階畔[4]。醉後不知斜日晚。當時共我賞花人[5]，點檢如今無一半[6]。

注釋

1 玉真：本指仙人，此處藉指美人。2 重頭：詞的上下片聲韻節拍完全相同的稱重頭。錚琮：形容金屬撞擊時所發出的聲音。3 入破：指樂聲驟變為繁碎之音。亂旋：謂舞蹈節奏加快。4 玉鉤：指新月。5 賞花人：欣賞歌舞美色之人。6 點檢：算起來。

賞析與點評

這首詞上片懷舊，初見美人時，水綠風暖，激烈的鼓點之下，美人在縱情地舞蹈，極為熱鬧。到了下片，場面又變得非常冷清，雖然場景還是一如既往的雅致，卻是繁華後的清冷，詞人數遍身邊人，去年的好友只剩下不到一半。這種強烈的物是人非之比，又統一於詞人的淒涼心境之下，讓孤寂之感直入人心。

木蘭花

綠楊芳草長亭路[1]。年少拋人容易去。樓頭殘夢五更鐘[2]，花底離愁三月雨。
無情不似多情苦。一寸還成千萬縷。天涯地角有窮時，只有相思無盡處[3]。

注釋

1 長亭路：送別之路。古時於驛道每隔十里設長亭，故亦稱「十里長亭」，供行旅休息。近城者遂成為送別場所。2 五更鐘：指懷人之時。下句「三月雨」同。3 「天涯」二句：化用白居易《長恨歌》：「天長地久有時盡，此恨綿綿無絕期」。

賞析與點評

這首詞上片寫離別，年少輕狂時體會不到離別之苦，長亭送別時，綠楊芳草，春色依依。下片寫相思，化用白居易的詩句，相思立刻變成有形有質的實體，千千萬萬，無窮無盡。整首詞描寫了人生的離別之苦，卻又很有分寸，語言仍然是典雅的、克制的，沒有讓痛苦肆虐，而是將之化作淡淡的哀愁，「深情一往，麗而有則」，非常典型的晏殊風格。

踏莎行[1]

祖席離歌[2]，長亭別宴。香塵已隔猶回面[3]。居人匹馬映林嘶，行人去棹依波轉。

畫閣魂消，高樓目斷。斜陽只送平波遠。無窮無盡是離愁，天涯地角尋思遍。

注釋

1 踏莎行：詞牌名，調名取自韓翃詩《過欅陽山溪》：「眾草穿沙芳色齊，踏莎行草過春溪」。又名《柳長春》、《喜朝天》等。2 祖席：餞別的酒席。杜甫《送許八拾遺歸江寧覲省》詩：「聖朝新孝理，祖席倍輝光。」3 香塵：形容地面上落花很多，連塵土也帶上了香氣，是一種非常雅致的說法。

賞析與點評

這是一首送別之詞。上片寫實，描述長亭送別的場景，別情依依。下片為虛，刻畫主人公的相思之苦，黯然銷魂。全詞虛實相生，最後兩句上天入地，相思的離愁已經到達極致。詞人利用了一系列士大夫熟悉的意象，如祖席、長亭、香塵、畫閣、高樓等，將離別與相思染上高雅的氛圍。

踏莎行

小徑紅稀[1]，芳郊綠遍。高台樹色陰陰見[2]。春風不解禁楊花，濛濛亂撲行人面。

翠葉藏鶯，朱簾隔燕。爐香靜逐遊絲轉[3]。一場愁夢酒醒時，斜陽卻照深深院。

注釋

1 紅稀：「紅」指花朵，意為春花都已經凋謝，變得稀疏。2 陰陰見：樹木茂密，呈現出幽暗之色。見，同現。3 遊絲：飛揚在空中的蜘蛛等蟲類的絲，帶有寂寞清冷之意。

賞析與點評

這首詞描繪暮春的景色。上片展開了一幅典型的芳郊暮春圖，花朵凋謝，綠色已經漫山遍野，樹木變得鬱鬱葱葱。詞人從一個行人的角度描繪這幅殘春的景象。下片則以動寫靜，在這漫長的寂靜中，主人公從酒醉中醒來，夜晚還沒有到來，一種幽深空寂之情彌漫其間。

蝶戀花

六曲闌干偎碧樹。楊柳風輕，展盡黃金縷[1]。誰把鈿（diàn）箏移玉柱[2]。穿簾海燕雙飛去[3]。

滿眼遊絲兼落絮。紅杏開時，一霎清明雨。濃睡覺來鶯亂語。驚殘好夢無尋處。

注釋

1 黃金縷：比喻柳條。2 鈿箏：裝飾以金銀等寶物的箏。移玉柱：指彈箏。3 海燕：燕子的別稱，古人認為燕子渡海而來，故稱海燕。

賞析與點評

這首詞抒寫春日的閒愁。上片寫春來之景，楊柳新枝，暗寓離愁，後面雙飛之燕更襯女主人公之孤獨。下片寫春歸之景。落紅滿徑，飛絮滿城，清明雨長，恰似心中之愁。結句化用金昌緒《春怨》：「打起黃鶯兒，莫教枝上啼。啼時驚妾夢，不得到遼西。」十分自然貼切，更寫出女主人公的惆悵和哀怨。

韓縝

韓縝（一〇一九—一〇九七），字玉汝，原籍靈壽（今河北正定）人，徙雍丘（今河南杞縣）。北宋名臣韓絳、韓維之弟。仁宗慶曆二年（一〇四二）進士，官至尚書右僕射兼中書侍郎。現存詞僅一首，當時名滿天下。

鳳簫吟[1]

鎖離愁，連綿無際，來時陌上初熏[2]。繡幃人念遠，暗垂珠淚，泣送征輪[3]。長亭長在眼，更重重、遠水孤雲。但望極樓高，盡日目斷王孫[4]。

消魂。池塘別後，曾行處、綠妒輕裙。恁（nèn）時攜素手[5]，亂花飛絮裏，緩步香茵。朱顏空自改，向年年、芳意長新。遍綠野，嬉遊醉眠，莫負青春。

注釋

1 鳳簫吟：詞牌名，又名《鳳樓吟》、《芳草》。2 陌上：田間的小路上。熏：散發香氣。江淹《別賦》：「閨中風暖，陌上草熏。」3 征輪：遠行人乘坐的車子。4 王孫：漢淮南小山《招隱士》：「王孫遊兮不歸，芳草生兮萋萋。」用「王孫」代指離別的人。5 恁時：那時。

賞析與點評

這首詞以芳草來吟詠離別，全詞以「草」為中心，卻沒有出現「草」字，而是大量運用與草有關的意象，反襯了詞人的落寞與蕭瑟。結句願人們毋須觸景傷情，綠滿田野之時，可以放懷宴遊，不要辜負了青春時光。看似通脱，實則無奈。全詞用語典雅，多處用典而又渾融無跡，將離別的愁緒刻畫得細膩婉轉，真切動人。

宋祁

宋祁（九九八—一〇六一），字子京，祖居安陸（今屬湖北），徙居雍丘（今河南杞縣）。仁宗天聖二年（一〇二四）與兄宋庠同登進士第，世人傳為佳話，人稱「大小宋」。曾與歐陽修等合修《新唐書》，撰寫列傳部分，書成進工部尚書、翰林學士承旨。謚景文，有《宋景文公集》。其詞數量較少，多寫個人生活瑣事，語言工巧典麗。他的《木蘭花》（又名《玉樓春》）詞中「紅杏枝頭春意鬧」一句流傳極廣，人稱「紅杏尚書」。詞今存六首，收於近人趙萬里輯《宋景文公長短句》一卷。

木蘭花　春景

東城漸覺風光好。縠（hú）皺波紋迎客棹[1]。綠楊煙外曉寒輕，紅杏枝頭春意鬧。浮生長恨歡娛少。肯愛千金輕一笑[2]。為君持酒勸斜陽，且向花間留晚照[3]。

注釋

1 縠皺波紋：形容波紋細如皺紋。縠皺：有皺褶的紗。2 肯愛：豈肯吝惜。千金一笑：指宴席中美女難得一笑。此句意謂怎麼會愛惜錢財而輕視生活中的歡樂呢？3 且向花間留晚照：化用李商隱《寫意》詩「日向花間留返照」句。

賞析與點評

這是一首惜春之詞。上片記敘了出遊的經歷，一個「鬧」字，將春色的爛漫與生機描繪得活靈活現。王國維即稱道「着一『鬧』字而境界全出」（《人間詞話》）。下片則轉入感慨人生苦短，勸戒朋友及時享樂，詞人對於美好春光的留戀之情，溢於言表。整首詞章法井然有序，語言清新典麗，情思纏綿而莊重，故而廣為流傳。

歐陽修

歐陽修（一〇〇七—一〇七三），字永叔，號醉翁，晚號六一居士，吉州永豐（今江西永豐）人。天聖八年（一〇三〇）進士。官至翰林學士、樞密副使、參知政事。諡文忠。曾與宋祁合修《新唐書》，並獨撰《新五代史》。其於文學方面主張革新，是北宋詩文革新運動的領導者，唐宋八大家之一。又喜獎掖後進，蘇軾、蘇轍二兄弟，蘇洵及曾鞏、王安石皆出其門下。其詞主要寫戀情遊宴、傷春怨別，風格深婉而清麗。詞集有《六一詞》、《歐陽文忠公近體樂府》、《醉翁琴趣外編》等。今存詞三百餘首。

採桑子[1]

群芳過後西湖好[2]，狼藉殘紅[3]。飛絮濛濛。垂柳闌干盡日風[4]。

笙歌散盡遊人去，始覺春空。垂下簾櫳。雙燕歸來細雨中。

注釋

1 採桑子：唐教坊曲有《楊下採桑》，《採桑子》調名本此。又名《醜奴兒令》、《羅敷豔歌》、《羅敷媚》。2 群芳過後：百花凋零之後。群芳：百花。西湖：指潁州西湖，在今安徽阜陽縣西北，潁水和諸水匯流處，風景佳勝。3 狼藉殘紅：殘花縱橫散亂的樣子。殘紅，落花。4 闌干：縱橫散亂貌，交錯雜亂貌。

賞析與點評

這首詞是歐陽修晚年退居潁州時所寫組詞《採桑子》十首中的第四首。首句為全詞綱領，用一「好」字總結「群芳過後」西湖景象。上片寫落紅零亂滿地、翠柳柔條斜拂於春風中，一派清疏淡遠景色。下片寫繁華喧鬧消失，既覺有所失的空虛，又覺獲得寧靜的暢適。結句意蘊含蓄委婉，以細雨襯「春空」之後的清寂氣氛，又以雙燕飛歸營造出輕靈的意境。通篇寫景，不帶明顯主觀感情色彩，卻從字裏行間婉曲地顯露作者的曠達胸懷和恬淡心境。

訴衷情　眉意[1]

清晨簾幕捲輕霜。呵手試梅妝[2]。都緣自有離恨，故畫作遠山長[3]。

思往事，惜流芳[4]。易成傷。擬歌先斂[5]，欲笑還顰（pín）[6]，最斷人腸。

注釋

1 訴衷情：原為唐教坊曲名，後用為詞調。又名《桃花水》、《偶相逢》、《畫樓空》、《試周郎》等。黃升《花庵詞選》題作「眉意」。2 梅妝：即梅花妝。南朝宋武帝女壽陽公主臥宮檐下，梅花落於額上，成五出，花痕三日不去，宮女爭相仿效，號為梅花妝。3 遠山：比喻女子雙眉。漢伶玄《飛燕外傳》：「女弟合德入宮，為薄眉，號遠山黛。」4 流芳：流逝的年華。5 斂：收斂表情。6 顰：皺眉。

賞析與點評

這是一首詠歌女詞。上片寫她清晨梳妝，從一番對鏡梳妝、描眉自憐的舉動中，可以窺見她內心的孤寂。下片寫歌女對往昔青春愛悅的回憶與惋惜，而今成為她心靈悲傷的根源。「擬歌先斂，欲笑還顰」八個字，極細微地刻畫了這位靠色藝謀生的歌女不得不強顏歡笑的悲苦心態。

踏莎行

候館梅殘[1]，溪橋柳細。草薰風暖搖征轡（pèi）[2]。離愁漸遠漸無窮，迢迢不斷如春水。

寸寸柔腸，盈盈粉淚。樓高莫近危闌倚。平蕪盡處是春山，行人更在春山外。

注釋

1 候館：迎賓候客之旅舍或驛站。古代常在驛站旁植梅。2 薰：香氣。征轡：遠行之馬的韁繩，此處代馬。柳永《滿江紅》：「匹馬驅驅，搖征轡，溪邊谷旁。」

賞析與點評

這是一首抒寫離情別愁之詞。上片先是將春色飽滿地描寫一番，然後筆鋒一轉，折入旅人的懷鄉之情，把離情濃愁加以誇張的渲染。下片手法奇妙，行者由自己的離愁，推想到了家中思婦的「寸寸柔腸」、「盈盈粉淚」的離愁，又由離愁而想到了她臨高倚欄遠眺，想到了她登高遠望而又不見的愁更愁。一種離愁，兩面兼寫，情致深婉細切，是歐陽修深婉詞風代表作。行文上層層深入，有如剝棕。

蝶戀花[1]

庭院深深深幾許？楊柳堆煙[2]，簾幕無重數。玉勒雕鞍遊冶處[3]。樓高不見章台路[4]。

雨橫（hèng）風狂三月暮[5]。門掩黃昏，無計留春住。淚眼問花花不語。亂紅飛過鞦韆去。

注釋

1 蝶戀花：原唐教坊曲名，本名「鵲踏枝」，晏殊據梁簡文帝詩句：「翻階蛺蝶戀花情」改名之。又名《黃金縷》、《鳳棲梧》、《捲珠簾》、《一籮金》等。2 堆煙：形容楊柳濃密。3 玉勒：玉製的馬銜。雕鞍：精雕的馬鞍。遊冶處：指歌樓妓院。4 章台：漢長安街名。《漢書・張敞傳》有「走馬章台街」語。唐許堯佐《章台柳傳》，記妓女柳氏事。後因以章台為歌妓聚居之地。5 雨橫：雨下得猛。

賞析與點評

這首詞假託女子口吻寫春愁和閨怨。上片先寫佳人居處，三迭「深」字，寫佳人禁錮高門，內外隔絕、閨房寂落之況。「深幾許」於提問中含有怨艾之情，且有心事深沉、怨恨莫訴之感。

「玉勒雕鞍遊冶處」，宕開一筆，把視線引向所念之人那裏，情人薄倖，冶遊不歸。詞的下片着重寫幽恨怨憤之情，雨橫風狂，催送殘春，也催送女主人公的芳年。她想挽留住春天，但風雨無情，留春不住。始有問花之癡傻事。淚眼而問花，花不僅不答，而且紛落亂飛，越過當日兩情相悅之見證——鞦韆，可謂層層加深，痛徹心扉。

蝶戀花

誰道閒情拋棄久[1]？每到春來，惆悵還依舊。日日花前常病酒[2]。不辭鏡裏朱顏瘦。

河畔青蕪堤上柳。為問新愁，何事年年有。獨立小橋風滿袖。平林新月人歸後。

注釋

1 閒情：閒愁，閒散之情。2 病酒：飲酒沉醉如病，醉酒。

賞析與點評

這首詞藉寫春愁抒發寂寞惆悵的情緒。開頭用問句，表現了詞人心頭盤旋鬱結已久的愁苦。過片「河畔青蕪堤上柳」一句，既是寫景，也是用年年春天柳青草碧，來比喻自己的愁苦永無休止。下片前後均是景語，中間兩句是情語，寓情於景，使無邊的孤寂籠罩全篇。清人陳廷焯認為這首詞沉着痛快，卻是從沉鬱頓挫中而來。

蝶戀花

幾日行雲何處去[1]？忘了歸來，不道春將暮。百草千花寒食路[2]。香車繫在誰家樹？

淚眼倚樓頻獨語。雙燕來時，陌上相逢否？撩亂春愁如柳絮。依依夢裏無尋處。

注釋

1 行雲：宋玉《高唐賦序》：「妾在巫山之陽，高丘之阻，旦為朝雲，暮為行雨，朝朝暮暮，陽台之下。」本以朝雲、行雨指女性，此處指人行蹤不定如流雲飄浮。2 寒食：

節日名，農曆清明前一日或二日。

木蘭花

別後不知君遠近。觸目淒涼多少悶。漸行漸遠漸無書，水闊魚沉何處問[1]。夜深風竹敲秋韻[2]。萬葉千聲皆是恨。故攲單枕夢中尋[3]，夢又不成燈又燼[4]。

注釋

1 魚沉：古人有魚雁傳書之說，魚沉，謂無人傳言。2 秋韻：即秋聲。此謂風吹竹聲。3 攲：倚、依。4 燼：火燒剩餘之物，此指燈花。

賞析與點評

這是一首別後相思愁怨詞。上片以「別」字領起，傳達了女主人公對遠行的愛人之關切、思念和怪怨，語意柔婉曲折。下片以秋聲襯離情，以「恨」字相映，側重從思婦自身處境的角度描寫其秋夜難眠、獨伴孤燈的愁苦。全詞寫愁恨由遠到近，自外及內，從現實到幻想，又從幻想回歸到現實。且抒情寫景，情景兩得，寫景句寓含婉曲之情，言情句挾帶着淒涼之景，表現出特有的深曲婉麗的藝術風格。

臨江仙[1]

柳外輕雷池上雨，雨聲滴碎荷聲[2]。小樓西角斷虹明。闌干倚處，待得月華生。燕子飛來窺畫棟，玉鈎垂下簾旌。涼波不動簟（diàn）紋平[3]。水精雙枕[4]，傍有墮釵橫。

注釋

1 臨江仙：唐教坊曲名。原本用來歌詠水仙，故名「臨江仙」。又名《庭院深深》、《採蓮回》、《花屏春》等。2 荷聲：雨打荷葉的聲響。3 簟紋：席紋。4 水精：即水晶。

賞析與點評

此詞寫夏日傍晚，陣雨已過、月亮升起後樓外樓內的景象，幾乎句句寫景，而情盡寓其中。

浪淘沙[1]

把酒祝東風。且共從容[2]。垂楊紫陌洛城東。總是當時攜手處，遊遍芳叢。

聚散苦匆匆。此恨無窮。今年花勝去年紅。可惜明年花更好，知與誰同。

注釋

1 浪淘沙：唐教坊曲名，調名出於樂府。2 把酒：端着酒杯。語本唐司空圖《酒泉子》詞「黃昏把酒祝東風，且從容」。從容：流連盤桓。

賞析與點評

這是一首惜春憶春、傷時惜別的小詞，詞人與友人梅堯臣在洛陽城東舊地重遊有感而作，抒發了人生聚散無常的感歎。詞在時間上跨了前後三年。上片由現境憶已過之境，即由眼前美景而思「去年」同遊之樂。下片由現境而思未來之境，含遺憾之情，尤表現出對友誼的珍惜。

浣溪沙

堤上遊人逐畫船，拍堤春水四垂天[1]，綠楊樓外出鞦韆[2]。白髮戴花君莫笑，六幺（yāo）催拍盞頻傳[3]，人生何處似尊前。

注釋

1 四垂天：天幕四面垂地。2「綠楊」句：王維《寒食城東即事》詩：「蹴踘屢過飛鳥上，鞦韆競出垂楊裏。」3 六幺：古曲調名，又名《綠腰》，節奏繁急。白居易《琵琶行》：「輕攏慢撚抹復挑，初為霓裳後六幺。」

賞析與點評

此詞寫詞人湖上泛舟賞春遊玩時的所見所感。詞的上片三句一句一景，描繪了春景中明麗的湖上遊人歡愉的場景；下片寫詞人在船中宴飲遣懷，着重抒情，「人生何處似尊前」，使人體味到一種幽微的凄傷之慨。全詞語言清麗質樸，意境疏放清曠。

青玉案[1]

一年春事都來幾[2]？早過了、三之二。綠暗紅嫣渾可事[3]。綠楊庭院，暖風簾幕，有個人憔悴。

買花載酒長安市。又爭似、家山見桃李[4]？不枉東風吹客淚。相思難表，夢魂無據，惟有歸來是。

注釋

1 青玉案：詞牌名。取於東漢張衡《四愁詩》「美人贈我錦繡段，何以報之青玉案」。又名《橫塘路》、《西湖路》。2 都來：算來。3 渾可事：宋人方言，意謂算不了啥事。4 爭似：怎像，怎比得。

賞析與點評

詞人觸景生情，傷春而思歸。上片側重寫春愁，感傷春日之遲暮。下片主要抒發懷人思歸之情，悵恨芳時而憔悴京華，事功未就而倦旅思歸的情緒隱約在字裏行間。全詞語言渾成，下片鄉思之情與上片入目之景相融匯，感情真摯，動人心魄。

聶冠卿

聶冠卿（九八八—一〇四二），字長孺，歙州新安（今安徽歙縣）人。大中祥符五年（一〇一二）進士，慶曆元年以兵部郎中知制誥，拜翰林學士。今存《多麗》詞一首，才情富麗，多謂北宋慢詞始於此篇。著有《蘄春集》，已佚。

多麗[1]　李良定公席上賦

想人生，美景良辰堪惜。問其間、賞心樂事，就中難是並得[2]。況東城、鳳台沁苑[3]，泛晴波、淺照金碧。露洗華桐，煙霏絲柳，綠陰搖曳，蕩春一色。畫堂迥、玉簪瓊佩，高會盡詞客。清歡久、重燃絳蠟，別就瑤席。

有翩若輕鴻體態，暮為行雨標格。逞朱唇、緩歌妖麗，似聽流鶯亂花隔。慢舞縈迴，嬌鬟低嚲（duǒ）[4]，腰肢纖細困無力。忍分散、彩雲歸後，何處更尋覓。休辭醉，明月好花，莫謾（màn）輕擲[5]。

注釋

1 多麗：詞牌名。調名緣於張均妓名。《說郛》卷一一九下引《辨音錄》：張均妓多麗，彈琵琶曲，項上有高麗絲結，趙詩爭奪，致傷二指。又名《綠頭鴨》、《隴頭泉》等。2 就中難是並得：謝靈運《擬鄴中詩序》：「天下良辰、美景、賞心、樂事，四者難並。」全詞藉此四者展開。3 鳳台沁苑：鳳台，秦穆公為其女兒女婿所造建築。沁苑，原指漢明帝女兒沁水公主的園林，後泛指皇家公主的園林。此處用鳳台沁苑似為比況，說東城此處風光之好。4 嚲：低垂。5 謾：隨意、白白地。

賞析與點評

這首詞為聶冠卿賦於李良定公席上，隨即傳唱天下。詞寫士大夫春日宴遊之樂和歌伎舞女之美。詞人在上闋發出美景良辰堪惜，賞心樂事難得的人生之歎，於是在蕩春一色的大好春天裏，高會詞客。下闋鋪寫席間美人曼舞輕歌，承上闋不負良辰美景、賞心樂事之意。這首詞作為現存第一首宋代長調慢詞，打破了小令一統天下的格局，其肇始之功不可湮沒。

柳永

柳永（約九八七—約一〇五三），原名三變，字景莊，後改名永，字耆卿，排行第七，又稱柳七。福建崇安（今福建武夷山）人。仁宗景祐元年（一〇三四）進士，曾官至屯田員外郎，故世稱柳屯田。由於仕途坎坷、生活潦倒，遂流落勾欄瓦肆，混跡歌樓妓館，作詞自遣，在「淺斟低唱」中尋找寄託。詞史上，柳永從內容上開拓了詞的領域，成為大量填寫慢詞自譜新腔的第一人。其詞語言通俗，明白如話，便於傳唱，「凡有井水處，即能歌柳詞」（《避暑錄話》）。其詞自成一派，世稱「屯田蹊徑」、「柳氏家法」。有詞集《樂章集》。今存詞二百餘首。

曲玉管[1]

隴首雲飛[2]，江邊日晚，煙波滿目憑闌久。立望關河蕭索[3]，千里清秋。忍凝眸。杳杳神京[4]，盈盈仙子[5]，別來錦字終難偶[6]。斷雁無憑，冉冉飛下汀洲。思悠悠。

暗想當初，有多少、幽歡佳會，豈知聚散難期，翻成雨恨雲愁[7]。阻追遊。每登山臨水，惹起平生心事，一場消黯，永日無言，卻下層樓。

注釋

1 曲玉管：唐教坊曲名。此調並不常見，只柳永這一首詞存世。2 隴首雲飛：語本《梁書．柳惲傳》：「少工篇什，始為詩曰：『亭皋木葉下，隴首秋雲飛。』」隴首：山頭。3 關河：關山河川，這裏泛指山河。4 神京：帝京、京都，這裏指汴京（今開封）。5 仙子：比喻美女，這裏指詞人所愛的歌女。唐宋間常以「仙子」代指娼妓或女道士。6 錦字：又稱錦書，詩文中常用代指情書。《晉書》卷九十六：「竇滔妻蘇氏，始平人也，名蕙，字若蘭，善屬文。滔苻堅時為秦州刺史，被徙流沙。蘇氏思之，織錦為迴文旋圖詩，以贈滔。宛轉迴圈以讀之，詞甚淒惋。」偶：對答。7 雨恨雲愁：言聚散如雲似雨，難以預料。

賞析與點評

這首詞寫離別之恨與羈旅之愁。開篇敍寫眼前景物，視線推向高山大河，由隴首飛雲、江邊落日、江上煙波、蕭索關河，構成蒼茫、闊遠的清秋圖畫。接着以「斷雁」自喻，抒寫浪跡他鄉的孤獨悲苦。最後，回想當初與戀人的幽歡佳會，反襯眼前的形單影隻。全詞寫景、敍事、抒情相互交融，言淺意豐，平白如水。

雨霖鈴[1]

寒蟬凄切。對長亭晚，驟雨初歇。都門帳飲無緒[2]，留戀處、蘭舟催發[3]。執手相看淚眼，竟無語凝噎。念去去、千里煙波[4]，暮靄沉沉楚天闊[5]。

多情自古傷離別。更那堪、冷落清秋節。今宵酒醒何處？楊柳岸、曉風殘月。此去經年[6]，應是良辰好景虛設。便縱有、千種風情，更與何人說。

注釋

1 雨霖鈴：此調原為唐教坊曲。相傳玄宗避安祿山亂入蜀，時霖雨連日，棧道中聽到鈴聲。為悼念楊貴妃，便採聲作此曲，流傳於世。後柳永用為詞調。又名《雨淋鈴》、《雨霖鈴慢》。2 都門帳飲：在京都郊外搭起帳幕設宴餞行。都門：京城門外。《海錄碎事》卷六：「野次無宮室，故曰帳飲。」3 蘭舟：船的美稱。4 去去：不斷遠去，越走越遠。5 楚天：古時長江下游地區屬楚國，故稱。6 經年：歷時一年或更久。

賞析與點評

這首詞是柳永從汴京南下時與戀人的惜別之作。全詞以冷落的秋天景物作襯託，精心刻畫了臨別之際難捨難分的場景，進而想像別後的愁緒離衷，層層鋪敘，曲折盡致，情調纏綿悱惻，同時委婉地抒發了遭遇之不幸及江湖漂泊之感。詞中的寫景尤有妙處，離人的愁緒和蕭瑟的秋景互相襯映，以景狀情，情景交融。語言不假雕飾，清新自然。

蝶戀花

佇倚危樓風細細[1]。望極春愁，黯黯生天際。草色煙光殘照裏。無言誰會憑闌意。

擬把疏狂圖一醉[2]。對酒當歌，強樂還無味。衣帶漸寬終不悔。為伊消得人憔悴。

注釋

1 佇倚危樓：長時間依靠在高樓的欄杆上。佇，久立。危樓，高樓。2 疏狂：豪放而不受拘束。

賞析與點評

這是一首懷人詞。上片寫登高望遠，春愁油然而生。下片詞人想藉酒排遣春愁，勉強為樂卻不樂，結句乾脆將感情放縱開去，以警策作結，「衣帶漸寬終不悔，為伊消得人憔悴」，將思念戀人的感情推向高潮，成為千百年來膾炙人口的名句。王國維在《人間詞話》中，以之來比喻「古今之成大事業、大學問者，必經過三種之境界」的第二境，即必須具備這種鍥而不捨、苦苦追求的精神，可謂在柳詞原意上更精進一層。

採蓮令[1]

月華收，雲淡霜天曙。西征客、此時情苦[2]。翠娥執手送臨歧[3]，軋軋開朱戶。千嬌面、盈盈佇立，無言有淚，斷腸爭忍回顧。

一葉蘭舟，便恁急槳凌波去。貪行色、豈知離緒。萬般方寸，但飲恨，脈脈同誰語。更回首、重城不見，寒江天外，隱隱兩三煙樹。

注釋

1 採蓮令：教坊曲中有「採蓮」曲，雙調，一般用於皇帝宴遊之時。作為詞調，今僅存柳永詞一首。2 西征客：西去的旅人。3 臨歧：行至岔路口。古詩中常用「歧路」表現朋友分別的場景。

浪淘沙慢[1]

夢覺、透窗風一線，寒燈吹息。那堪酒醒，又聞空階，夜雨頻滴。嗟因循、久作天涯客[2]。負佳人、幾許盟言，便忍把、從前歡會，陡頓翻成憂戚[3]。

愁極。再三追思，洞房深處[4]，幾度飲散歌闌，香暖鴛鴦被。豈暫時疏散，費伊心力。殢（tì）雲尤雨[5]，有萬般千種，相憐相惜。

恰到如今、天長漏永[6]，無端自家疏隔。知何時、卻擁秦雲態[7]，願低幃昵枕[8]，輕輕細說與，江鄉夜夜，數（shuò）寒更思憶[9]。

注釋

1 浪淘沙慢：是詞牌浪淘沙的別格，由柳永演製。唐五代所傳《浪淘沙》詞皆為令詞小調，二十八字或五十四字，至柳永則演製為一百三十五字（正體）的長篇慢調。2 因循：延宕不歸、徘徊不去。3 陡頓：突然。4 洞房：這裏並不是新婚夫婦的臥室，而是泛指幽深的內室。多指臥室、閨房。《楚辭．招魂》：「姱容修態，洞房些。」5 殢雲尤雨：貪戀男女歡情。殢：戀昵。尤：相娛、相戀之意。6 漏永：時間漫長。漏，古代的計時器，即漏壺。永，長。7 秦雲：秦樓雲雨，指男女歡愛之事。司空圖《浙江二首》（其一）：「丹桂石楠宜並長，秦雲楚雨暗相和。」8 低幃：放下幃帳。昵：親近。9 數：多次。

賞析與點評

這首詞寫戀情。全詞分三片，第一片寫主人公夜半酒醒時的憂戚情思，第二片寫主人公追思以往相憐相惜的纏綿情感，第三片又回到現今的相思之苦，同時也期待未來兩人的重逢，彼時再向對方訴說而今的苦澀別離情懷。

定風波[1]

自春來、慘綠愁紅，芳心是事可可[2]。日上花梢，鶯穿柳帶，猶壓香衾臥。暖酥消[3]，膩雲彈（duǒ）[4]。終日厭厭倦梳裹[5]。無那（nuò）[6]。恨薄情一去，音書無個。

早知恁麼。悔當初、不把雕鞍鎖。向雞窗、只與蠻箋象管[7]，拘束教吟課。鎮相隨，莫拋躲。針線閒拈伴伊坐。和我。免使年少，光陰虛過。

注釋

1 定風波：唐教坊曲名，敦煌曲子詞殘卷中已有此曲。後蜀歐陽炯有作，曲律有所變化。後柳永演為慢詞。又名《捲春空》、《定風流》、《定風波令》、《醉瓊枝》等。2 是事可可：對什麼事情都不在意，無興趣。是事：所有的事。可可：無關緊要；不在意。3 暖酥消：酥本指乳酪，藉指女子鬆軟的皮膚。暖酥消指皮膚邋遢，沒有梳妝。4 膩雲彈：頭髮散亂蓬鬆，沒有梳洗。彈：下垂的樣子。5 厭厭：同「懨懨」、

「懨懨」，精神萎靡的樣子。6 無那：即無奈。7 雞窗：指書窗或書房。鑾箋象管：紙和筆。古時四川所產的彩色箋紙稱鑾箋。

賞析與點評

這首詞以女性的口吻來寫，表現她同戀人分別之後的孤獨苦悶和相思。上片寫女主人公分別後的情態，春光明媚卻無心欣賞，宅於臥室而無心梳妝，只因為情郎分別後沒有音信。下片重點展現女子的後悔。早知如此，當初就該把他留下來。凡此種種，都是出於女子對情郎的相思之情。整首詞大量採用當時口語，通俗自然，情感真摯，是柳永「俚詞」中的代表作。

少年遊[1]

長安古道馬遲遲[2]。高柳亂蟬嘶。夕陽鳥外[3]，秋風原上[4]，目斷四天垂[5]。歸雲一去無蹤跡[6]。何處是前期[7]。狎興生疏[8]，酒徒蕭索[9]，不似去年時。

注釋

1 少年遊：最早見於晏殊的《珠玉詞》，因其中有「長似少年時」句，於是以「少年遊」取為調名。又名《少年遊令》、《小闌干》、《玉臘梅枝》。2 馬遲遲：馬行緩慢的樣子。3 鳥外：飛鳥之外。此句及下句化用李商隱《樂遊原》：「向晚意不適，驅車登古原。夕陽無限好，只是近黃昏。」4 原上：樂遊原上，在長安西南。5 四天垂：天的四周夜幕降臨。6 歸雲：飄逝的雲彩。這裏比喻往昔經歷而現在不可復返的一切。7 前期：以前的期約。既可指往日的志願心期，又可指舊日的歡樂約期。8 狎興：遊樂的興致。9 酒徒：酒友。蕭索：稀少，寂寞。

賞析與點評

這首小詞以深秋的長安為背景，觸目傷懷，自抒情意，塑造了一個失志之士的淒涼形象。上片詞人從外界秋景着筆，自寫其今日的飄零落魄，感慨極深。下片抒懷，充滿了傷今感昔的慨歎。

戚氏[1]

晚秋天，一霎微雨灑庭軒。檻(jiàn)菊蕭疏[2]，井梧零亂惹殘煙。淒然，望江關[3]。飛雲黯淡夕陽間。當時宋玉悲感[4]，向此臨水與登山。遠道迢遞，行人淒楚，倦聽隴水潺湲[5]。正蟬吟敗葉，蛩響衰草，相應喧喧。

孤館度日如年。風露漸變，悄悄至更闌。長天淨、絳河清淺[6]，皓月嬋娟。思綿綿。夜永對景[7]，那堪屈指，暗想從前。未名未祿，綺陌紅樓，往往經歲遷延。

帝里風光好，當年少日，暮宴朝歡。況有狂朋怪侶，遇當歌、對酒競留連。別來迅景如梭，舊遊似夢，煙水程何限。念利名、憔悴長縈絆。追往事、空慘愁顏。漏箭移，稍覺輕寒。漸嗚咽、畫角數聲殘。對閒窗畔，停燈向曉，抱影無眠。

注釋

1 戚氏：始見《樂章集》，入「中呂調」，為柳永所創，屬長調慢詞。此後名家所填此調者甚少。2 檻菊：欄杆邊的菊花。下句「井梧」指井邊的梧桐樹。3 江關：疑即指荊門，荊門、虎牙二山（分別在今湖北省枝城市和宜昌市）夾江對峙，古稱江關，戰國時為楚地。4 宋玉悲感：戰國時楚人宋玉作《九辯》，曾以悲秋起興，抒孤身逆旅之寂寞，發生不逢時之感慨，成為歷代文人悲秋之祖。5 隴水：疑非河流名，實為隴頭流水之意。北朝樂府有《隴頭歌辭》，詞曰：「隴頭流水，流離山下。念吾一身，飄然曠野。」6 絳河：銀河。7 夜永：夜長。

賞析與點評

這首《戚氏》前後三疊，二百一十二字，是《樂章集》中最長的一首詞。全詞將羈旅情愁、身世之感寫得淋漓盡致。全詞層次分明，自敘生平而又與悲秋不遇之情聯繫起來，其意境直追《離騷》、《九辯》之氣，是柳詞中的代表作。

夜半樂[1]

凍雲黯淡天氣[2]，扁舟一葉，乘興離江渚。度萬壑千岩，越溪深處。怒濤漸息，樵風乍起，更聞商旅相呼，片帆高舉。泛畫鷁（yì）、翩翩過南浦[3]。

望中酒旆閃閃，一簇煙村，數行霜樹。殘日下，漁人鳴榔（láng）歸去[4]。敗荷零落，衰楊掩映，岸邊兩兩三三、浣紗遊女。避行客，含羞笑相語。

到此因念，繡閣輕拋，浪萍難駐。歎後約，丁寧竟何據[5]。慘離懷，空恨歲晚歸期阻。凝淚眼，杳杳神京路。斷鴻聲遠長天暮。

注釋

1 夜半樂：據王灼《碧雞漫志》云，唐玄宗製此曲，唐崔令欽《教坊記》也載有此曲名。柳永據舊曲名翻成新調。2 凍雲：冬天濃重聚積的雲。3 畫鷁：畫有鷁鳥的船，泛指船。鷁是古書上說的一種水鳥，不怕風暴，善於飛翔。古時船家常在船頭畫鷁首以圖吉利。南浦：指送別的地方。4 鳴榔：用木棍敲擊船舷，以驚魚入網。5 丁寧：同「叮嚀」。

賞析與點評

這是一首羈旅之詞，共分三疊，集中描寫了詞人羈旅漂泊的所歷所見和淒苦心境。第一疊寫江上乘舟千里之行，第二疊寫行程中所見的鄉村景色，第三疊觸景生情，寫行舟所感。末兩句，由情到景，極盡開闊疏宕之致。此詞結構上大開大闔，氣魄宏偉。前兩疊平敘，從容不迫，末疊突然轉為急促，一句一意，愈引愈深，作者去國離鄉的感情也噴薄而出。

玉蝴蝶[1]

望處雨收雲斷，憑闌悄悄[2]，目送秋光。晚景蕭疏，堪動宋玉悲涼。水風輕、蘋花漸老；月露冷、梧葉飄黃。遣情傷。故人何在？煙水茫茫。

難忘，文期酒會[3]，幾孤風月[4]，屢變星霜[5]。海闊山遙，未知何處是瀟湘[6]。念雙燕、難憑遠信，指暮天、空識歸航。黯相望，斷鴻聲裏，立盡斜陽。

注釋

1 玉蝴蝶：此調有小令及長調兩體，小令為唐溫庭筠所創，長調始於柳永，又名《玉蝴蝶慢》。2 悄悄：憂愁的樣子。3 文期酒會：文人們相約飲酒賦詩的聚會。4 幾孤風月：辜負了多少美好的風光景色。孤：通「辜」，辜負。5 屢變星霜：經過了好幾年。6 瀟湘：古水名，在今湖南省。這裏指所念之人居住的地方。

賞析與點評

這首詞乃悲秋懷人之作。全詞以一「望」字領起，上片極力渲染一個氣象悲涼、衰颯的境界，觸發了詞人悲秋之情。「遣情傷」句承上總述了雨後秋暮之景，使其心情悲傷，啟開思念故人之下文。「故人」兩句是「望」的目標和結果。下片「難忘」一詞緊承上片末句，自然引出對

「故人」的懷念。至「黯相望」句便和上片「望」字遙相呼應，由此流露出詞人心境之黯淡。結句「斷鴻聲裏，立盡斜陽」，表達了他與友人的真摯情誼，可謂山高水長。

八聲甘州[1]

對瀟瀟、暮雨灑江天，一番洗清秋。漸霜風淒緊，關河冷落，殘照當樓。是處紅衰翠減，苒苒物華休[2]。惟有長江水，無語東流。

不忍登高臨遠，望故鄉渺邈（miǎo）[3]，歸思（sì）難收[4]。歎年來蹤跡，何事苦淹留[5]。想佳人、妝樓顒（yóng）望[6]，誤幾回、天際識歸舟。爭知我、倚闌干處，正恁凝愁[7]。

注釋

1 八聲甘州：唐教坊大曲有《甘州》一曲，屬於邊塞曲之類。《八聲甘州》據之改製，又名《甘州》、《瀟瀟雨》、《宴瑤池》，後用為詞牌。2 物華：美好的景物。休：衰殘。3 渺邈：遙遠。4 歸思：歸家的心情。5 淹留：長期停留。6 顒望：舉首凝望。7 爭知：怎麼知道。

賞析與點評

這首詞寫羈旅行役之苦和思鄉懷親之愁。上片鋪敍眼中所見之景，展現了暮秋傍晚、雨後江天的遼闊景象，渲染出高遠雄渾、深沉悽愴的意境。「漸霜風」幾句蘇軾認為不減唐人高處。下片抒寫思鄉懷人之痛，從自身和佳人兩處着筆，天涯孤旅的單向念想，變成了遊子思婦千里對望、互念的兩地相思，空間疊映，遠近對舉。思歸之情千轉萬曲，蕩氣迴腸。詞作以廣漠蕭瑟的秋色，烘託詞人失意落寞的心境，情景兼到，骨韻俱高。

迷神引[1]

一葉扁舟輕帆捲。暫泊楚江南岸。孤城暮角，引胡笳怨。水茫茫，平沙雁。旋驚散。煙斂寒林簇，畫屏展。天際遙山小，黛眉淺[2]。

舊賞輕拋，到此成遊宦。覺客程勞，年光晚。異鄉風物，忍蕭索，當愁眼。帝城睑[3]，秦樓阻[4]，旅魂亂。芳草連空闊，殘照滿。佳人無消息，斷雲遠[5]。

注釋

1 迷神引：「引」常常是一首樂曲的序曲。該調填者不多。2 黛眉：古時常以山比眉，故也以眉比山。此指遠山山色暗淡。3 睑：距離遠。4 秦樓：妓院。5 斷雲：片雲。

賞析與點評

這是一首詞羈旅懷人之詞。上片層層白描楚江的暮景，產生了畫面似的效果，茫茫江水，平沙驚雁，廣漠寒林，遠山隱然，加上黃昏的角聲和胡笳的悲鳴，引發了遊子渺然深遠的幽情遠思；下片抒發遊宦生涯的感慨，更難忘，佳人遠離，不知何年再見，心裏極為凄涼落索。幾者交匯，故言「旅魂亂」。

竹馬子[1]

登孤壘荒涼[2]，危亭曠望，靜臨煙渚。對雌霓掛雨[3]，雄風拂檻，微收殘暑。

漸覺一葉驚秋，殘蟬噪晚，素商時序[4]。覽景想前歡，指神京、非霧非煙深處。向此成追感，新愁易積，故人難聚。憑高盡日凝佇。贏得消魂無語[5]。極目霽靄霏微[6]，暝鴉零亂，蕭索江城暮。南樓畫角，又送殘陽去。

注釋

1 竹馬子：宋葉夢得《石林詞》中又名「竹馬兒」。2 孤壘：孤零零的昔日營壘。壘：軍用建築物。3 雌霓：彩虹出現雙環時，內環色鮮豔者為雄，外環色暗淡者為雌。雄曰虹，雌曰霓。4 素商時序：秋天接着次序即將代替夏天到來。素商，秋季之別稱。古代五行認為，西方屬金為白，商聲配秋，故名之。5 贏得：剩得。6 霽靄：晴天的煙霧。霏微：朦朧的樣子。

賞析與點評

這首詞為柳永晚年漫遊江南時登高曠望、憶昔懷人的離情別緒之作。此詞境界遼闊，極蒼涼之致。上片由曠望而凝思，下片由追感而極目。秋懷落索，故人難聚。將古壘殘壁與酷暑新涼交替之際的特異景象聯繫起來，抒寫了壯士悲秋的感慨。

王安石

王安石（一〇二一—一〇八六），字介甫，號半山。撫州臨川（今屬江西）人。仁宗慶曆二年（一〇四二）進士。神宗時兩度為宰相，推行新法，實行政治改革，遭守舊派反對。變法失敗後罷相退居江寧（今江蘇南京），封舒國公，不久改封荊，世稱荊公。卒謚文，贈太師。其文雄健峭拔，為唐宋八大家之一；其詩剛勁清新，自成一家；其詞不多，僅存二十餘首，卻一掃五代綺靡舊習，風格高峻，感慨深沉。《彊村叢書》收《臨川先生歌曲》一卷，《補遺》一卷。

桂枝香[1]

登臨送目。正故國晚秋[2]，天氣初肅。千里澄江似練，翠峰如簇。歸帆去棹殘陽裏，背西風、酒旗斜矗。彩舟雲淡，星河鷺起，畫圖難足。

念往昔、繁華競逐。歎門外樓頭[3]，悲恨相續。千古憑高，對此謾嗟榮辱。六朝舊事隨流水，但寒煙、衰草凝綠。至今商女，時時猶唱，《後庭》遺曲。

注釋

1 桂枝香：調名來自裴思謙狀元及第後所賦之詩，又名《疏簾淡月》。本詞黃升《花庵詞選》題作「金陵懷古」。2 故國：指六朝舊都金陵，今江蘇南京。3 門外樓頭：指南朝陳亡國慘劇。

賞析與點評

這首詞為荊公晚年退居金陵，登臨懷古之作。上闋以廣闊的視野和遒勁的筆力勾勒出金陵廣袤蒼茫而又鮮妍明麗的景致。下闋感歎六朝皆以荒淫而相繼亡覆的史實。以後庭遺曲關合古今，表達了憂生念亂之意，體現了一個政治家的眼光和胸襟，也展現了懷古詞所能達到的廣度和深度。全詞思力深透，感慨激越悲壯，意境壯闊渾融，是有宋一代詠史懷古詞的典範。

千秋歲引[1]

別館寒砧（zhēn）[2]，孤城畫角。一派秋聲入寥廓。東歸燕從海上去，南來雁向沙頭落。楚台風[3]，庾樓月[4]，宛如昨。

無奈被些名利縛。無奈被他情擔閣。可惜風流總閒卻。當初謾留華表語[5]，而今誤我秦樓約[6]。夢闌時，酒醒後，思量着。

注釋

1 千秋歲引：《詞譜》以王安石這首詞為正調。有別名《千秋歲令》、《千秋萬歲》。2 別館：客館。寒砧：寒秋的擣衣聲。砧，擣衣石。3 楚台風：據宋玉《風賦》載，楚王遊於蘭台，有風颯然而來，楚王披襟而當之。4 庾樓月：《世說新語．容止》載，庾亮鎮守武昌，曾與佐吏於秋夜登南樓吟詠。後以庾樓泛指樓閣。5 華表語：據陶淵明《搜神後記》載，遼東人丁令威學仙得道，化鶴歸來，落在城門華表柱上，有青年欲射之，鶴盤旋空中，唱道：「有鳥有鳥丁令威，去家千年今日歸。城郭如舊人民非，何不學仙塚累累。」6 秦樓：秦穆公女兒秦弄玉所居之樓。秦樓約指與佳人之約。

賞析與點評

詞寫的是秋景，抒發了詞人宦海倦旅、苦悶哀怨的心情。

王安國

王安國（一〇二八—一〇七四）字平甫，王安石弟。撫州臨川（今屬江西）人。賜進士出身，官至大理寺丞、集賢校理。世稱王安禮、王安國、王雱為「臨川三王」。安國政見與安石不同，也與呂惠卿結怨，安石罷相後，被誣陷，奪官遣歸。安國工詩文，詞則工麗曲折，頗近婉約。今存詞三首。

清平樂　春晚

留春不住。費盡鶯兒語。滿地殘紅宮錦污[1]，昨夜南園風雨[2]。
小憐初上琵琶[3]。曉來思繞天涯。不肯畫堂朱戶[4]，春風自在楊花。

注釋

1 宮錦：宮中所製的錦緞。李商隱《隋宮》：「春風舉國裁宮錦，半作障泥半作帆。」2 南園：指園圃。3 小憐：北齊後主高緯寵妃馮淑妃名，善彈琵琶，這裏泛指歌女。李商隱《馮小憐》：「灣頭見小憐，請上琵琶絃。」4 畫堂朱戶：達官貴人的宅邸。

賞析與點評

這首詞藉寫殘春景象抒惜春之情。上片寫景，描繪了一幅殘春圖。昨夜南園風雨，今晨滿地殘花。雖有鶯語挽留，但春天仍匆匆離去。下片藉小憐的琵琶聲訴惜春、惜花之情，並藉小憐不愛榮華愛自然的態度讚揚了她的高潔，同時也寄寓了作者深沉的身世感慨。

晏幾道

晏幾道（一〇三八—一一一〇），字叔原，號小山，撫州臨川（今屬江西）人。晏殊第七子。生性高傲，不慕勢利，不以父勢謀取功名。仕途頗不得意，晚年家境中落。窮困潦倒而性格疏狂，好藏書，能詩，尤以詞著稱。與其父齊名，世稱「二晏」。其詞多寫四時景物、男女愛情，懷往事，抒哀愁。詞風濃摯深婉，造語工麗，使小令詞在北宋中期發展到一個高峰。有《小山詞》一卷，今存詞二百五十餘首。

臨江仙

夢後樓台高鎖，酒醒簾幕低垂。去年春恨卻來時[1]。落花人獨立，微雨燕雙飛[2]。

記得小蘋初見[3]，兩重心字羅衣[4]。琵琶絃上說相思。當時明月在，曾照彩雲歸。

注釋

1 卻來：又來。2「落花」二句：語本五代翁宏《春殘》詩「又是春殘也，如何出翠幃。落花人獨立，微雨燕雙飛」。3 小蘋：作者友人家的歌女。4 兩重心字：兩個篆書心字結成的連環圖案，象徵男女心心相印。有這種圖案的衣服為當時歌女所穿的流行衣衫。

賞析與點評

這是一首懷人之作。全詞在時間上層層逆推，由近及遠。詞中情、事便在這種時間逆展中，由隱趨顯。結句哀感之極，在懷人之際也流露出身世之感。全詞化用成句，卻點鐵成金，另造新境，閒婉而沉着，是小山詞的代表作之一。

蝶戀花

夢入江南煙水路。行盡江南，不與離人遇。睡裏消魂無說處。覺來惆悵消魂誤。

欲盡此情書尺素。浮雁沉魚，終了無憑據。卻倚緩絃歌別緒。斷腸移破秦箏柱[1]。

注釋

1 移破：頻繁移動絃柱，使彈奏急速。秦箏：古秦地所用的一種絃樂器。

賞析與點評

整首詞作從「夢人」到「覺來」，從寫信到彈箏，層層遞進，節節頓挫，非常細緻、深刻地揭示出女主人公孤身獨處的淒涼以及魂牽夢繞的相思之苦。

鷓鴣天[1]

彩袖殷勤捧玉鍾。當年拚（pàn）卻醉顏紅[2]。舞低楊柳樓心月，歌盡桃花扇底風。

從別後，憶相逢。幾回魂夢與君同[3]。今宵剩把銀釭（gāng）照，猶恐相逢是夢中[4]。

注釋

1 鷓鴣天：唐五代詞中無此調，首見於宋祁之作，至晏幾道多為此調。又名《思佳客》、《於中好》。此詞黃升《花庵詞選》題作《佳會》。2 拚卻：甘願，不顧惜。卻：語氣助詞。3 同：聚在一起。4「今宵」二句：化用杜甫《羌村》詩「夜闌更秉燭，相對如夢寐」。剩把：盡把。銀釭：銀白色的燭台。

賞析與點評

這首詞寫與戀人久別重逢的喜悅之情。作品不是徑直去描寫抒發重逢的情景與歡樂，而是從「當年」初逢着筆，描述初見時的情景，兩情相悅，盡情歡度。下片寫別後相思及重逢。先以夢中重逢寫離別之苦、相思之深，再以真正重逢翻以為夢，寫出久別相思不期而遇的驚喜之情。全詞詞豔情深，離思縈繞。用筆似虛還實，似實又虛，詞心曲折深婉，別恨離愁，溢於詞外。

鷓鴣天

醉拍春衫惜舊香。天將離恨惱疏狂。年年陌上生秋草，日日樓中到夕陽。

雲渺渺，水茫茫。征人歸路許多長。相思本是無憑語，莫向花箋費淚行。

賞析與點評

這是一首羈旅相思之詞。上片先暗寫盛時的歌舞歡樂，如今落魄，舊香未去，相思猶在。陌上春草指遊子在外漂泊，羈旅他鄉，多年未歸；樓中夕陽是指思婦在家守候，日日苦盼，日暮難見。下片感慨歸路漫長，相思難寄，反而浪費箋紙。正因相思至極，故而有此反語。

生查子[1]

金鞭美少年，去躍青驄（cōng）馬[2]。牽繫玉樓人[3]，繡被春寒夜。

消息未歸來，寒食梨花謝。無處說相思，背面鞦韆下。

注釋

[1] 生查子：唐教坊曲名，敦煌曲子詞中有此調。該調文人詞最早見於晚唐詩人韓偓。又名《陌上郎》、《梅和柳》、《楚雲深》、《愁風月》等。[2] 青驄馬：毛色青白相雜的

駿馬。3 牽繫：牽掛。玉樓人：閨中少婦。

賞析與點評

此為閨人怨別懷人之詞。上闋寫少年出遊，「牽繫」二字提挈全篇，寫「玉樓人」的魂牽夢縈。下闋寫閨思，含情脈脈，柔腸寸寸，一片深情，無人告語。全詞意致淒然，妙在含蓄。

生查子

關山魂夢長，塞雁音書少。兩鬢可憐青[1]，只為相思老。

歸傍碧紗窗，說與人人道[2]。真個別離難[3]，不似相逢好。

注釋

1 青：白色。2 人人：對所愛之人的昵稱，宋代口語。3 真個：真正。

賞析與點評

這首詞抒寫相思懷遠之情。其中下片後兩句直言憨語，再現了夢裏對話的實情，生動地刻畫了天真、單純的少年形象。此詞以簡約的文辭抒寫至癡真情，真實而親切，於平淡中見韻味。

木蘭花

東風又作無情計。豔粉嬌紅吹滿地。碧樓簾影不遮愁，還似去年今日意。
誰知錯管春殘事。到處登臨曾費淚。此時金盞直須深，看盡落花能幾醉。

賞析與點評

詞人以清勁的筆姿寫沉痛的傷春情緒，寄寓落魄身世的感歎。全詞意境空闊，由傷春及自憐而又自振，情感曲折有致，體現了小山詞深曲沉着之風格。

清平樂

留人不住。醉解蘭舟去。一棹碧濤春水路。過盡曉鶯啼處。
渡頭楊柳青青。枝枝葉葉離情。此後錦書休寄，畫樓雲雨無憑。

賞析與點評

這首詞寫的是送別和離情。似不同代女子立言，應是小山自身之離情。上片寫伊人不顧詞人之挽留，解舟而去。下片寫詞人對她的複雜感情。先暗用劉禹錫《竹枝詞》意境，寫出伊人「道是無情還有情」的離別，因而也很難真正對她恨起來。也因為伊人如同巫山神女般行蹤不定，詞人才發出休寄錦書的負氣話，然而負氣之餘，癡心與癡情也歷歷可見。以怨寫愛，更見愛之深切。

阮郎歸 1

舊香殘粉似當初。人情恨不如。一春猶有數行書。秋來書更疏。

衾鳳冷，枕鴛孤。愁腸待酒舒。夢魂縱有也成虛。那堪和夢無。

注釋

1 阮郎歸：詞名用劉晨、阮肇故事。《神仙記》載劉晨、阮肇入天台山採藥，遇二仙女，留住半年，思歸甚苦。既歸則鄉邑零落，經已十世。調名本此，故作淒音。又名《碧桃春》、《醉桃源》、《濯纓曲》、《宴桃源》等。唐教坊曲有《阮郎迷》，疑為其初名。

賞析與點評

這首詞寫思婦的幽懷別緒。上闋寫恨，以舊香殘粉勾起物是人非之慨，「一春」兩句，是「人情恨不如」的具體化。下闋寫孤寂，「衾鳳冷」兩句寫閨中落寞之情，「愁腸」由此而發，「夢魂」兩句採用遞進的手法，寫足相思而怨恨之情。

阮郎歸

天邊金掌露成霜[1]。雲隨雁字長。綠杯紅袖趁重陽。人情似故鄉。

蘭佩紫[2]，菊簪黃[3]。殷勤理舊狂。欲將沉醉換悲涼。清歌莫斷腸。

注釋

1 金掌：銅製的手掌。據《三輔黃圖》載：漢武帝於建章宮築神明台，上立金銅仙人，手捧銅盤承露，取露和以玉屑飲之，以求長生不老。露成霜，《詩・秦風・蒹葭》：「蒹葭蒼蒼，白露為霜。」 2 蘭佩紫：即以紫蘭為佩。《離騷》：「紉秋蘭以為佩。」 3 菊簪黃：古人重陽節有將菊花插在頭上的習俗，謂之簪菊。

賞析與點評

本詞為汴京重陽宴飲之作，藉佳節寫人生感慨。面對酒筵歌席、重陽佳節，歡樂依舊，詞人卻找不到往日佯狂歌酒的意興。「殷勤理舊狂」，極寫他滿腹牢騷無法排解的情景。結句再度點明內心的悲涼，莫斷腸，實則已然斷腸矣。全詞沉鬱蘊藉，感情深摯，是小山詞的突出代表。

六幺令[1]

綠陰春盡，飛絮繞香閣。晚來翠眉宮樣，巧把遠山學。一寸狂心未說，已向橫波覺。畫簾遮匝。新翻曲妙，暗許閒人帶偷掐[2]。

前度書多隱語，意淺愁難答。昨夜詩有迴文[3]，韻險還慵押。都待笙歌散了，記取來時霎。不消紅蠟。閒雲歸後，月在庭花舊闌角。

注釋

1 六幺令：原唐教坊曲名，後用作詞調。宋王灼《碧雞漫志》：「此曲拍無過六字者，故曰六幺。」「幺」是指細小而繁急之聲調，此曲共用六種幺調。又名《綠腰》、《樂世》、《錄要》。2 偷掐：暗地裏學習彈奏樂曲。掐，掐記。即以手指叩絃而記其聲調。

3 迴文：指詩中的字句迴環往復讀，皆可成詩。多指情書。

賞析與點評

這是一首約會詞，細緻描繪了一位歌女同情郎的幽會。上片寫歌女晚來，而晚來的原因是因為打扮去了，可見對此次見面極為重視。而且，這位歌女極為聰明，情郎情話未說，心裏已然知曉，可謂知心。下片寫歌女懶得回信或寫詩給情郎，乾脆直接見面，短短篇幅中將一個聰明細心、直爽而大膽的女子形象展現在讀者面前。

虞美人[1]

曲闌干外天如水，昨夜還曾倚。初將明月比佳期[2]，長向月圓時候、望人歸。

羅衣着破前香在，舊意誰教改。一春離恨懶調絃，猶有兩行閒淚、寶箏前。

注釋

1 虞美人：原為唐教坊曲名，後用為詞調。調名來源於項羽寵妃虞姬。2 比：核算，擬算。

蘇軾

蘇軾（一〇三七—一一〇一），字子瞻，號東坡居士，眉山（今四川眉山）人。宋仁宗嘉祐二年（一〇五七）進士。神宗朝與變法新黨政見不合，自請外任，歷任杭州通判，轉知密州、徐州、湖州。烏台詩案爆發後，貶為黃州團練副使。哲宗朝累官至翰林學士、知制誥，出知杭州，轉知潁州、揚州，再貶惠州、儋州。徽宗即位後赦還北歸，病死於常州。蘇軾才華絕代，在詩、文、詞及繪畫、書法上均極有造詣，與其父蘇洵、其弟蘇轍並稱「三蘇」，同歐陽修合稱「歐蘇」，同屬「唐宋八大家」之列。其詞風格多樣，題材廣泛，引詩法入詞，一洗綺羅香澤之態，被目為豪放派代表。妙解音律而又往往不拘音律，任氣使之，遠邁塵俗，為詞的發展另闢天地，影響後世深遠。有《東坡樂府》。

水調歌頭[1]

丙辰中秋[2]，歡飲達旦，大醉。作此篇，兼懷子由[3]。

明月幾時有，把酒問青天。不知天上宮闕，今夕是何年。我欲乘風歸去，惟恐瓊樓玉宇，高處不勝寒。起舞弄清影，何似在人間。

轉朱閣，低綺戶，照無眠。不應有恨，何事長向別時圓。人有悲歡離合，月有陰晴圓缺，此事古難全。但願人長久，千里共嬋娟。

注釋

1《水調》，隋唐時曲名。歌頭，曲之始音，如《六州歌頭》之類。《水調》為大曲，故往往截其歌頭，稱《水調歌頭》。2 丙辰中秋：宋神宗熙寧九年（一〇七六）八月十五日。3 子由：作者之弟蘇轍，字子由。時蘇軾在密州，蘇轍在齊州。

賞析與點評

這是一首廣為傳頌的中秋詞。詞人上下宇宙，俯仰古今，在節日賞月中加入濃厚的哲學意味，寫出了對現實人生的熱愛。宋人胡仔《苕溪漁隱叢話》稱讚：「中秋詞，自東坡《水調歌頭》一出，餘詞盡廢。」

水龍吟 次韻章質夫楊花詞[1]

似花還似非花，也無人惜從教墜[2]。拋家傍路，思量卻是，無情有思。縈損柔腸，困酣嬌眼，欲開還閉。夢隨風萬里，尋郎去處，又還被、鶯呼起。

不恨此花飛盡，恨西園、落紅難綴。曉來雨過，遺蹤何在，一池萍碎[3]。春色三分，二分塵土，一分流水。細看來，不是楊花，點點是、離人淚。

注釋

1 章質夫：名楶（jiē），字質夫，曾作《水龍吟》詠楊花，蘇軾依章詞原韻唱和，故稱「次韻」。2 從教：任憑。3 萍碎：傳說楊花入水後即化作浮萍。

賞析與點評

這是一首詠楊花詞。詞人藉暮春飄零的楊花寫思婦之情，以和韻而勝原作，成為詠物詞中的典範。王國維在《人間詞話》中稱讚道：「詠物之詞，自以東坡《水龍吟》為最工。」

念奴嬌[1] 赤壁懷古[2]

大江東去，浪淘盡、千古風流人物。故壘西邊，人道是、三國周郎赤壁。亂石穿空，驚濤拍岸，捲起千堆雪。江山如畫，一時多少豪傑。

遙想公瑾當年，小喬初嫁了，雄姿英發。羽扇綸（guān）巾[3]，談笑間、強虜灰飛煙滅。故國神遊，多情應笑我，早生華髮。人生如夢，一樽還酹江月。

注釋

1 念奴嬌：世傳唐天寶間所製大曲。念奴，本天寶年間著名的歌伎，貌美善歌，曾得到唐玄宗賞識，號為宮中第一。元稹《連昌宮詞》云：「力士傳呼覓念奴，念奴潛伴諸郎宿。」2 赤壁懷古：詞人宋神宗元豐五年（一〇八二）七月在黃州（今湖北黃岡）遊赤壁後作。此赤壁本名赤鼻磯，非三國鏖戰之赤壁。3 羽扇綸巾：儒將的裝束。此處指周瑜有儒將之風，藉此表現其指揮若定，瀟灑從容之態。

賞析與點評

這首詞是懷古之作，也是宋代豪放詞的代表作。詞人藉懷古之情抒發壯志未遇的苦悶。全詞意象雄奇，意境壯闊，情感悲壯，實乃古今絕唱。

永遇樂

彭城夜宿燕子樓，夢盼盼，因作此詞[1]。

明月如霜，好風如水，清景無限。曲港跳魚，圓荷瀉露，寂寞無人見。紞（dǎn）如三鼓[2]，鏗然一葉，黯黯夢雲驚斷[3]。夜茫茫，重尋無處，覺來小園行遍。天涯倦客，山中歸路，望斷故園心眼。燕子樓空，佳人何在，空鎖樓中燕。古今如夢，何曾夢覺，但有舊歡新怨。異時對，黃樓夜景[4]，為余浩歎。

注釋

1 彭城：今江蘇徐州。燕子樓：唐代尚書張愔侍妾關盼盼居處。張死後，盼盼感念舊情，獨居此樓十餘年。2 紞如：鼓聲沉悶的樣子。3 夢雲：本指楚王夢見巫山神女事，此處指夢見盼盼。4 黃樓：蘇軾守徐州時，為治理黃河水患，在彭城東門堆黃土建成黃樓。

賞析與點評

這首詞藉詠古而抒發人生的感慨。開片從前代佳人居所着筆，描繪燕子樓清幽的夜景，落在寂寞二字上。繼而尋訪而夢斷，倍見惆悵，從人去樓空感慨到古今如夢之理，從古及今，推人及己。結句設想將來人藉黃樓憑弔自己，更是將這種感慨升華，使人感喟難已。

卜算子[1] 黃州定惠院寓居作[2]

缺月掛疏桐，漏斷人初靜。誰見幽人獨往來[3]，飄渺孤鴻影。驚起卻回頭，有恨無人省。揀盡寒枝不肯棲，寂寞沙洲冷。

注釋

1 卜算子：清萬樹《詞律》云：唐駱賓王詩用數目名，人謂之卜算子。詞調名稱蓋緣於此。又名《百尺樓》、《楚天遙》。2 黃州：今湖北黃岡市。定惠院：黃州城區內，蘇軾初來時居此。3 幽人：隱居之人。這裏指謫居黃州的自己。參見蘇軾《定惠院寓居月夜偶出》詩：「幽人無事不出門，偶逐東風轉良夜。」

青玉案 和賀方回韻，送伯固歸吳中故居[1]

三年枕上吳中路[2]。遣黃耳、隨君去[3]。若到松江呼小渡。莫驚鴛鷺。四橋盡是，老子經行處[4]。《輞川圖》上看春暮[5]，常記高人右丞句[6]。作個歸期天已許。春衫猶是，小蠻針線[7]，曾濕西湖雨。

注釋

1 **賀方回**：即詞人賀鑄。**伯固**：蘇堅字伯固，蘇軾族人。2 **枕上**：夢中。指伯固曾夢裏回鄉。3 **黃耳**：西晉陸機有犬名黃耳，陸機在洛陽時，曾把書信繫在牠的脖子上，送至松江家中，並得回信。4 **老子**：年老者自稱。宋人慣用語，猶老夫。5 **《輞川圖》**：王維隱居輞川別墅，曾在清涼寺繪《輞川圖》。此指作者有歸隱之意。輞川在今陝西藍田。6 **右丞**：王維官尚書右丞。**右丞句**：指王維《歸輞川作》：「悠然遠山暮，獨向白雲歸。」7 **小蠻**：白居易侍妾名。此指蘇軾杭州侍女。

賞析與點評

這是一首贈別詞。上片寫對蘇堅思鄉心情的理解，接着回憶了吳中的美好景象，並表達對吳中故友的思念。下片藉王維的詩畫展現吳中美景，一方面羨慕伯固回鄉，另一方面又展示自己不能歸鄉的無奈。

臨江仙

夜飲東坡醒復醉[1]，歸來仿佛三更。家童鼻息已雷鳴。敲門都不應，倚杖聽江聲。

長恨此身非我有，何時忘卻營營。夜闌風靜縠紋平。小舟從此逝，江海寄餘生。

注釋

1 東坡：黃州地名。蘇軾曾在此買地築建雪堂。

賞析與點評

這首詞作於蘇軾黃州之貶第三年，一日與友人夜飲雪堂，醉後返歸臨皋居所。上片寫自己醉後，回來時家童酣睡，敲門不應的情景，寫出夜闌人靜之態。而倚杖聽江聲又暗伏內心的不平靜。下片則重在展現自己的思想活動，希望能夠擺脫名利困擾，獲得精神自由。但現實中的蘇軾是被監管的，所以更襯得這種希望的難得與震撼人心。

定風波

三月七日，沙湖道中遇雨[1]。雨具先去，同行皆狼狽，余獨不覺。已而遂晴，故作此詞。

莫聽穿林打葉聲。何妨吟嘯且徐行。竹杖芒鞋輕勝馬，誰怕？一蓑煙雨任平生。料峭春風吹酒醒，微冷，山頭斜照卻相迎。回首向來蕭瑟處，歸去，也無風雨也無晴。

注釋

1 沙湖：在湖北黃岡東南三十里，又名螺師店。

賞析與點評

這首詞寫詞人野外途中遇雨，然而坦然處之、超然物外的態度。從生活現象中提煉出深刻的含義，而又流暢奇警，自是東坡詞本色。

江城子[1] 乙卯正月二十日夜記夢[2]

十年生死兩茫茫，不思量，自難忘。千里孤墳[3]，無處話淒涼。縱使相逢應不識，塵滿面、鬢如霜。

夜來幽夢忽還鄉，小軒窗，正梳妝。相顧無言，惟有淚千行。料得年年腸斷處，明月夜、短松岡。

注釋

1 又名《江神子》、《村意遠》、《水晶簾》等。2 乙卯正月：宋神宗熙寧八年（一〇七五）正月，此時蘇軾知密州（今山東諸城），夢見亡妻王弗，作此詞。3 千里孤墳：此時作者在密州，王弗葬於眉山東北（今四川彭山）蘇洵夫婦墓旁，兩地相距不止千里。

賞析與點評

這是一首悼亡詞。以詞來悼亡，蘇軾可謂首創。而此詞也寫得極為沉痛感人。上片寫夫妻生死永訣，轉瞬十載，而詞人始終懷念亡妻。兩人不僅幽冥相隔，而且地方也遠隔千里，可謂孤寂、淒涼。設想相見之時，也必不能認出，實乃自己十年漂泊，徒增塵面鬢霜而已，悼亡之中又孕育深沉的自傷情懷。下片着重寫夢中情形，亡妻依然如舊時正倚窗梳妝，可相對的卻是無言淚千行，可謂無言而實際上囊括萬言，從雙方的角度來寫，蘇軾筆力可見。

木蘭花　次歐公西湖韻[1]

霜餘已失長淮闊[2]。空聽潺潺清潁咽[3]。佳人猶唱醉翁詞，四十三年如電抹[4]。
草頭秋露流珠滑。三五盈盈還二八[5]。與余同是識翁人，惟有西湖波底月。

注釋

1 長淮：淮河。霜降之後河水減退，顯得狹長。2 歐公：指歐陽修。歐陽修曾任潁州知州，作過不少詞吟詠潁州西湖。本詞即蘇軾追和歐陽修的《木蘭花》。3 清潁：潁水，淮河支流，在今河南省。4 四十三年：自歐陽修作《木蘭花》至蘇軾作此詞，已相距四十三年。電抹：形容光陰飛逝。5 三五：指每月十五。二八：指每月十六。

賞析與點評

歐陽修是蘇軾的恩師，當蘇軾擔任潁州知州，泛舟潁州西湖時，自然而然懷念起了恩師，所以以歐陽修當年的詞作為韻，追和一首。上片先寫潁州西湖的景象，藉佳人傳唱歐公詞曲表明歐公的影響。下片表現對歐公的思念和憑弔。全詞感情真摯，令人感懷。

賀新郎[1]

乳燕飛華屋。悄無人、桐陰轉午，晚涼新浴。手弄生綃白團扇，扇手一時似玉。漸困倚、孤眠清熟。簾外誰來推繡戶，枉教人、夢斷瑤台曲。又卻是、風敲竹。

石榴半吐紅巾蹙[2]。待浮花、浪蕊都盡，伴君幽獨。穠豔一枝細看取，芳心千重似束。又恐被、西風驚綠。若待得君來向此，花前對酒不忍觸。共粉淚、兩簌簌。

注釋

1 賀新郎：清毛先舒《填詞名解》謂此調為蘇軾首創。因蘇詞中有「晚涼新浴」句，故名《賀新涼》，後誤「涼」為「郎」，調名蓋本此。又名《金縷曲》、《金縷詞》、《風敲竹》、《乳燕飛》等。2 紅巾：比喻石榴。蹙：褶皺。

賞析與點評

這是一首閨怨詞。上片寫美人，不寫美人的容貌，而側重從生活環境及背景襯託其高潔幽獨。下片着重寫榴花，因為榴花和美人一樣有一種遺世獨立的精神，無意爭春，高雅自持，而又擔心被西風摧殘。花即人，人即花，花人合一，寄寓了詞人遲暮之悲、未遇之慨。

黃庭堅

黃庭堅（一〇四五—一一〇五），字魯直，號山谷，又號涪翁，洪州分寧（今江西修水）人。治平四年（一〇六七）登進士第，官至起居舍人；紹聖初，坐修《神宗實錄》失實遭貶，安置黔州，晚年羈管宜州卒。他是「蘇門四學士」之一，書法和詩詞創作都比較突出。書法上，與蘇軾、米芾、蔡襄合稱「宋四家」；詩與蘇軾齊名，並稱「蘇黃」，被奉為「江西詩派」創始人；詞與秦觀齊名，當時並稱「秦黃」。有詞集《山谷琴趣外編》三卷。

鷓鴣天

坐中有眉山隱客史應之和前韻[1]，即席答之。

黃菊枝頭生曉寒。人生莫放酒杯乾。風前橫笛斜吹雨，醉裏簪花倒着冠[2]。

身健在，且加餐。舞裙歌板盡清歡。黃花白髮相牽挽，付與時人冷眼看。

注釋

1 史應之：名疇，四川眉山人，與黃庭堅交遊。2 倒着冠：晉代征南將軍山簡，經常暢飲大醉，反戴帽子而歸。此借比自己醉相。

賞析與點評

這首詞是詞人在宴席上即興唱和而作，抒發了內心的憤懣之情。詞人正是被誣而遭貶謫，心情十分低落。上片勸酒，醉裏着冠，實是放浪形骸，掙脱世俗羈絆的表現。下片即照應上片的倒着冠，頭插菊花，挑戰世俗，看似灑脱，實則內心極度抑鬱憤懣。

定風波 次高左藏使君韻[1]

萬里黔中一漏天[2]。屋居終日似乘船。及至重陽天也霽，催醉，鬼門關外蜀江前[3]。

莫笑老翁猶氣岸，君看，幾人黃菊上華顛。戲馬台南追兩謝[4]，馳射，風流猶拍古人肩[5]。

注釋

1 高左藏：名羽。為黔守，與黃庭堅關係甚好。左藏：左藏庫使，官職名。2 黔中：州名，在今四川彭水一帶。漏天：天似泄漏一般，比喻雨水多。3 鬼門關：即石門關，在四川奉節縣東。4 戲馬台：又稱掠馬台，在今江蘇徐州城南，相傳為項羽所築。兩謝：指晉宋間文學家謝靈運及其族兄謝瞻，兩人均有《九日從宋公戲馬台集送孔令》詩。5 拍肩：比肩，與之並列的意思。

賞析與點評

這首詞作於詞人貶謫黔州期間，抒發了身處逆境卻昂揚奮發的氣概。

秦觀

秦觀（一〇四九—一一〇〇），初字太虛，後改字少游，號淮海居士。高郵（今屬江蘇）人。宋神宗元豐八年（一〇八五）進士。宋哲宗紹聖元年（一〇九四）起一再遭貶，卒於藤州。「蘇門四學士」之一。詩風清新嫵麗。詞為婉約派代表，體制淡雅，秀麗含蓄，情韻兼勝，意境優美。有《淮海居士長短句》，今存詞一百一十首。

望海潮[1]

梅英疏淡，冰澌（sī）溶泄[2]，東風暗換年華。金谷俊遊[3]，銅駝巷陌[4]，新晴細履平沙。長記誤隨車[5]。正絮翻蝶舞，芳思交加。柳下桃蹊，亂分春色到人家。

西園夜飲鳴笳[6]。有華燈礙月，飛蓋妨花。蘭苑未空，行人漸老[7]，重來是事堪嗟。煙暝酒旗斜。但倚樓極目，時見棲鴉。無奈歸心，暗隨流水到天涯。

注釋

1 望海潮：由柳永在杭州創製，始見《樂章集》。2 冰澌：冰塊。3 金谷：在今河南洛陽市東北。晉代以豪奢著名的石崇曾築園於此，賓客遊宴其中，世稱金谷園。這裏指詞人遊樂過的汴京舊地。4 銅駝：漢代洛陽街名，因街道兩側立有銅駝而得名，為少年遊集處，後用以詠洛陽景物。5 誤隨車：指少年子弟信步閒遊，誤上別家女眷的車子。語出韓愈《嘲少年》：「只知閒信馬，不覺誤隨車。」6 西園夜飲鳴笳：西園為北宋駙馬都尉王詵之第，元祐年間蘇軾、秦觀等十六人曾雅集與此。曹植《公宴》詩：「清夜遊西園，飛蓋相追隨。」7 行人：出行之人，詞人自指。

賞析與點評

紹聖元年（一〇九四），哲宗親政，新黨復得重用，秦觀受到株連被貶出京，此詞約作於重經洛陽之時。這是一首懷舊之作，以「今—昔—今」的結構展開描寫，用的是「兩兩相形」（清周濟《宋四家詞選》）的對比方式。如酒樓和金谷、銅駝、西園、蘭苑，「煙暝酒旗斜」和「華燈礙月、飛蓋妨花」，等等，以舊遊之樂，反襯今日之孤寂與衰老，感慨頗深。

八六子[1]

倚危亭。恨如芳草，萋萋剗盡還生。念柳外青驄別後，水邊紅袂分時，愴然暗驚。

無端天與娉婷。夜月一簾幽夢，春風十里柔情。怎奈向、歡娛漸隨流水，素絃聲斷[2]，翠綃（xiāo）香減[3]，那堪片片飛花弄晚，濛濛殘雨籠晴。正銷凝[4]，黃鸝又啼數聲。

注釋

1 八六子：又名《感黃鸝》，始見於唐杜牧詞。2 素絃：不加裝飾的琴。3 翠綃香減：意謂分別後懶於修飾。4 凝：凝神感傷。

賞析與點評

此詞抒寫離情。開端三句，以詞人倚樓所望之生生不息的春草，比喻他心中剪不斷的離恨，被周濟譽為「神來之筆」（《宋四家詞選》）。一個「念」字，將思緒拉向過去，結尾再以「正銷凝」回到現實，章法交插錯綜，頗似電影手法。全詞用筆空靈，以景襯情，自宋代以來即被譽為絕唱。

滿庭芳

山抹微雲，天黏衰草，畫角聲斷譙（qiáo）門[1]。暫停征棹[2]，聊共引離尊。多少蓬萊舊事，空回首、煙靄紛紛。斜陽外，寒鴉萬點，流水繞孤村。

銷魂。當此際，香囊暗解，羅帶輕分[3]。謾贏得、青樓薄倖名存。此去何時見也，襟袖上、空惹啼痕。傷情處，高城望斷[4]，燈火已黃昏。

注釋

1 譙門：建有瞭望樓的城門。2 征棹：遠行的船隻。3「香囊」二句：指離別定情。香囊：多為男子飾物。羅帶：女子所繫，古人用羅帶結成同心結象徵相愛。分帶則表示離別。4 高城：五代歐陽詹《初發太原途中寄所思》：「高城已不見，況復城中人。」

賞析與點評

元豐二年（一〇七九）冬，秦觀時從郡守程師孟遊，傾情某歌妓，與之離別而賦此詞。此詞主旨並無特出之處。然而詞作以淒迷的景物、幽深的意境、綿邈的情思、婉轉的聲調，並將身世羈旅之感，打入離別之情，成為膾炙人口的佳作，在當時便有「《滿庭芳》一曲，唱遍歌樓」（清鄧廷楨《雙硯齋詞話》）的盛況，並為詞人贏得「山抹微雲秦學士」的美譽。

減字木蘭花[1]

天涯舊恨。獨自淒涼人不問。欲見迴腸[2]。斷盡金爐小篆（zhuàn）香[3]。

黛蛾長斂。任是春風吹不展。困倚危樓。過盡飛鴻字字愁。

注釋

1 減字木蘭花：自《木蘭花》詞調改製，又名《木蘭香》、《減蘭》、《天下樂令》等。2 迴腸：輾轉反側，愁緒不解。司馬遷《報任安書》「腸一日而九迴。」3 篆香：即盤香。以篆香燃燒時寸寸成灰之情狀，比喻柔情寸斷之愁苦。

踏莎行 郴州旅舍

霧失樓台，月迷津渡。桃源望斷無尋處。可堪孤館閉春寒[1]，杜鵑聲裏斜陽暮。

驛寄梅花[2]，魚傳尺素。砌成此恨無重數。郴江幸自繞郴山，為誰流下瀟湘去[3]。

注釋

1 可堪：哪堪，受不住。閉春寒：被春寒所籠罩。2 驛寄梅花：友人間折梅相贈之典，出自《太平廣記》引《荊州記》曰：「陸凱與范曄為友，在江南寄梅花一枝詣長安與曄，並贈詩云：『折梅逢驛使，寄與隴頭人。江南無所有，聊贈一枝春。』」3 幸自：本自。

浣溪沙

漠漠輕寒上小樓，曉陰無賴似窮秋[1]，淡煙流水畫屏幽。
自在飛花輕似夢，無邊絲雨細如愁，寶簾閒掛小銀鈎。

注釋

1 無賴：令人討厭，無可奈何。窮秋：深秋。

賞析與點評

這首詞以輕淺的色調、幽渺的意境，描繪一個女子在春陰中所生發的淡淡哀愁和輕輕寂寞。全詞六句，一句一景，卻並未出現這位閨怨女子的形象，全在景色的襯託。全詞悵然悠閒，含蓄有味，令人回味無窮。

阮郎歸

湘天風雨破寒初，深沉庭院虛。麗譙吹罷小單（chán）于[1]。迢迢清夜徂（cú）[2]。鄉夢斷，旅魂孤。崢嶸歲又除[3]。衡陽猶有雁傳書，郴（chēn）陽和雁無[4]。

注釋

1 麗譙：繪有彩紋的城門高樓。小單于：唐代角曲名，代指鼓角之聲。2 迢迢：漫漫。徂：流逝。3「崢嶸」句：天寒歲暮，艱難的一年就這麼過去了。4 郴陽：即郴州。在衡陽南。和雁無：連大雁都沒有。

賞析與點評

這首詞是秦觀謫居郴州時，歲暮思鄉之作。整首詞景凄情哀，意境黯然，語辭哀婉，韻調低沉，蘊含作者深沉的人生感慨。

鷓鴣天

枝上流鶯和淚聞。新啼痕間舊啼痕。一春魚雁無消息，千里關山勞夢魂[1]。無一語，對芳尊。安排腸斷到黃昏。甫能炙得燈兒了[2]，雨打梨花深閉門。

注釋　1 關山：難越之山，古絲綢之路上扼陝甘交通的要道。2 甫能：方，才。炙：燒盡。

賞析與點評

這首詞寫思婦傷春怨別之情，語言清婉自然，張炎評為「體制淡雅，氣骨不衰，清麗中不斷意脈，咀嚼無滓，久而知味。」（《詞源》）

晁端禮

晁端禮（一〇四六—一一一三），一名元禮，字次膺，祖居清豐（今屬河南），徙家彭門（今江蘇徐州）。熙寧六年（一〇七三）進士。政和三年，受蔡京推薦赴京，時禁苑中嘉蓮生，賦《並蒂蓮》詞以進，徽宗稱賞，除大晟府協律郎，未及就職而卒。端禮博學強記，專意於詞的創作，其詞音韻和諧，文辭清麗。有詞集《閒齋琴趣外篇》六卷。

綠頭鴨[1]

晚雲收，淡天一片琉璃[2]。爛銀盤、來從海底[3]，皓色千里澄輝。瑩無塵、素娥淡佇[4]，靜可數、丹桂參差[5]。玉露初零[6]，金風未凜[7]，一年無似此佳時。露

坐久、疏螢時度，烏鵲正南飛。瑤台冷，闌干憑暖，欲下遲遲。

念佳人、音塵別後，對此應解相思。最關情、漏聲正永，暗斷腸、花陰偷移。料得來宵，清光未減，陰晴天氣又爭知。共凝戀、如今別後，還是隔年期。人強健，清尊素影，長顧相隨。

注釋

1 綠頭鴨：又名「鴨頭綠」。2 琉璃：形容天色空明。3 爛銀盤、來從海底：唐人盧仝（tóng）《月蝕詩》：「爛銀盤從海底出，出來照我草屋東。」爛銀盤，指燦爛的月光。4 素娥：嫦娥。5 丹桂：傳說月中有桂。6 玉露：秋露。零：落。7 金風未凜：秋風還未凜冽。

賞析與點評

這是一首詠月兼懷人的詞作。上片寫月。晚雲收盡，鋪寫月出的背景。「爛銀盤」三句寫明月之升起，「瑩無塵」四句寫月光之皎潔，「玉露」三句慨歎此時節之美好，「露坐久」以下寫人在皓月下的流連。下片寫月下懷人。同沐月色，一樣相思。經過反覆思忖，留下美好願望，其不盡之情，與蘇軾「但願人長久，千里共嬋娟」異曲而同工。

趙令畤

趙令畤（zhì，一〇五一——一一三四），初字景貺，蘇軾改字德麟，自號聊復翁。涿郡（今河北薊縣）人。宋太祖次子燕王德昭玄孫。元祐中簽書潁州公事，時蘇軾為知州，與之遊。後坐元祐黨籍，被廢十年。紹興初，襲封安定郡王。其詞善於抒情，以清麗婉轉見長。今有趙萬里輯《聊復集》一卷。

蝶戀花

欲減羅衣寒未去。不捲珠簾，人在深深處。紅杏枝頭花幾許。啼痕止恨清明雨[1]。

盡日沉煙香一縷[2]。宿酒醒遲，惱破春情緒。飛燕又將歸信誤。小屏風上西江路。

注釋

1 啼痕：指杏花上的雨跡象啼哭的淚痕。2 沉煙：沉水香點燃的煙。

賞析與點評

這是一首閨中懷人之作。上片頭三句呈現一位佳人的惆悵自憐之態，而後兩句，悲歎自己同花兒一樣飄零。下片繼續承接上片的惜花、傷春情緒，閨中人終日對着一縷香煙出神，唯有藉酒澆愁。她多希望飛燕能帶來遠人的消息，結果卻是「又將歸信誤」，只好空對着屏風悵望，所思之人正漂泊在屏風上所畫的西江之上。結尾處風華掩映，餘韻不盡。

蝶戀花

捲絮風頭寒欲盡。墜粉飄香，日日紅成陣。新酒又添殘酒困。今春不減前春恨。

蝶去鶯飛無處問。隔水高樓，望斷雙魚信。惱亂橫波秋一寸。斜陽只與黃昏近。

清平樂

春風依舊。着意隋堤柳[1]。搓得鵝兒黃欲就。天氣清明時候。
去年紫陌青門[2]。今宵雨魄雲魂[3]。斷送一生憔悴，只消幾個黃昏。

注釋

1 隋堤柳：隋煬帝開運河，沿河渠築堤為御道，稱隋堤，沿堤廣植柳樹，稱隋堤柳。
2 紫陌：指京城郊區的道路。青門：原指漢長安城東南門，後泛指帝都城門。3 雨魄雲魂：指羈旅漂泊，人去如雨收雲散。

張耒

張耒（一〇五四—一一一四），字文潛，號柯山，人稱宛丘先生，楚州淮陰（今江蘇淮陰）人。熙寧六年（一〇七三）舉進士，官至起居舍人。因坐黨籍，貶官。移居陳州。他是「蘇門四學士」之一，有雄才，筆力絕健。詞不多見，柔情深婉，與秦觀相近。現存詞六首。

風流子[1]

木葉亭皋下[2]，重陽近、又是擣衣秋。奈愁入庾腸[3]，老侵潘鬢[4]，謾簪黃菊，花也應羞[5]。楚天晚、白煙盡處，紅蓼水邊頭。芳草有情，夕陽無語，雁橫南浦，人倚西樓。

玉容知安否，香箋共錦字，兩處悠悠。空恨碧雲離合，青鳥沉浮[6]。向風前懊惱，芳心一點，寸眉兩葉，禁甚閒愁。情到不堪言處，分付東流。

注釋

[1] 風流子：原為唐教坊曲名。調名意為男子風美之聲流於天下。[2] 亭皋：水邊平地。司馬相如《上林賦》：「亭皋千里，靡不被築。」[3] 庚暘：北周庾信初仕梁，後出使西魏，被留，羈旅北方，思念故鄉，作《愁賦》。後以此典喻思鄉之愁。[4] 潘鬢：西晉潘岳《秋興賦·序》：「晉十有四年，余春秋三十有二，始見二毛。(即黑白兩色頭髮)」後以此典喻中年鬢髮早白。[5] 謾簪黃菊，花也應羞：語本蘇軾《吉祥寺賞牡丹》：「人老簪花不自羞，花應羞上老人頭。」[6] 青鳥：西王母之鳥，指信使。

賞析與點評

此詞為悲秋念遠之作。起首三句點名地點、時令，暗寓思親之意。而後愁緒縈繞心中，白髮現於鬢角。遙望楚天日暮，白蘋盡頭，紅蓼深處，這既「有情」，又「無語」，既「雁橫」，又「人倚」，何等悵惘！下片點明詞旨，所思為閨中之人，並轉筆替被懷者設想，恨別後無由寄書，致使佳人閒愁難盡，更激起遊者深愁。「向風前」以下，筆法自精整漸歸疏縱，高情遠致。

晁補之

晁補之（一〇五三—一一一〇），字無咎，晚號歸來子，濟州巨野（今屬山東）人。元豐二年（一〇七九）進士，歷任秘書省正字、校書郎、吏部員外郎、禮部郎中等。晚年遭貶，外任知州，後閒居故里。早年受蘇軾稱讚，為「蘇門四學士」之一。其詞風亦接近東坡，豪放沉鬱，有詞集《晁氏琴趣外篇》六卷，存詞一百七十餘首。

水龍吟　次韻林聖予惜春

問春何苦匆匆，帶風伴雨如馳驟[1]。幽葩細萼[2]，小園低檻，壅培未就[3]。吹盡繁紅，占春長久，不如垂柳。算春常不老，人愁春老，愁只是、人間有。

春恨十常八九。忍輕孤、芳醪（láo）經口[4]。那知自是，桃花結子，不因春瘦。世上功名，老來風味，春歸時候。最多情猶有。尊前青眼，相逢依舊。

注釋

1 馳驟：疾速。2 幽葩：清幽的花朵。3 壅培：施肥培土。4 芳醪：美酒。

賞析與點評

此詞當為藉春抒懷之作。上片起首大筆揮灑春天如風雨急劇來去般轉瞬即逝，繁花一朝吹盡，可見春之匆匆。四季輪轉，柳樹長青春常在，那逝去匆匆的只是人的年華，從惜春轉為自嘲。下片進一層感悟春天，桃花落盡原為結子，並不是因春而瘦。花猶如此，人也當是。即是暮年情懷，也別有風味，不須刻意傷懷。全詞似寫惜春懷愁，實際上藉此抒發哲理，層層轉折遞進，耐人尋味。

憶少年[1] 別歷下[2]

無窮官柳，無情畫舸，無根行客。南山尚相送，只高城人隔。

罨（yǎn）畫園林溪紺碧[3]。算重來、盡成陳跡。劉郎鬢如此[4]，況桃花顏色。

注釋

1 憶少年：詞牌名，又名《十二時》、《桃花曲》、《隴首山》。2 歷下：在今山東歷城。3 罨畫：畫家所稱之雜彩色的畫。紺碧：深綠泛紅的顏色。此句是形容景物的艷麗多姿。4 劉郎：本指劉晨，又指劉禹錫。

洞仙歌 泗州中秋作[1]

青煙冪（mì）處[2]，碧海飛金鏡。永夜閒階卧桂影。露涼時，零亂多少寒螿。神京遠，惟有藍橋路近[3]。

水晶簾不下，雲母屏開，冷浸佳人淡脂粉。待都將許多明，付與金尊，投曉共、流霞傾盡[4]。更攜取、胡牀上南樓[5]，看玉作人間，素秋千頃。

注釋

1 泗州：在今安徽泗縣。2 冪：遮蓋。3 藍橋：在陝西藍田東南，即裴航遇仙女雲英處，詞中代指嫦娥月宮。4 投曉：待天亮。流霞：仙酒名。5 胡牀：一種可以折疊的輕便坐具。南樓：在湖北鄂州市南。

賞析與點評

這是一首中秋賞月詞。寫景中將仕途坎坷的淒清隱隱道出。結句包舉八荒，麗且壯。

晁沖之

晁沖之（生卒年不詳），字叔用，濟州巨野（今屬山東）人，晁補之從弟，南宋藏書家晁公武之父。沖之少有才名，然舉進士不第，曾任承務郎，徽宗政和間，任大晟樂丞。曾隱居河南禹縣具茨山下，自號具茨先生。其詞俊秀明媚，用情深摯，耐人咀嚼。近人趙萬里輯有《晁叔用詞》一卷，存詞十六首。

臨江仙

憶昔西池池上飲[1]，年年多少歡娛。別來不寄一行書[2]。尋常相見了，猶道不如初。

安穩錦衾今夜夢[3]，月明好渡江湖。相思休問定何如。情知春去後，管得落花無。

注釋　1西池：即金明池，在汴京西，為都城勝地。2別來不寄一行書：語本杜甫《寄高三十五詹事適》詩「相看過半百，不寄一行書」。3安穩：安置妥當。

賞析與點評

這是一首懷念汴京舊遊、感懷仕途的詞作。上片憶舊，首兩句回憶當年飲酒唱和的盛況，而後三句以相對平靜客觀的口吻，傳達出黨爭傾軋之後友朋之間的複雜心態。下片寫別後的思念，既然見面不得，加之音信不通，不如趁今夜月明，在夢境中飛越江湖，與朋友相見。結尾三句以落花喻同道的潦倒零落，充滿痛後自醒的人生頓悟。全詞語調平常，而包含無限感懷，情思深味，直達人心。

舒亶

舒亶（一〇四一——一一〇三），字通道，號懶堂，明州慈溪（今屬浙江）人。治平二年（一〇六五）進士，累官知制誥、御史中丞，徽宗朝任龍圖閣待制。曾與李定同劾蘇軾，鑄成「烏台詩案」。工於小詞，善寫離情，詞風近秦、黃，淡雅而不俗。近人趙萬里輯有《舒學士詞》一卷，存詞五十首。

虞美人[1]

芙蓉落盡天涵水，日暮滄波起。背飛雙燕貼雲寒，獨向小樓東畔倚闌看。

浮生只合尊前老[2]，雪滿長安道。故人早晚上高台，寄我江南春色一枝梅[3]。

注釋

1 一本有題「寄公度」。公度指崔公度，字伯易，王安石門下，曾媚附安石，參見《宋史》（本傳）。舒亶與之同為安石門下，故有寄。2 合：應該。3 寄我江南春色一枝梅：據南朝宋盛弘《荊州記》載，陸凱與范曄關係很好，陸從江南寄一枝梅花給長安的范曄，並贈詩一首：「折梅逢驛使，寄與隴頭人。江南無所有，聊寄一枝春。」

賞析與點評

這是一首贈友之詞。上片寫詞人傍晚獨自登上小樓，芙蓉香殘，秋波湧起，雙燕背寒高飛去。芙蓉香殘以及日暮本來在古典詩詞中就有理想難以實現之意，詞人此處選擇的意象也有此含義。更何況是雙燕襯託獨自的淒涼，寒雲也暗示心頭的淒冷，所謂句句照應也。此為秋景，詞人感覺的不僅是秋，更有過片中秋去冬來，雪滿長安之象。「將登太行雪滿山」，李白的理想也遭如此阻隔。詞人此刻可謂極為淒冷孤獨，急需友情慰藉，故期待得到友人江南寄春的安慰。寄的不僅是春，而且是前行的希望與支持。全詞當作於舒亶極不得意之時，故婉曲含蓄，思致綿密，我們欣賞時也不應以作者人品而輕視它。

朱服

朱服（一〇四八—？），字行中，烏程（今浙江湖州）人。熙寧六年（一〇七三）進士，累官國子司葉、起居舍人、中書舍人，遷至禮部侍郎，加集賢殿修撰。後被貶外任，知廣州，徙袁州，改興國軍安置，卒於貶所。今存《漁家傲》詞一首。

漁家傲

小雨廉纖風細細[1]。萬家楊柳青煙裏。戀樹濕花飛不起。愁無際。和春付與東流水。

九十光陰能有幾。金龜解盡留無計[2]。寄語東城沽酒市[3]。拚一醉。而今樂事他年淚。

注釋

1 廉纖：細微，形容小雨。2 金龜解盡：指解下佩飾換酒酣飲。唐代武后天授元年（六九〇）改內外官所佩鱼袋為龜袋，三品以上龜袋用金飾。李白《對酒憶賀監》詩序曰：「太子賓客賀公，於長安紫極宮一見余，呼余為『謫仙人』，因解金龜，換酒為樂。」3 沽酒：買酒。

賞析與點評

這首詞作於貶謫途中，充滿了愁苦之情。上片寫暮春景象，微雨飄飄，楊柳青青，落花黏地，愁生胸際，難以紓解，只好暫且隨春同付東流之水。下片愁中作樂。人生短暫，即使如賀知章那樣高壽之人，依然無法解脱這愁緒，何不沽酒東城，拚卻一醉，不管他日，且過今朝。看似通脱，實則更顯愁苦。

毛滂

毛滂（一〇六四—一一二四？），字澤民，號東堂，衢州江山（今屬浙江）人。元祐中，蘇軾守杭，毛滂為法曹，頗受器重。政和年間，守嘉禾（今浙江秀水）。詞風清靈閒雅。有《東堂詞》。

惜分飛[1]　富陽僧舍代作別語

淚濕闌干花着露[2]。愁到眉峰碧聚。此恨平分取。更無言語。空相覷[3]。

斷雨殘雲無意緒[4]。寂寞朝朝暮暮。今夜山深處。斷魂分付。潮回去。

注釋

1 惜分飛：此調最初見於毛滂《東堂詞》，可能為其自度曲。調名似源於唐蘇頲《送吏部李侍郎東歸》「賞來榮扈從，別至惜分飛」句。據《西湖遊覽志》載：元祐中，蘇軾知守錢塘時，毛滂為法曹，與歌妓瓊芳相愛。三年秩滿辭官，於富陽途中的僧舍作《惜分飛》詞，贈瓊芳。一日，蘇軾於席間，聽歌妓唱此詞，大為讚賞，當得知乃幕僚毛滂所作時，即說：「郡寮有詞人不及知，某之罪也。」於是派人追回，與其留連數日。毛滂因此而得名。2 眉峰碧聚：眉頭皺起。張泌《思越人》：「黛眉愁聚春碧。」3 覷：仔細看。4 斷雨殘雲：指兩人分離，用高唐神女事。

賞析與點評

這是一首別情詞。調名與全詞內容相吻合，寫與情人恨別的相思之情。上片側重從女方着筆，追敘兩人離別時的情態。無語而相覷，實是千言萬語盡在不言中。與柳永「執手相看淚眼，竟無語凝噎」有異曲同工之妙。下片側重詞人一方寫別後情態。自己孤身一人，江海飄零，夢醒魂斷，只有將這滿腔深情託付於潮水送回去。語盡而意不盡，意盡而情不盡，難怪蘇軾那麼欣賞。

陳克

陳克（一〇八一——一一三七），字子高，號赤城居士，臨海（今屬浙江）人，僑居金陵（今江蘇南京）。高宗紹興初，任呂祉幕府參謀，敕令所編修。曾與吳若共著《東南防守便利》三卷。長於婉約詞的創作，意境閒雅，頗與花間詞風相近。少數作品也對現實有所批判。有《天台集》，今佚。趙萬里輯有《赤城詞》一卷，今存詞五十一首。

菩薩蠻

綠蕪牆繞青苔院。中庭日淡芭蕉捲。蝴蝶上階飛。烘簾自在垂[1]。

玉鈎雙語燕。寶甃（zhòu）楊花轉[2]。幾處簸（bǒ）錢聲[3]。綠窗春睡輕。

注釋　1烘簾：暖簾，用於防寒。2寶甃：精美的井壁磚圍。3簸錢：擲錢猜正反面賭博。

賞析與點評

這是一首閒愁之詞。全詞通篇寫春景。上片展現了春日庭院景象，安靜的院子裏，芭蕉暗捲，蝴蝶閒飛，簾幕低垂，一切顯得那麼安寧。主人公正在午睡，卻聽見了雙飛燕子的呢喃，還有遠處依稀傳來的賭錢擲錢之聲，睡時尚能聽見聲音，緣由就在於「輕」。因為沒有睡得深，故能聽見。為何不能熟睡呢？其原因恐怕就在於獨處的閒愁吧。過片的雙燕也暗示了這一點。故前人評曰「輕字，全首俱靈」，確實深刻。

李元膺

李元膺（生卒年不詳），東平（今屬山東）人，南京（今河南商丘）教官。紹聖年間，曾與蔡京有交遊，為其所惡。當屬哲宗、徽宗時人。詞風清麗，近人趙萬里輯有《李元膺詞》一卷，今存詞九首。

洞仙歌

一年春物，惟梅柳間意味最深。至鶯花爛漫時，則春已衰遲，使人無復新意。余作《洞仙歌》，使探春者歌之，無後時之悔。

雪雲散盡，放曉晴池院。楊柳於人便青眼[1]。更風流多處，一點梅心相映遠。約略顰輕笑淺[2]。

一年春好處[3]，不在濃芳，小豔疏香最嬌軟。到清明時候，百紫千紅花正亂。已失春風一半。早佔取韶光、共追遊，但莫管春寒，醉紅自暖[4]。

注釋

1 青眼：三國魏末名士阮籍善作「青白眼」，遇見心儀之人、風雅之士則青眼相待；遇見世俗之人，則翻以白眼。這裏指柳葉轉青。2 顰輕笑淺：即輕顰淺笑。顰，皺眉。此用美人神貌喻梅花。3 一年春好處：語本韓愈《早春呈水部張員外》：「最是一年春好處，絕勝煙柳滿皇都。」4 醉紅：酒醉顏紅。這裏指紅梅。

賞析與點評

這首詞旨在提醒人們及早探春，發現早春之美，免致後悔。上片點明早春最明顯的景象就在於梅、柳二物。柳翻青葉，梅吐清香，最為吸引人。下片指明及早探春的理由。待到山花爛漫時，遊人如織，已然失去一般春天的風味。所以不要害怕春寒，紅梅就是春寒中的一縷溫暖。

時彥

時彥（?—一一〇七），字邦彥，開封（今屬河南）人。元豐二年（一〇七九）進士第一，歷任潁昌判官、秘書省正字，累除集賢校理。紹聖中，遷右司員外郎，提點河東刑獄。徽宗立，拜吏部侍郎、開封尹，官至吏部尚書。大觀元年卒。詞僅存一首。

青門飲

胡馬嘶風，漢旗翻雪[1]，彤雲又吐[2]，一竿殘照。古木連空，亂山無數，行盡暮沙衰草。星斗橫幽館[3]，夜無眠、燈花空老。霧濃香鴨[4]，冰凝淚燭，霜天難曉。

長記小妝才了。一杯未盡，離懷多少。醉裏秋波，夢中朝雨[5]，都是醒時煩惱。

料有牽情處，忍思量、耳邊曾道。甚時躍馬歸來，認得迎門輕笑。

注釋

1 胡馬、漢旗：喻指西北邊疆。2 彤雲：雪前密佈的烏雲。3 星斗橫：北斗橫轉，指夜深。沈佺期《和中書侍郎楊再思春夜宿直》：「星斗橫綸閣，天河度瑣闈。」幽館：寂寞幽深的客舍。4 香鴨：鴨形的香爐。5 夢中朝雨：指夢裏歡合。宋玉《高唐賦》：「旦為朝雲，暮為行雨。朝朝暮暮，陽台之下。」

賞析與點評

這是一首羈旅懷人之詞。上片寫行役途中所見邊塞景象及自己孤館難眠的情形。亂山無數是行役詞中常見意象，突出所行的遼遠與孤寂。一夜燭光天難曉展現了主人公的無眠與淒清。正是如此，下片的懷人來得更恰如其分。離別本已難捨，醉後的秋波與夢中的歡好更加讓醒來的人惆悵。更難忘的是，分別時那耳畔的低語，何日早歸來，再見佳人笑。正反襯了現在的遠離與淒冷，讀來讓人心酸不已。

李之儀

李之儀（一〇三八—一一一七），字端叔，自號姑溪老農，滄州無棣（今山東慶雲）人。神宗熙寧三年（一〇七〇）進士。蘇軾知定州時，曾擔任幕僚。累官樞密院編修、原州通判、朝議大夫。長於作詞，長調近柳永，短調近秦觀，而稍有不及。小令長於淡語、景語、情語。又多次韻之作。多有學習民歌樂府，深婉含蓄。有《姑溪詞》，今存詞九十四首。

謝池春[1]

殘寒銷盡，疏雨過、清明後。花徑斂餘紅，風沼縈新皺。乳燕穿庭戶，飛絮沾襟袖。正佳時，仍晚晝。着人滋味[2]，真個濃如酒。

頻移帶眼[3]，空只恁、厭厭瘦。不見又思量，見了還依舊。為問頻相見，何似長相守。天不老，人未偶[4]。且將此恨，分付庭前柳。

注釋

1 謝池春：調名緣於謝靈運《登池上樓》詩，其中有名句「池塘生春草，園柳變鳴禽」。後「謝池」成為一個慣用語。2 着人：迷人。3 頻移帶眼：據《梁書．沈約傳》，沈約老病，腰帶經常移動眼孔。形容日漸消瘦。4 天不老：指天無情。人未偶：未找到合適對象。

賞析與點評

這首詞寫離別相思之苦。上片寫暮春的特殊景象，春濃之際，也是十分無奈的春逝之時，這種感受真個如酒一般，比喻新奇又有深意。下片寫相思之苦。衣帶漸寬，只因相思情苦。不見又非常想念，見了依然如此。個中原因正是兩個人還沒有真正走在一起。這種苦情難以訴說，惟有託付與庭前的楊柳。

卜算子

我住長江頭，君住長江尾。日日思君不見君，共飲長江水。
此水幾時休，此恨何時已。只願君心似我心，定不負相思意。

賞析與點評

這首戀情詞頗具民歌風味，上片巧妙地藉長江作帶，聯繫二人。雖首尾相隔，思君不見，然而共飲一江水，精神上也有依帶感。下片表達別恨，亦有如這江水一般無休無止。結句堅定的願望還暗含了一絲隱憂，讀來既令人感動也為女主人公有一點擔心。全詞語言淺近而自然真摯，歷來受人稱道。

周邦彥

周邦彥（一〇五六—一一二一），字美成，號清真居士，錢塘（今浙江杭州）人。神宗時為太學生，獻《汴都賦》，歌頌新法，被擢為太學正。其後，歷仕神宗、哲宗、徽宗三朝，累遷廬州教授、國子主簿、校書郎等，徽宗朝官徽猷閣待制，提舉大晟府。後移知處州（今浙江麗水），提舉南京鴻慶宮，卒。通曉音律，能自度曲，曾創諸多新詞調。其詞多以閨情、感懷、羈旅、詠物為主，含蓄典雅地表現男女之思與離愁別情。筆力精工縝密，善於鋪敘用典。詞風渾厚典麗，音律和諧嚴謹，為格律詞派之正宗。有詞集《清真集》（又名《片玉集》），今存詞二百零六首。

瑞龍吟[1]

章台路。還見褪粉梅梢，試花桃樹[2]。愔愔坊陌人家[3]，定巢燕子，歸來舊處。

黯凝佇。因念個人癡小，乍窺門戶[4]。侵晨淺約宮黃[5]，障風映袖，盈盈笑語。

前度劉郎重到，訪鄰尋里，同時歌舞。惟有舊家秋娘，聲價如故。吟箋賦筆，猶記燕台句[6]。知誰伴，名園露飲，東城閒步。事與孤鴻去。探春盡是，傷離意緒。官柳低金縷。歸騎晚、纖纖池塘飛雨。斷腸院落，一簾風絮。

注釋

1 瑞龍吟：周邦彥自度曲。2 試花：剛剛開花。3 坊陌人家：指歌妓所居的教坊。4 個人：那人。乍窺門戶：指雛妓剛開始倚門賣笑。5 淺約宮黃：輕抹脂粉。6 燕台句：贈給妓女的情詩。

賞析與點評

這首詞寫訪舊懷人之情。上疊寫自己重訪舊地，春景明麗。次疊承接上疊，由眼前景象轉念舊日人事，想起與佳人的初次相見的情形。末疊又回到現今，重訪故地，伊人已不在。接着想象伊人為強人所奪，不知流落何方。如今的尋訪只訪得一腔傷心之情。伊人不在，院落空寂，柳絮紛飛，詞人緩緩的踏上歸途。全詞不斷轉換時空，情景交融，婉轉流暢，成為清真詞中的扛鼎之作。

風流子

新綠小池塘。風簾動、碎影舞斜陽。羨金屋去來，舊時巢燕；土花繚繞[1]，前度莓牆。繡閣裏、鳳幃深幾許，聽得理絲簧。欲說又休，慮乖芳信[2]，未歌先噎，愁近清觴。

遙知新妝了，開朱戶、應自待月西廂。最苦夢魂，今宵不到伊行[3]。問甚時說與，佳音密耗[4]，寄將秦鏡[5]，偷換韓香[6]。天便教人，霎時廝見何妨。

注釋

1 土花：指苔蘚。2 乖：阻誤，違背。3 伊行：她那裏。4 密耗：密音信。5 秦鏡：指男女間的信物。6 韓香：晉賈充女兒賈午私戀掾吏韓壽，竊家中所藏的異香贈予韓壽，後嫁之。

蘭陵王[1]

柳陰直。煙裏絲絲弄碧。隋堤上、曾見幾番，拂水飄綿送行色。登臨望故國。誰識，京華倦客。長亭路，年去歲來，應折柔條過千尺。

閒尋舊蹤跡。又酒趁哀絃，燈照離席。梨花榆火催寒食[2]。愁一箭風快，半篙波暖，回頭迢遞便數驛。望人在天北。

淒惻，恨堆積。漸別浦縈迴，津堠岑寂[3]。斜陽冉冉春無極。念月榭攜手，露橋聞笛。沉思前事，似夢裏，淚暗滴。

注釋

1 蘭陵王：原唐教坊曲名，後用為詞調。2 榆火：古有清明節取榆火賜近臣之俗，後多用以表示春景。3 津堠：渡口上供瞭望停歇的土堡。

賞析與點評

本詞藉詠柳抒發傷別離情。結構層次深杳而井然，迴環往復，語工情深，當時即傳唱天下。

瑣窗寒[1]

暗柳啼鴉，單衣佇立，小簾朱戶。桐花半畝。靜鎖一庭愁雨。灑空階、夜闌未休，故人剪燭西窗語。似楚江暝宿，風燈零亂，少年羈旅。

遲暮，嬉遊處。正店舍無煙[2]，禁城百五[3]。旗亭喚酒[4]，付與高陽儔侶[5]。想東園、桃李自春，小唇秀靨今在否。到歸時、定有殘英，待客攜尊俎[6]。

注釋

1 周邦彥自創詞調。2 正店舍無煙：寒食節期間，沒有生火做飯。3 百五：冬至後一百零五日為寒食節，禁火吃冷食。4 旗亭：酒亭，酒樓。5 高陽儔侶：好飲酒而狂放不羈的人。6 尊俎：古代盛酒肉的器皿，代稱宴席。

賞析與點評

這是一首羈旅詞。謀篇精巧，筆力精工，虛實結合，寓情於景，意蘊悠長。

六醜[1]　薔薇謝後作

正單衣試酒[2]，悵客裏、光陰虛擲。願春暫留，春歸如過翼。一去無跡。為問家何在，夜來風雨，葬楚宮傾國。釵鈿墜處遺香澤[3]。亂點桃蹊，輕翻柳陌。多情為誰追惜。但蜂媒蝶使，時叩窗槅。

東園岑寂，漸蒙籠暗碧。靜繞珍叢底，成歎息。長條故惹行客。似牽衣待話，別情無極。殘英小、強簪巾幘。終不似、一朵釵頭顫嫋，向人攲側[4]。漂流處、莫趁潮汐。恐斷紅、尚有相思字，何由見得。

注釋

1 六醜：周邦彥自創詞調。2 試酒：宋代在農曆三月末有嘗新酒的習慣。3 釵鈿：此處以女子佩戴首飾比喻落花。4 攲側：倚靠。

賞析與點評

這是一首詠落花之詞，在人與花的輾轉反覆中，詞人抒發了對落花與光陰虛擲的追惜之情，而又更進一步藉花自擬表達了身世飄零的無奈。

夜飛鵲[1]

河橋送人處，涼夜何其[2]。斜月遠、墜餘輝。銅盤燭淚已流盡，霏霏涼露沾衣。相將散離會，探風前津鼓[3]，樹杪參旗[4]。花驄會意，縱揚鞭、亦自行遲。

迢遞路迴清野，人語漸無聞，空帶愁歸。何意重經前地，遺鈿不見[5]，斜徑都迷。兔葵燕麥[6]，向斜陽、欲與人齊。但徘徊班草[7]，欷歔酹酒，極望天西。

注釋

1 夜飛鵲：此為周邦彥自度曲。2 涼夜何其：指夜深。3 津鼓：古時渡口的鼓。4 樹杪：樹梢。參旗：星宿名，又名「天旗」、「天弓」。5 遺鈿：本指花鈿，比喻落花。6 兔葵燕麥：植物名，此處形容景象荒涼。7 班草：鋪草共坐。

滿庭芳　夏日溧水無想山作[1]

風老鶯雛，雨肥梅子，午陰嘉樹清圓。地卑山近，衣潤費爐煙。人靜烏鳶自樂[2]，小橋外、新綠濺濺[3]。憑闌久，黃蘆苦竹，疑泛九江船。

年年，如社燕，飄流瀚海[4]，來寄修椽。且莫思身外，長近尊前。憔悴江南倦客，不堪聽、急管繁絃。歌筵畔，先安簟枕，容我醉時眠。

注釋

1 溧水：位於今江蘇省溧陽縣。無想山：距溧水縣南十餘里。2 烏鳶：本意為烏鴉老鷹，此處可泛指飛禽。3 新綠：指河水。4 瀚海：指遙遠的地方。

賞析與點評

詞寫薄宦漂泊之怨。上片描繪江南夏景，可謂優美，然而詞人卻想起貶謫九江的白居易，暗有傷感情懷。下片緊接上片，以社燕自比，暗示漂泊無奈的宦海羈旅，進而勸人放下功名利祿及時行樂。而筆鋒一轉，憔悴客居，唯有藉酒澆愁，然而酒邊音樂更加激發愁苦之感。全詞善於鋪敘，情感婉轉曲折，沉鬱中別有蘊藉。

過秦樓[1]

水浴清蟾（chán）[2]，葉喧涼吹[3]，巷陌馬聲初斷。閒依露井，笑撲流螢，惹破畫羅輕扇。人靜夜久憑闌。愁不歸眠，立殘更箭。歎年華一瞬，人今千里，夢沉書遠。

空見說、鬢怯瓊梳，容消金鏡，漸懶趁時勻染[4]。梅風地溽（rù）[5]，虹雨苔滋，一架舞紅都變[6]。誰信無聊，為伊才減江淹[7]，情傷荀倩[8]。但明河影下，還看稀星數點。

注釋

1 過秦樓：調見《樂府雅詞》宋李甲詞，因詞有「曾過秦樓」，取以為名。2 水浴清蟾：明月清潤光亮如水洗過一般。清蟾：傳說月中有蟾蜍，故以蟾為月亮的代稱。3 涼吹：涼風吹來。4 趁時勻染：時新妝扮。5 梅風：梅子黃時之風。溽：潮濕。6 舞紅：滿地飛舞的落花。7 才減江淹：傳說江淹年少時夢人授予五色筆，因而文思大進，後夢郭璞將其索回，此後詩無佳句，人稱「江郎才盡」。8 情傷荀倩：悼念愛妻之典。

花犯[1]

粉牆低，梅花照眼，依然舊風味。露痕輕綴，疑淨洗鉛華，無限佳麗。去年勝賞曾孤倚。冰盤同燕喜[2]。更可惜、雪中高樹[3]，香篝熏素被[4]。

今年對花最匆匆，相逢似有恨，依依愁悴[5]。吟望久，青苔上、旋看飛墜。相將見[6]、翠丸薦酒[7]，人正在、空江煙浪裏。但夢想、一枝瀟灑，黃昏斜照水[8]。

注釋

1 花犯：據《武林舊事》，《南渡典儀》第八盞有「笛起花犯」。周邦彥應是據此曲創為詞調。「犯」是詞的犯調，即把不同腔調合成一曲，音樂更加豐富。又名《繡鸞鳳花犯》。2「冰盤」句：月下獨酌賞梅。燕：通宴。3 可惜：可愛。4 香篝熏素被：梅花之香正如熏香籠覆蓋在素被上一樣。5 愁悴：憂傷憔悴。6 相將：行將。7 翠丸：青梅。薦酒：佐酒。

賞析與點評

此詞詠梅。通篇紆徐反覆，耐人尋味。

大酺（pú）[1]

對宿煙收[2]，春禽靜，飛雨時鳴高屋。牆頭青玉旆（pèi）[3]，洗鉛霜都盡[4]，嫩梢相觸。潤逼琴絲，寒侵枕障，蟲網吹黏簾竹。郵亭無人處[5]，聽簷聲不斷，困眠初熟。奈愁極頻驚，夢輕難記，自憐幽獨。

行人歸意速。最先念、流潦（lǎo）妨車轂[6]。怎奈向、蘭成憔悴[7]，衛玠清羸[8]，等閒時、易傷心目。未怪平陽客[9]，雙淚落、笛中哀曲。況蕭索、青蕪國[10]。紅糝鋪地，門外荊桃如菽。夜遊共誰秉燭？

注釋

1 大酺：為官方特許的大聚飲。唐教坊曲有《大酺樂》，宋詞因舊曲翻演新聲，用作詞調。2 宿煙：隔夜的水霧。3 青玉旆：喻綠竹。4 鉛霜：新竹剛脱殼後竹節旁的霜粉。5 郵亭：驛館。6 流潦：道路積水。7 蘭成：南北朝文人庾信，小字蘭成。庾信自梁出使西魏，不得南歸，常思故國。8 衛玠：晉人，風姿秀逸，有羸疾，每乘車入市，觀者如堵，玠體力不堪，成病而死，有「看殺衛玠」之説。9 平陽客：東漢馬融，善音樂，獨卧平陽客舍時，聞洛陽客吹笛，因念離京師多年，悲從中來，遂作《長笛賦》。10 青蕪國：雜草叢生的地方。

賞析與點評

這首詞寫春雨中的羈旅之愁。全詞寓情於景，用詞音節多變，含蓄而有深韻。

解語花[1] 上元

風銷焰蠟，露浥紅蓮[2]，花市光相射。桂華流瓦。纖雲散，耿耿素娥欲下[3]。衣裳淡雅，看楚女、纖腰一把。簫鼓喧，人影參差，滿路飄香麝。

因念都城放夜[4]，望千門如晝，嬉笑遊冶。鈿車羅帕。相逢處，自有暗塵隨馬。年光是也。惟只見、舊情衰謝。清漏移，飛蓋歸來[5]，從舞休歌罷。

注釋

1 解語花：據蜀王仁裕《開元天寶遺事》卷三「解語花」：「明皇秋八月，太液池有千葉白蓮，數枝盛開，帝與貴戚宴賞焉，左右皆歎羨久之，帝指貴妃示於左右曰：『爭如我解語花。』」調名即來源於此。2 紅蓮：指蓮花形的燈。3 耿耿：明亮。4 放夜：古時都城有宵禁，街道斷絕通行。唐代起正月十五夜前後各一日暫時弛禁，准許百姓夜行，以看燈。稱為「放夜」。宋沿唐制。5 飛蓋：飛馳之車馬。

賞析與點評

這首詞詠元宵佳節。上片寫如今在地方上過元宵節的情景，下片則回顧了汴京上元節的盛況，繼而委婉傳達出詞人對自己正當盛年，卻遠離京師、失意外任的抑鬱不平之慨。

定風波　美情

莫倚能歌斂黛眉[1]。此歌能有幾人知。他日相逢花月底，重理，好聲須記得來時。

苦恨城頭傳漏水[2]，催起，無情豈解《惜分飛》[3]。休訴金尊推玉臂[4]，從醉，明朝有酒倩（qìng）誰持[5]。

注釋

1 倚：憑藉。2 漏水：此代指時光。3《惜分飛》：詞牌名。原多寫離別之情。4 訴：

辭酒之義。5倩：請，懇求。持：把盞勸酒。

蝶戀花

月皎驚烏棲不定[1]。更漏將殘，轆轤（lù lú）牽金井[2]。喚起兩眸清炯（jiǒng）炯[3]。淚花落枕紅綿冷。

執手霜風吹鬢影。去意徊徨，別語愁難聽。樓上闌干橫斗柄。露寒人遠雞相應。

注釋

1 月皎驚烏棲不定：烏鴉因月光皎潔以為天亮而鳴叫驚飛。2 轆轤：井上汲水的工具。3 炯炯：光亮的樣子。

解連環[1]

怨懷無託。嗟情人斷絕，信音遼邈。縱妙手、能解連環[2]，似風散雨收，霧輕雲薄[3]。燕子樓空，暗塵鎖、一牀絃索[4]。想移根換葉，盡是舊時，手種紅藥。

汀洲漸生杜若。料舟依岸曲，人在天角。謾記得、當日音書，把閒語閒言，待總燒卻。水驛春回，望寄我、江南梅萼。拚今生[5]、對花對酒，為伊淚落。

注釋

1 解連環：因此詞中有「縱妙手、能解連環」句，用為調名。又名《望梅》、《杏梁燕》。2「縱妙手」二句：喻解決難題。3「似風」二句：用巫山神女典，指男女相悅之事。4 絃索：指各種樂器。5 拚：甘愿。

賞析與點評

此詞為作者懷念曾熱戀過的歌妓而作，將多情男性的怨情寫得極盡纏綿悱惻之能事。

拜星月慢[1]

夜色催更，清塵收露，小曲幽坊月暗[2]。竹檻燈窗，識秋娘庭院。笑相遇，似覺瓊枝玉樹，暖日明霞光爛。水眄（miǎn）蘭情[3]，總平生稀見。

畫圖中、舊識春風面。誰知道、自到瑤台畔。眷戀雨潤雲溫，苦驚風吹散。念荒寒、寄宿無人館。重門閉、敗壁秋蟲歎。怎奈向、一縷相思，隔溪山不斷。

注釋

1 拜星月慢：唐教坊曲名，周邦彥改為詞調。一作《拜新月》。2 小曲幽坊：唐制妓女所居曰「坊曲」。3 水眄蘭情：形容作者思念的女子有如水般流轉的雙眸和如蘭草般幽馨的性情。

關河令[1]

秋陰時晴漸向暝（míng）[2]。變一庭淒冷。佇聽寒聲，雲深無雁影。

更深人去寂靜。但照壁、孤燈相映。酒已都醒，如何消夜永[3]。

注釋

1 關河令：原名《清商怨》，古樂府有《清商曲辭》，因曲調多哀怨之音，故名《清商怨》。晏殊《清商怨》詞首句為「關河愁思望處滿」，周邦彥因將此調改名為《關河令》。

2 暝：昏暗。3 消：度過。夜永：長夜。

賞析與點評

這首詞寫獨居的孤寂。上片寫時陰時晴的仲秋季節的淒冷寂寞，而故人音書渺茫。下片寫更深後獨對孤燈，愁情永夜難消。本為安眠而飲的酒早已醒來，剩下的長夜如何消度，真真讓人愁苦。陳廷焯《雲韶集》評末句：「筆力勁直，情味愈見。」可謂的評。

綺寮怨[1]

上馬人扶殘醉，曉風吹未醒。映水曲、翠瓦朱簷，垂楊裏、乍見津亭[2]。當時曾題敗壁，蛛絲罩，淡墨苔暈青。念去來、歲月如流，徘徊久、歎息愁思盈。

去去倦尋路程。江陵舊事[3]，何曾再問楊瓊[4]。舊曲淒清。斂愁黛、與誰聽。尊前故人如在，想念我、最關情。何須《渭城》[5]。歌聲未盡處，先淚零。

注釋

1 綺寮怨：為周邦彥自度曲，宋詞中僅此一首。一本有題「春情」。2 津亭：建在渡口供人休息的亭子。3 江陵：東晉時荊州的治所，在今湖北江陵。代指荊州。4 楊瓊：唐朝時與白居易、元稹相識的江陵歌女，本名播。這裏指荊州某歌妓。5《渭城》：指送行的歌曲。

賞析與點評

此詞寫羈旅離情。全篇景中寄情，在羈旅懷人中打入身世之感，寫得極為沉痛。

尉遲杯[1]

隋堤路。漸日晚、密靄生深樹[2]。陰陰淡月籠沙，還宿河橋深處。無情畫舸，都不管、煙波隔南浦。等行人、醉擁重衾[3]，載將離恨歸去[4]。

因思舊客京華，長偎傍疏林，小檻歡聚。冶葉倡條俱相識[5]，仍慣見、珠歌翠舞[6]。如今向、漁村水驛，夜如歲、焚香獨自語。有何人、念我無聊，夢魂凝想鴛侶[7]。

注釋

1 尉遲杯：又名《東吳樂》、《尉遲杯慢》。一本有題「離恨」。2 密靄：濃重的暮靄。3 重衾：兩層被子。4 載將離恨歸去：蘇軾《虞美人》：「無情汴水自東流，只載一船離恨向西州。」5 治葉倡條：形容柳枝婀娜多姿，代指歌妓。李商隱《燕台四首·春》：「蜜房羽客類芳心，治葉倡條偏相識。」6 珠歌翠舞：華麗的歌舞。據説唐明皇曾讓宮女佩七寶瓔珞，舞霓裳羽衣曲，舞畢，珠翠可掃。7 鴛侶：情侶。

西河[1]　金陵懷古

佳麗地[2]，南朝盛事誰記。山圍故國繞清江[3]，髻鬟對起[4]。怒濤寂寞打孤城，風檣（qiáng）遙度天際[5]。

斷崖樹，猶倒倚。莫愁艇子曾繫[6]。空餘舊跡鬱蒼蒼，霧沉半壘。夜深月過女牆來，傷心東望淮水[7]。

酒旗戲鼓甚處市。想依稀、王謝鄰里。燕子不知何世。向尋常、巷陌人家，相對如説興亡，斜陽裏[8]。

注釋

1 西河：又名《西河慢》、《西湖》。2 佳麗地：謝脁《入朝曲》：「江南佳麗地，金陵帝王州。」3 山圍故國繞清江：劉禹錫《石頭城》：「山圍故國周遭在，潮打空城寂寞回。」後一句「怒濤寂寞打孤城」也是出於此。4 髻鬟對起：指金陵東北的鍾山和城西的石頭山對峙高聳。5 風檣：帆船。6 莫愁：莫愁湖，在金陵城西。艇子：小船。7「夜深」兩句：劉禹錫《石頭城》：「淮水東邊舊時月，夜深還過女牆來。」女牆：城上的矮牆。淮水：秦淮河。8「想依稀」下七句：隱括劉禹錫《烏衣巷》：「朱雀橋邊野草花，烏衣巷口夕陽斜。舊時王謝堂前燕，飛入尋常百姓家」。王謝：東晉時以王導、謝安為首的兩大望族都居於烏衣巷。

賞析與點評

這是一首金陵懷古詞。上片點題，並藉劉禹錫《石頭城》詩寫金陵的地理形勢。中片藉莫愁湖的傳說寫金陵的古跡與變遷。下片藉劉禹錫《烏衣巷》詩寫眼前景物，抒發偏安繁華、興亡代起之感。此詞精煉地化用前人詩句，境界闊大，悲壯蒼涼，氣韻沉雄。此首一出，王安石《桂枝香》不能獨步，清人陳廷焯甚至以為壓倒古今之絕唱。

瑞鶴仙[1]

悄郊原帶郭。行路永、客去車塵漠漠。斜陽映山落。斂餘紅猶戀，孤城欄角。凌波步弱[2]。過短亭、何用素約[3]。有流鶯勸我[4]，重解繡鞍，緩引春酌。

不記歸時早暮，上馬誰扶[5]，醒眠朱閣。驚飆（biāo）動幕[6]。扶殘醉，繞紅藥[7]。歎西園已是，花深無地，東風何事又惡。任流光過卻。猶喜洞天自樂[8]。

注釋

1 瑞鶴仙：又名《一撚紅》。宋王明清《玉照新志》云：周邦彥「夢中作《瑞鶴仙》一闋。既覺，猶能全記，了不詳其所謂也」。2 凌波步弱：比喻女子步履輕盈，如乘碧波而行。曹植《洛神賦》：「凌波微步，羅襪生塵。」呂向注：「步於水波之上，如塵生也。」3 素約：預約，舊約。4 流鶯：即鶯。流，形容其聲音婉轉。比喻女子聲音柔軟。5 上馬誰扶：李白《魯中都東樓醉起作》：「昨日東樓醉，還應倒接䍦。阿誰扶上馬，不省下樓時。」6 驚飆：狂風。7 紅藥：紅芍藥。8 洞天：道家稱神仙所居之地。這裏指自家小天地。

浪淘沙慢

晝陰重，霜凋岸草，霧隱城堞（dié）[1]。南陌脂車待發[2]。東門帳飲乍闋[3]。正拂面、垂楊堪攬結。掩紅淚、玉手親折[4]。念漢浦離鴻去何許，經時信音絕。

情切。望中地遠天闊。向露冷、風清無人處，耿耿寒漏咽[5]。嗟萬事難忘，惟是輕別。翠尊未竭。憑斷雲、留取西樓殘月。

羅帶光消紋衾疊。連環解、舊香頓歇[6]。怨歌永、瓊壺敲盡缺[7]。恨春去、不與人期，弄夜色，空餘滿地梨花雪。

注釋

1 堞：城上如齒形的矮牆。2 脂車：以油脂塗抹過車輪的車。3 東門：指汴京東門。闋：終了。4 紅淚：指女子眼淚。據王嘉《拾遺記》載，常山女子薛靈芸被選入宮，悲泣累日，以玉壺盛淚。至京師，淚凝如血。5 耿耿：心中不安貌。6 連環解：同心結被解開，喻兩情分拆。7 瓊壺敲盡缺：據《晉書》載，王敦酒後輒詠曹操《龜雖壽》詩：「老驥伏櫪，志在千里。烈士暮年，壯心不已。」並以如意敲擊唾壺為節，壺口盡缺。

應天長[1]

條風佈暖[2]，霏霧弄晴，池台遍滿春色。正是夜堂無月，沉沉暗寒食。樑間燕，前社客[3]。似笑我、閉門愁寂。亂花過、隔院芸香[4]，滿地狼藉。

長記那回時，邂逅相逢，郊外駐油壁[5]。又見漢宮傳燭，飛煙五侯宅[6]。青青草，迷路陌。強載酒、細尋前跡。市橋遠，柳下人家，猶自相識。

注釋

1 詞調《應天長》分小令、長調兩體，小令始於韋莊，長調始於柳永。又名《秋夜別思》、《駐馬聽》等。2 條風：東風。《史記．律書》：「條風居東北，主出萬物。條之言條治萬物而出之，故曰條風。」3 前社客：指燕子。4 芸香：香草名。其香聞數百步，古人常用來防止蟲蠹衣物或書籍。5 油壁：油壁車。南朝樂府民歌《蘇小小》：「妾乘油壁車，郎騎青驄馬。何處結同心，西陵松柏下。」6 「又見」二句：舊俗寒食禁火，至清明日暮，禁中取榆柳之火賞賜近臣。語本韓翃《寒食》詩：「春城無處不飛花，寒食東風御柳斜。日暮漢宮傳蠟燭，輕煙散入五侯家。」五侯，據《漢書》載，西漢成帝同日封諸舅王氏五人為侯，世稱五侯。後泛指權貴。

夜遊宮[1]

葉下斜陽照水。捲輕浪、沉沉千里。橋上酸風射眸子[2]。立多時，看黃昏，燈火市。

古屋寒窗底。聽幾片、井桐飛墜。不戀單衾再三起。有誰知，為蕭娘[3]，書一紙。

注釋

1 夜遊宮：又名《念彩雲》、《新念別》、《蕊珠宮》。2 酸風：刺眼的冷風。3 蕭娘：為女子的泛稱。

賞析與點評

這是一首相思之詞。上片寫秋日黃昏精神，「立多時」寫出主人公的孤寂，正因為思念而獨立黃昏。下片寫歸來情狀。「不戀單衾」是點睛之筆，照應上片的「立多時」，極寫一個人的孤獨。故有滿腔思念之情需要傾訴給對方，書一紙，哪裏能夠呢？詞作層層遞進，巧用幾個意象就寫出了滿腔的相思之情，筆短而情長。

賀鑄

賀鑄（一〇五二—一一二五），字方回，自號慶湖遺老，祖籍山陰（今浙江紹興），衞州共城（今河南汲縣）人。其家五世武將，賀鑄為太祖賀皇后族孫，娶宗室女，得蔭入官，後由武職入文官，至泗州、太平州通判。其人貌丑，為人豪爽精悍，剛直不阿，沉淪下僚、終身不得美官。賀鑄七歲學詩，一生藏書萬卷，手自校勘。撰有《慶湖遺老詩集》、《東山寓聲樂府》（《東山詞》）。賀鑄精通音律，其詞風格多樣，尚柔婉，間有剛健之筆；善化用他人詩句入詞。今存詞二百八十餘首。

青玉案

凌波不過橫塘路[1]。但目送、芳塵去。錦瑟華年誰與度？月橋花院，瑣窗朱戶。只有春知處。

飛雲冉冉蘅皋暮[2]。彩筆新題斷腸句。試問閒情都幾許？一川煙草，滿城風絮。梅子黃時雨。

注釋

1 橫塘：地名，在蘇州盤門外。2 冉冉：流動的樣子。蘅皋：長滿香草的水邊高地。

賞析與點評

這是一首相思之詞。詞意極深婉，境極岑寂而筆墨清麗、意興飛動，歷來為人稱道。上片以「凌波」「芳塵」起，寫佳人不至，已含惆悵；繼則揣想佳人何處，一片癡情而終不可得；過片則回頭看眼下風景，總不過一個「愁」字，而「飛雲」「彩筆」蕩開視線，方不黏滯；末四句以問領起，仍是自說自話，妙在流動不居，寫江南美景如畫，絕唱千古。此為賀鑄晚年退居吳下之作，佳人或非實指，聯繫作者胸懷大志卻境遇坎坷、晚年索居枯寂之背景，所得或更為蘊藉有味。

薄倖[1]

淡妝多態。更的的[2]、頻回眄睞。便認得、琴心先許，與寫宜男雙帶[3]。記畫堂、斜月朦朧，輕顰微笑嬌無奈[4]。便翡翠屏開，芙蓉帳掩，與把香羅偷解。

自過了收燈後[5]，都不見、踏青挑菜[6]。幾回憑雙燕，丁寧深意，往來翻恨重簾礙。約何時再。正春濃酒暖，人閒晝永無聊賴。厭厭睡起[7]，猶有花梢日在。

注釋

1 薄倖：始於賀鑄此篇，當是創調。2 的的：明亮貌。3 宜男雙帶：宜男為古時婚姻祝頌女子多子之辭；或曰宜男帶為有宜男草花紋的錦帶。此句一本作「欲綰合歡雙帶」，合歡帶即合歡結，用繡帶挽成結表示男女歡愛。此句指二人相結情好。4 無奈：可愛。5 收燈：正月十八，唐俗元宵節「燒燈」（點花燈）三日，而後「收燈」。6 挑菜：唐俗二月初二曲江挑菜，士民遊觀，謂之挑菜節。7 厭厭：同「懨懨」，精神不振的樣子。

賞析與點評

此篇懷人。上片追憶與女子的初會，畫堂前月下相會的朦朧嬌媚，無人處綺羅偷香的幽期歡愛，情辭旖旎處風情萬種。下片轉到離別後久盼不覆、寄書不達的愁苦，春氣和融時卻藉酒澆愁的時光難捱。上下篇形成鮮明的對比，全篇敍事抒情，層次清楚，濃淡疏密有致。

浣溪沙

樓角初消一縷霞，淡黃楊柳暗棲鴉，玉人和月摘梅花。
笑撚粉香歸洞戶[1]，更垂簾幕護窗紗，東風寒似夜來些（sā）[2]。

注釋

1 洞戶：室與室之間相通的門戶。2 似：猶「於」。些：語助詞，無意。此句意為東風比入夜時分又寒冷了一些。

賞析與點評

明代楊慎評這首詞為「句句綺麗，字字清新」，今人繆鉞評為「融景入情，着筆淡遠」。此篇上片首二句寫環境，「玉人」句寫女子月下折梅的場景，境界清麗脫俗。下片由近及遠至不可見，寫佳人歸家後的情形。紗窗擋寒，實則寒由何而生？東風嗎？恐怕是獨居的寂寞所引起的吧。因為寂寞，所以覺得更寒一些。全篇以「玉人」為魂，句句寫景，暗含深意，朦朧含蓄，風致高遠。

石州慢[1]

薄雨初寒，斜照弄晴，春意空闊。長亭柳色才黃，遠客一枝先折。煙橫水際，映帶幾點歸鴉，東風消盡龍沙雪[2]。還記出關來，恰而今時節。將發。畫樓芳酒，紅淚清歌，頓成輕別。回首經年，杳杳音塵多絕。欲知方寸[3]，共有幾許清愁，芭蕉不展丁香結。枉望斷天涯，兩厭厭風月。

注釋

1 石州慢：《石州》為舞曲，後用為詞調名。調名始見於賀鑄，因此篇，又名《柳色黃》。2 龍沙：藉指北方沙漠。3 方寸：指心。

賞析與點評

此篇寫兩地別愁，妙在緩緩起筆。上片八句寫眼前黃昏雨後景象，以「空闊」為大纛，初點日晚，次點柳黃，暗示離別，漸次靠近主題。「煙橫」三句疏闊空遠，景中含情，最為全篇妙筆。「還記」二句點題，挽結前八句寫景意緒。過片承「出關」轉入回憶，寫別時情景，「頓」字極沉痛，有幡然醒悟、始料未及意。「回首」二句又轉入眼前，「欲知」三句自問自答，本自賀鑄手筆，化用亦妙。末二句以兩地相思情狀作結。全篇雅麗淒秀，頗見賀鑄言情本領。

蝶戀花

幾許傷春春復暮。楊柳清陰，偏礙遊絲度。天際小山桃葉步[1]。白蘋花滿湔（jiān）裙處[2]。

竟日微吟長短句。簾影燈昏，心寄胡琴語。數點雨聲風約住。朦朧淡月雲來去[3]。

注釋

1 桃葉步：即桃葉渡，王獻之與妾桃葉相別處，在今南京。王獻之有《桃葉歌》，一曰：「桃葉復桃葉，渡江不用楫。但渡無所苦，我自迎接汝。」一曰：「桃葉復桃葉，桃葉連桃根。相憐兩樂事，獨使我殷勤。」[2] 湔裙：古時風俗，每年三月上巳節，在水邊洗滌衣裙以驅除不祥。[3] 約住：攔住。「數點」二句用北宋李冠《蝶戀花》成句。李冠原詞為「遙夜亭皋閒信步。乍過清明，蚤覺傷春暮。數點雨聲風約住，朦朧淡月雲來去。桃杏依依香暗度。誰在鞦韆、影裏低低語。一片芳心千萬緒。人間沒個安排處。」兩首詞語意較為相似。

天門謠[1]

牛渚(zhǔ)天門險[2]。限南北、七雄豪佔[3]。清霧斂。與閒人登覽。

待月上潮平波灩灩。塞管輕吹新阿濫[4]。風滿檻。歷歷數、西州更點[5]。

注釋

[1] 天門謠：此調本《朝天子》變體，以賀鑄此篇遂名《天門謠》。[2] 牛渚天門：今安徽當塗境內牛渚磯，二山相對如門，夾江聳立，故稱天門。[3] 七雄：六朝及南唐。天台山地勢險要，為歷代兵家必爭之地。[4] 塞管：笛。阿濫：即《阿濫堆》，笛曲名。

5 西州：在金陵西，這裏指金陵。

賞析與點評

此篇登臨懷古而不落窠臼。懷古只「限南北」一句點出，更不作細分辯，「清霧」句寫登覽，清霧既可指山間霧，亦可指歷史塵埃，此中意味自出。下片想像奇特，「月上」句興致高遠。末二句清風徐來，將金陵更鼓之聲吹到這歷經群雄紛爭的山亭之上，歷歷清晰可聞，金陵為六朝古都，此中聯繫有無限意味。

天香[1]

煙絡橫林，山沉遠照，邐迤黃昏鐘鼓。燭映簾櫳，蛩催機杼。共苦清秋風露。不眠思婦。齊應和、幾聲砧杵[2]。驚動天涯倦宦，駸（qīn）駸歲華行暮[3]。

當年酒狂自負[4]。謂東君、以春相付。流浪征驂北道[5]，客檣南浦，幽恨無人晤語[6]。賴明月、曾知舊遊處。好伴雲來[7]，還將夢去。

注釋

1 天香：《法苑珠林》云：「玉童子天香甚香。」調名本此。又名《天香慢》、《樓下柳》，因賀鑄此篇，又名《伴雲來》。2 砧杵：砧即擣衣砧，杵即擣衣槌。古時秋製寒衣，需先以砧杵擣捶使之柔順，即為擣衣。3 駸駸：馬奔馳狀，這裏指時光流逝疾速貌。4 酒杻：別本作「酒狂」。漢朝蓋寬饒為官剛正無私，權貴皆避之，嘗云：「無多酌我，我乃酒狂。」事見《漢書》。5 驂：三匹馬駕的車，這裏泛指車。6 晤語：面談。7 好伴雲來：此處或用宋玉《高唐賦序》巫山神女事。

望湘人[1]

厭鶯聲到枕，花氣動簾，醉魂愁夢相半。被惜餘熏[2]，帶驚剩眼[3]。幾許傷春春晚。淚竹痕鮮[4]，佩蘭香老[5]，湘天濃暖。記小江、風月佳時，屢約非煙遊伴[6]。須信鸞絃易斷[7]。奈雲和再鼓[8]，曲中人遠。認羅襪無蹤[9]，舊處弄波清淺。青翰棹艤（yǐ）[10]，白蘋洲畔。盡目臨皋飛觀。不解寄、一字相思，幸有歸來雙燕。

注釋

1 此調為賀鑄自度曲。2 被惜餘熏：此句指被上還留着愛人的氣息，因而分外愛惜。

3 眼：指腰帶上的孔眼。此句指腰圍漸小，即人漸漸消瘦。用沈約瘦腰之事。4 淚竹：堯有二女名娥皇、女英，為舜妃。舜死蒼梧之野，二女尋至湘水，淚灑竹上，皆成斑點，是為斑竹，又名湘妃竹。5 佩蘭：用屈原事。6 非煙：唐人武公業有妾名步非煙。此指非煙般的情人。7 鸞絃：琴絃，這裏指愛情。8 雲和：山名，以產琴瑟著稱，這裏指琴瑟等樂器。此句化用唐錢起《省試湘靈鼓瑟》：「善鼓雲和瑟，常聞帝子靈。」9 羅襪：指愛人蹤跡。10 青翰：船名。艤：船靠岸。

張元幹

張元幹（一〇九一——一一六〇？），字仲宗，自號真隱山人，又號蘆川居士、蘆川老隱等，永福（今福建永泰）人。少有大志，關心國事。政和八年入仕，靖康元年應召為李綱行營屬官，南宋初，任將作監丞，以右朝奉郎致仕。張元幹早年即有詩名。紹興間，樞密院編修胡銓上書乞斬秦檜等權臣，被流放，親故為避禍皆避之，獨張元幹作《賀新郎》詞相送，天下壯之。有《蘆川詞》，其詞以南渡為界，前期多花間之氣，清麗婉轉，後期一變而為慷慨悲涼，多所寄託。今存詞一百八十餘首。

石州慢

寒水依痕[1]，春意漸回，沙際煙闊[2]。溪梅晴照生香，冷蕊數枝爭發。天涯舊恨[3]，試看幾許消魂，長亭門外山重疊。不盡眼中青，是愁來時節。情切。畫樓深閉。想見東風，暗消肌雪[4]。孤負枕前雲雨，尊前花月。心期切處，更有多少淒涼，殷勤留與歸時說。到得再相逢，恰經年離別。

注釋

1 寒水依痕：語出杜甫《冬深》詩「早霞隨類影，寒水各依痕」。2「春意」二句：化用杜甫《閬水歌》「正憐日破浪花出，更復春從沙際歸」。3 天涯舊恨：秦觀《減字木蘭花》：「天涯舊恨，獨自淒涼人不問。」4 肌雪：肌膚白皙似雪。

蘭陵王

捲珠箔[1]。朝雨輕陰乍閣[2]。闌干外、煙柳弄晴，芳草侵階映紅藥。東風妒花惡。吹落梢頭嫩萼。屏山掩、沉水倦熏[3]，中酒心情怕杯勺[4]。尋思舊京洛。正年少疏狂，歌笑迷着。障泥油壁催梳掠[5]。曾馳道同載[6]，上林攜手[7]，燈夜初過早共約。又爭信飄泊？
寂寞。念行樂。甚粉淡衣襟，音斷絲索。瓊枝壁月春如昨。悵別後華表，那回雙鶴[8]。相思除是，向醉裏，暫忘卻。

注釋

1 珠箔：珠簾。2 乍閣：初停。3 沉水：香料，即沉香，又名密香、伽南香。4 中酒：醉酒。5 障泥油壁：障泥，即馬韉，馬鞍下用來遮擋塵土的布掛。6 馳道：京都大道。7 上林：秦漢天子苑囿，即上林苑。這裏指京都園林。8「華表」二句：用遼東人丁令威之典。

賞析與點評

此首皆春恨寫故國之情，妙在頭緒繁多、層層轉折而不亂。上片「捲珠箔」四句從朝雨初晴的春景寫起，春景本自美麗，然「東風」一句轉入作者煩亂的心緒。因愁而思過往，中片追憶往日種種疏狂，本自豪氣干雲，而「又爭信」一句全部打翻，重歸眼前漂泊。下片以寂寞起，往日繁華如在昨日，用丁令威事翻進一層，一路急轉直下，沉痛到極點。末三句卻又兀自翻起，以醉酒來忘情，似乎升起一點希望，而上片中酒之後更加惆悵，又怎能忘卻。意思越轉越深，越翻越冷，尋常情事娓娓道來，自有一腔沉痛，深婉清麗中見不凡氣骨。

葉夢得

葉夢得（一〇七七—一一四八），字少蘊，原籍吳縣（今江蘇蘇州）。紹興四年（一〇九七）進士，歷官中書舍人、翰林學士、尚書右丞、龍圖閣大學士、江東安撫大使等職，紹興十四年致仕。晚年定居吳興弁山石林谷，自號石林居士，詩書自娛。卒贈檢校少保。詞以南渡為界，前期婉麗，有溫、李之風，後期能於簡淡中時出雄傑，不作柔語人。有《石林詞》，今存詞一百零二首。

賀新郎

睡起啼鶯語。掩蒼苔、房櫳向晚[1]，亂紅無數。吹盡殘花無人見，惟有垂楊自

舞。漸暖靄、初回輕暑。寶扇重尋明月影[2]，暗塵侵、尚有乘鸞女[3]。驚舊恨，遽如許[4]。

江南夢斷橫江渚。浪黏天、葡萄漲綠[5]，半空煙雨。無限樓前滄波意，誰採花寄取[6]？但悵望、蘭舟容與[7]。萬里雲帆何時到，送孤鴻、目斷千山阻。誰為我，唱金縷[8]？

注釋

1 房櫳：窗櫺。2 寶扇重尋明月影：語出班婕妤《怨歌行》詩「裁為合歡扇，團團似明月」。3 乘鸞女：傳說秦穆公女弄玉乘鸞飛天而去。4 遽：急迫。5 葡萄漲綠：指新漲的江水像新釀的葡萄酒一樣碧綠。6「滄波」句：柳宗元詩：「春風無限瀟湘意，欲採蘋花不自由。」7 容與：徘徊不前的樣子。8 金縷：《金縷曲》，即《賀新郎》。

賞析與點評

此為傷春懷人之詞。全篇情思貫穿，豪遠而清婉，剛健含婀娜，前人評為有東坡之風。

虞美人 雨後同幹譽、才卿置酒來禽花下作[1]。

落花已作風前舞，又送黃昏雨。曉來庭院半殘紅，惟有遊絲、千丈嫋晴空。

殷勤花下同攜手，更盡杯中酒[2]。美人不用斂蛾眉，我亦多情、無奈酒闌時[3]。

注釋

1 幹譽、才卿：詞人友人，事蹟不詳。來禽：木名，即林禽，南方稱花紅，北方稱沙果。2 更盡杯中酒：王維《送元二使安西》：「勸君更盡一杯酒，西出陽關無故人。」

3 酒闌時：酒席散場時。

賞析與點評

此篇傷春而不纖弱，上片言黃昏雨打落紅，清晨殘紅滿地，是春歸無可奈何。然「遊絲千丈」一句，絕地振起，令全篇氣格高舉。下片言及時行樂，殷勤勸酒，本尋常光景。「美人」二句卻又憑空生出波瀾，曲折道出傷春意緒，自說自話，一往情深。沈際飛云：「下場頭話偏自生情生姿，顛播妙耳。」整首詞清新流暢，雅致自然。

汪藻

汪藻（一〇七九—一一五四），字彥章，德興（今屬江西）人。崇寧二年（一一〇三）進士，官至顯謨閣大學士、左大中大夫，封新安郡侯。以嘗為蔡京、王黼客奪職，居永州，卒。博覽群書，工駢文，宣和間與胡伸被稱為「江左二寶」。其詞寫離情別思，多興寄，《古今詞話》評為「美瞻」。有《浮溪詞》，今存詞四首。

點絳唇[1]

新月娟娟[2]，夜寒江靜山銜斗。起來搔首，梅影橫窗瘦。

好個霜天，閒卻傳杯手[3]。君知否？亂鴉啼後，歸興濃於酒。

注釋

1 點絳唇：江淹《詠美人春遊》有句云「白雪凝瓊貌，明珠點絳唇」，調名即緣於此。又名《南浦月》、《點櫻桃》、《沙頭雨》、《十八香》、《尋瑤草》等。2 娟娟：明亮美好的樣子。3「傳杯」句：意為停杯罷飲。

賞析與點評

這首詞寫歸思。上片寫景，月痕梅影為良夜，詩人卻搔首不安，下片自問自答，先言停杯罷飲，再道出原因，乃是歸思難耐。一句「亂鴉啼後」表明事情並非如此簡單，「亂鴉」句可以看做眼前實景，也可看做有所指。吳曾《能改齋漫錄》：「（汪）在翰苑，屢致言者（指被言官攻擊，當是政敵），嘗作《點絳唇》。或問：『歸夢濃於酒，何以在曉鴉啼後？』公曰：『無奈這一隊畜生聒噪何。』秦檜聞之，『諷言者遷之於永』。」則此詞當有所指。然構思精巧，字面冷峻，不動聲色，蘊藉有味。

劉一止

劉一止（一〇七八—一一六〇），字行簡，號苕溪，湖州歸安（今浙江吳興）人。宣和三年（一一二一）進士，累官中書舍人、給事中、敷文閣待制，以秘閣修撰致仕。博學無所不通，文章推本經術，宏博嚴謹。為詩寓意高遠，情深簡易，受當世推重。詞風脫去花間習氣，時有清疏之致，以《喜遷鶯．曉行》一闋盛傳京師，時號「劉曉行」。有《苕溪詞》，今存詞四十二首。

喜遷鶯　曉行

曉光催角。聽宿鳥未驚，鄰雞先覺。迤邐（yǐ lǐ）煙村[1]，馬嘶人起，殘月尚穿林薄[2]。淚痕帶霜微凝，酒力沖寒猶弱。歎倦客，悄不禁重染，風塵京洛[3]。

追念人別後，心事萬重，難覓孤鴻託。翠幌嬌深，曲屏香暖，爭念歲寒飄泊[4]。怨月恨花煩惱，不是不曾經着[5]。這情味，望一成消減[6]，新來還惡。

注釋

1 迤邐：曲折連綿的樣子。2 林薄：林莽。薄：草木叢生。3 悄：渾，直。風塵京洛：陸機《為顧彥先贈婦二首》：「京洛多風塵，素衣化為緇。」4 爭：怎。5 經着：經受過。6 一成：當時口語，漸漸。

賞析與點評

此首寫羈旅懷思之情。上片寫清晨煙村情景。清角哀鳴，淡淡煙靄小村中雞鳴陣陣，人馬起行，而殘月尚在。詩人醒來，淚濕處已和霜花凝結，酒力敵不過夜寒，不由升起對風塵漂泊的厭倦。下片抒發無以排遣的思鄉之愁。「追念」三句言心事難託，「翠幌」三句反責對方不念己之飄零。「怨月」二句強自寬解，末三句又轉一層，愁情遣無可遣。全篇描寫生動，細緻入微，情感真摯，在當時即為人稱道。

韓疁

韓疁（liú），字子耕，號蕭閒，生卒年與籍貫皆不詳，南宋嘉定前後在世。有《蕭閒詞》一卷，已佚。今存詞六首。

高陽台[1] 除夜

頻聽銀籤[2]，重燃絳蠟[3]，年華衮衮驚心[4]。餞舊迎新。能消幾刻光陰。老來可慣通宵飲，待不眠、還怕寒侵。掩青尊、多謝梅花，伴我微吟。

鄰娃已試春妝了，更蜂腰簇翠，燕股橫金[5]。勾引東風，也知芳思難禁。朱顏那有年年好，逞豔遊、贏取如今。恣登臨、殘雪樓台，遲日園林。

注釋

1 高陽台：又名《慶春宮》、《慶春澤》、《慶春澤慢》等。2 銀籤：即銀箭，古代計時器的刻度表。此處代指更漏。3 絳蠟：指紅燭。4 袞袞：匆匆流逝不絕。5「蜂腰」二句：蜂腰、燕股皆為插戴鬢髮的首飾，蜂、燕為其形，碧、金為其質。

賞析與點評

這首詞寫除夜歲暮之感。上片寫在除夜感到年光飛逝，欲通宵飲酒又怕寒氣難禁，只合停杯，幸好還有梅花可以微吟，老氣橫秋而又語氣淡然。下片寫少年人新衣新妝，被東風撩起春思，詞人鼓勵他們趁大好年華遊覽登臨，一片生意盎然，卻是旁人之景。尋常情事，娓娓道來，如話家常；上下片對比鮮明，又感慨萬端。況頤周云：「此等詞語淺情深，妙在字句之表，便覺刻意求工，是無端多費力氣。」

李邴

李邴（一〇八五—一一四六），字漢老，號雲龕居士，濟州任城（今山東濟寧）人。徽宗崇寧五年（一一〇六）進士，歷官兵部侍郎、尚書左丞、參知政事等，晚年閒居泉州，卒謚文敏。邴與汪藻、樓鑰齊名，號稱「南渡三詞人」，有《雲龕草堂集》，不傳。今存詞八首。

漢宮春[1]

瀟灑江梅。向竹梢疏處，橫兩三枝。東君也不愛惜，雪壓霜欺。無情燕子，怕春寒、輕失花期。卻是有、年年塞雁，歸來曾見開時。

清淺小溪如練，問玉堂何似[2]，茅舍疏籬。傷心故人去後，冷落新詩。微雲淡月，對江天、分付他誰[3]。空自憶、清香未減，風流不在人知。

注釋

1 漢宮春：又名《慶千秋》。2 玉堂：官署名。唐宋時翰林院被美稱為玉堂，此處指富麗的豪宅。何似：何如。3 分付：猶付與。

賞析與點評

這首詞藉詠梅抒懷。上片寫梅花神態瀟灑，卻得不到上天的護佑，遭受霜欺燕欺，只有北歸的寒雁能如約相見。下片藉梅花表達詞人落寞的心情。雖有茅舍竹籬之志，然故人一去，無人可與相伴；雖無人唱和對談，亦不強求人知。整篇色淡神寒，所述事皆淒苦而不覺哀傷，風神俊逸處真如梅花清新脫俗。詞人代梅立言，以梅花自道，別有一番情味。

陳與義

陳與義（一〇九〇—一一三八），字去非，號簡齋，洛陽（今屬河南）人。徽宗政和三年（一一一三）進士，曾官太學博士等。南渡後於紹興七年（一一三七）拜參知政事。以詩著名，學杜甫，重意境，被人視為「江西詩派三宗」之一。詞則較為清婉秀麗，豪放處又近蘇軾。有《無住詞》，又名《簡齋詞》，今存詞十八首。

臨江仙

高詠《楚詞》酬午日[1]，天涯節序匆匆。榴花不似舞裙紅。無人知此意，歌罷滿簾風。

萬事一身傷老矣，戎葵凝笑牆東[2]。酒杯深淺去年同。試澆橋下水，今夕到湘中[3]。

注釋

1《楚詞》：騷體文章總集，西漢劉向輯，收屈原、宋玉等人辭賦。午日：即端午節。
2 戎葵：植物名，即蜀葵，俗稱一丈紅。3 湘中：指湖南中部的汨羅，屈原投江處。

賞析與點評

詞人在端午節憑弔屈原，感時傷懷，藉此來抒發憂國之情與遲暮之悲。上片點題，高詠《楚詞》，憑弔屈原，感歎時光流逝，今日遠非當年之盛世。下片寫自己流落飄零已久，身已垂垂老矣，心仍眷念故國。結句的憑弔屈原，既照應上片，也是對憂國之情的關念。全詞沉鬱雄峻，感慨深沉。

臨江仙

夜登小閣憶洛中舊遊[1]

憶昔午橋橋上飲[2]，坐中多是豪英。長溝流月去無聲。杏花疏影裏，吹笛到天明。

二十餘年如一夢，此身雖在堪驚。閒登小閣看新晴。古今多少事，漁唱起三更。

注釋

1 小閣：位於杭州青墩鎮無住庵中，詞人晚年居此。洛中：洛陽。2 午橋：在今河南洛陽。唐代宰相裴度曾建別墅於此。

賞析與點評

這是一首撫今追昔、感時傷世之作。上片追憶昔日洛陽豪飲情景，四美並具，縱情酣暢，一派豪邁氣概。下片轉入現今，昔日賞心樂事早已消逝，而今顛沛流離，身雖在情已非。中間多少坎坷經歷，已然全在不言之中。結句的概觀古今看似通透，實則蘊含深沉的歷史感慨。全詞以昔比今，歡快而轉悲涼，然而筆意超曠，上窺東坡本色，乃是《無住詞》中的壓卷之作。

蔡伸

蔡伸（一〇八八—一一五六），字伸道，號友古居士，莆田（今屬福建）人，蔡襄之孫。徽宗政和五年（一一一五）進士，官至左大中大夫。伸少有文名，擅書法，工詞。詞作長於鋪敘，化用前人佳句。有《友古居士詞》。今存詞一百七十餘首。

蘇武慢[1]

雁落平沙，煙籠寒水，古壘鳴笳聲斷。青山隱隱，敗葉蕭蕭，天際暝鴉零亂。樓上黃昏，片帆千里歸程，年華將晚。望碧雲空暮，佳人何處，夢魂俱遠。憶舊游、邃館朱扉，小園香徑，尚想桃花人面。書盈錦軸，恨滿金徽，難寫寸心幽怨。兩地離愁，一尊芳酒淒涼，危闌倚遍。盡遲留，憑仗西風，吹乾淚眼。

注釋

1 蘇武慢：《詞譜》以周邦彥詞為正體。

柳梢青[1]

數聲鶗鴂。可憐又是，春歸時節。滿院東風，海棠鋪繡，梨花飄雪。

丁香露泣殘枝，算未比、愁腸寸結。自是休文[2]，多情多感，不干風月。

注釋

1 柳梢青：又名《雲淡秋空》、《玉水明沙》、《早春怨》、《隴頭月》等。2 休文：南朝齊、梁間詩人沈約，字休文。懷才不遇，鬱鬱成疾，日漸消瘦。

賞析與點評

詞寫惜春傷懷之情。上片寫杜鵑啼鳴，梨花飄雪，正是暮春。下片寫愁腸寸結，原因卻不是感傷風月。原是春已暮，人空瘦，可憐事業老大無成。詞藉惜春隱含個人懷抱，委婉而別致。

周紫芝

周紫芝（一〇八二—一一五五），字少隱，號竹坡居士，宣城（今安徽宣州）人。家貧而苦學，紹興中始登進士第，歷右迪功郎、敕令所删定官，官至樞密院編修。後退居廬山。其詞清麗婉曲，自然酣暢，別具一格。有《竹坡詞》三卷，存詞一百五十首。

鷓鴣天

一點殘釭欲盡時[1]。乍涼秋氣滿屏幃。梧桐葉上三更雨，葉葉聲聲是別離[2]。
調寶瑟，撥金猊（ní）[3]。那時同唱《鷓鴣詞》[4]。如今風雨西樓夜[5]，不聽清歌也淚垂。

注釋

1 釭：燈盞。2「梧桐」二句：語本溫庭筠《更漏子》：「梧桐樹，三更雨，不道離情正苦。一葉葉，一聲聲，空階滴到明。」3 金猊：鍍金的獅子形香爐。4 鷓鴣詞：唐人詩作《鷓鴣詞》，多寫離別之思。5 風雨西樓夜：語本韋應物《送中弟》：「山郡多風雨，西樓更蕭條。」

踏莎行

情似遊絲，人如飛絮。淚珠閣定空相覷[1]。一溪煙柳萬絲垂，無因繫得蘭舟住[2]。

雁過斜陽，草迷煙渚。如今已是愁無數。明朝且做莫思量，如何過得今宵去。

注釋

1 閣：同「擱」。停住。相覷：相看。2 無因：沒法子。

李甲

李甲（生卒年不詳），字景元，華亭（今上海松江）人。元符中曾擔任武康（今浙江德清）縣令。工畫，善畫翎毛。其繪畫曾受到米芾及蘇軾稱讚。詞學柳永，今存九首。

帝台春[1]

芳草碧色。萋萋遍南陌[2]。暖絮亂紅，也知人、春愁無力。憶得盈盈拾翠侶[3]，共攜賞、鳳城寒食[4]。到今來，海角逢春，天涯為客。

愁旋釋，還似織。淚暗拭，又偷滴[5]。謾佇立、倚遍危闌，盡黃昏，也只是、暮雲凝碧[6]。拚則而今已拚了[7]，忘則怎生便忘得。又還問鱗鴻[8]，試重尋消息。

注釋

1 帝台春：唐教坊曲名，後改為詞調。但宋人少有用此調者，目前僅見李甲一首。2 萋萋：春草茂盛的樣子。《楚辭・招隱士》：「王孫遊兮不歸，春草生兮萋萋。」3 拾翠侶：指遊伴。拾翠即拾取翠鳥羽毛作為首飾，後多指婦女遊春。語出曹植《洛神賦》：「或採明珠，或拾翠羽。」4 鳳城：京城的美稱。5「淚暗拭」二句：周邦彥《蘭陵王柳》：「沉思前事，似夢裏，淚暗滴。」6 暮雲凝碧：江淹《休上人怨別》：「日暮碧雲合，佳人殊未來。」7 拚：捨棄，放開。8 鱗鴻：魚雁。古人認為魚雁可以傳遞書信。

賞析與點評

這是一首傷春懷人之作。上片寫暮春之景，引出春愁，轉入回憶過去二人共同賞春，然而如今已經勞燕分飛，人各天涯了。下片寫懷人愁緒。思念情濃，佳人難見，然而忘卻也是不可能的。不知是否可以轉託魚雁再為打聽消息？全詞文字淺顯通俗，而情感纏綿曲折，加之今昔轉換，寫得層次豐富，極具感染力。

李重元

李重元（生卒年不詳），約為北宋末至南宋初的詞人。《唐宋諸賢絕妙詞選》收錄其四首《憶王孫》，分詠春、夏、秋、冬四季，春詞最佳。

憶王孫[1]

萋萋芳草憶王孫。柳外樓高空斷魂。杜宇聲聲不忍聞。欲黃昏。雨打梨花深閉門。

注釋

1 憶王孫：詞調始於李重元。

萬俟詠

萬俟（mò qí）詠（生卒年不詳），字雅言，自號大梁詞隱。早年科舉落榜。哲宗年間即以詞聞名。政和初召補大晟府制撰，創製詞譜甚多；紹興五年（一一三〇）補下州文學。詞多應制之作，有《大聲集》，趙萬里輯得其詞二十九首。

三台[1] 清明應制

見梨花初帶夜月，海棠半含朝雨。內苑春、不禁過青門，御溝漲、潛通南浦。東風靜，細柳垂金縷。望鳳闕、非煙非霧[2]。好時代、朝野多歡，遍九陌、太平簫鼓。

乍鶯兒百囀斷續。燕子飛來飛去。近綠水、台榭映鞦韆，鬥草聚、雙雙遊女[3]。

餳(xíng)香更、酒冷踏青路[4]。會暗識、夭桃朱戶[5]。向晚驟、寶馬雕鞍，醉襟惹、亂花飛絮。

正輕寒輕暖漏永，半陰半晴雲暮。禁火天、已是試新妝，歲華到、三分佳處。清明看、漢蠟傳宮炬。散翠煙、飛入槐府。斂兵衛、閶闔(chāng hé)門開[6]，住傳宣、又還休務。

注釋

1 三台：原為唐教坊曲名，後演為詞調。2 非煙非霧：吉祥之氣。3 鬥草：一種古代的遊戲，採花草以比優劣。常行於端午。4 餳：即麥芽糖。5 夭桃：喻指美麗的少女。6 閶闔：京都城門。

賞析與點評

這首詞乃應制之作，極力謳歌了清明時節，汴京朝野祥和、歌舞升平的景象。

徐伸

徐伸（生卒年不詳），字幹臣，三衢（今浙江衢州）人。政和初，以知音律為太常典樂，出知常州。有詞集《青山樂府》已佚，僅存詞一首。

二郎神[1]

悶來彈鵲[2]，又攪碎、一簾花影。謾試着春衫，還思纖手，熏徹金猊燼冷。動是愁端如何向[3]，但怪得、新來多病。嗟舊日沈腰[4]，如今潘鬢[5]，怎堪臨鏡。

重省（xǐng）[6]。別時淚滴，羅衣猶凝。料為我厭厭[7]，日高慵起，長託春酲（chéng）未醒[8]。雁足不來[9]，馬蹄難駐，門掩一庭芳景。空佇立，盡日闌干倚遍，晝長人靜。

注釋

1 二郎神：唐教坊曲名。初名《大郎神》，又名《悲切子》，《怨回鶻》。2 彈鵲：用彈弓將喜鵲趕走。3 動是愁端：接觸之處均是引發愁緒之地。4 沈腰：沈約長期懷才不遇，鬱鬱成疾，致徐勉信中言「百日數旬，革帶常應移孔」，後以沈腰代指日漸消瘦。5 潘鬢：指中年鬢髮初白。潘岳《秋興賦》序：「余春秋三十有二，始見二毛。」6 省：省視。7 厭厭：同「懨懨」。精神萎靡的樣子。8 酲：醉酒。9 雁足：指送信的人。

賞析與點評

這是一首懷人詞。上片從自己角度來寫，伊人遠別，自己相思成疾，觸處都愁思滿懷，不忍看到報喜的喜鵲，自己也日漸消瘦，鬱鬱寡歡。下片從伊人角度來寫，懸想對方也正思念自己，書信也無，倚徧欄杆，不見人來。相思至深，失望至極。全詞巧用對比，婉轉纏綿，寫出無限深情，當時就傳唱天下。

田為

田為（生卒年不詳），字不伐。善琵琶，通音律。政和末，充大晟府典樂，宣和元年（一一一九）為大晟府樂令。詞多寫日常生活，雜以口語，但較為含蓄。有《芉嘔集》，已佚。今存詞六首。

江神子慢[1]

玉台掛秋月[2]。鉛素淺[3]，梅花傅（fū）香雪[4]。冰姿潔。金蓮襯、小小凌波羅襪[5]。雨初歇。樓外孤鴻聲漸遠，遠山外、行人音信絕。此恨對語猶難，那堪更寄書說。教人紅銷翠減[6]，覺衣寬金縷[7]，都為輕別。太情切。銷魂處、畫角黃昏時節。

聲嗚咽。落盡庭花春去也，銀蟾迥、無情圓又缺[8]。恨伊不似餘香，惹鴛鴦結[9]。

注釋

1 即《江城子慢》。2 玉台：精美的梳妝台。秋月：指明鏡。3 鉛素：鉛華。4 梅花：指梅花妝。傅：抹。香雪：美人臉蛋。5 金蓮：指女子的纖足。《南史·齊東昏侯紀》載，東昏侯蕭寶卷為潘妃大造宮殿，地板貼以金蓮花，潘妃行其上，則為步步生蓮花。6 紅銷翠減：謂形容憔悴。7 金縷：金縷衣，裝飾有金絲的衣裳。唐人杜秋娘《金縷衣》：「勸君莫惜金縷衣，勸君惜取少年時。有花堪折直須折，莫待無花空折枝。」8 銀蟾：指月亮。9 鴛鴦結：即合歡結，男女和合的象徵。

賞析與點評

這是一首相思傷別之詞，頗有新意。上片細緻描寫伊人梳妝打扮的過程，突出她的高潔。起筆就與一般的相思詞有所區別，因為一般的詞都是因為離別而無心梳妝。接着寫遠行之人音信斷絕。然而不限於此，她更難忍受的是明知對面也難說清這相思之情，還要寄書訴説。這也較一般的寫無法寄書有所深入。下片寫伊人別後形容憔悴。結句更怨恨月亮無情，提醒她的孤單。怨得無理，然而卻是一片深情。全詞在寫法上有所發展，將離別之思表現得纏綿而深入。

曹組

曹組（生卒年不詳），初字彥章，改字元寵，陽翟（今河南禹縣）人。宣和三年（一一二一）進士及第，官至閤門宣贊舍人、睿思殿應制。詞風清幽婉麗，當時盛傳天下。有《箕潁集》，今佚。趙萬里輯得《箕潁詞》一卷。今存詞三十六首。

驀山溪[1] 梅

洗妝真態，不假鉛華御[2]。竹外一枝斜[3]，想佳人、天寒日暮[4]。黃昏院落，無處着清香，風細細，雪垂垂，何況江頭路。

月邊疏影，夢到銷魂處。結子欲黃時，又須作、廉纖細雨[5]。孤芳一世，供斷有情愁，消瘦損，東陽也[6]，試問花知否。

注釋

1 驀山溪，本義為跨越山間小溪。白居易《閒遊即事》：「驀山尋浥澗，蹋水渡伊河。」《驀山溪》為宋人創製，又名《上陽春》、《心月照雲溪》、《弄珠英》等。2 不假鉛華御：鉛華，搽臉用的脂粉。唐玄宗《題梅妃畫真》：「憶昔嬌妃在紫宸，鉛華不御得天真。」御：使用。3 竹外一枝斜：語本蘇軾《和秦太虛梅花》：「江頭千樹春欲暗，竹外一枝斜更好。」4 此句係化用杜甫《佳人》：「天寒翠袖薄，日暮倚修竹。」5 廉纖：纖細。6 東陽：梁代沈約曾為東陽太守，他寫信稱自己老病而日漸消瘦。此處作者自況。

賞析與點評

這是一首詠梅詞，上片寫梅花品格之高潔，將梅花比作不施鉛華、遺世獨立的絕代佳人，突出了梅花的「孤」與「芳」。下片寫賞梅。賞梅而見梅之「孤芳」，見梅憔悴消瘦，有情而含愁，戚戚心同，賞梅而自賞也。全詞詠梅，實際上也是自詠，抒發了自己的高潔情懷。

李玉

李玉（生卒年不詳），約生活在北宋末南宋初。詞僅存一首。

賀新郎　春情

篆（zhuàn）縷銷金鼎[1]。醉沉沉、庭陰轉午，畫堂人靜。芳草王孫知何處，惟有楊花糝（sǎn）徑[2]。漸玉枕、騰騰春醒。簾外殘紅春已透，鎮無聊、殢（tì）酒厭厭病[3]。雲鬢亂，未忺（xiān）整[4]。

江南舊事休重省。遍天涯、尋消問息，斷鴻難倩[5]。月滿西樓憑闌久，依舊歸期未定。又只恐、瓶沉金井[6]。嘶騎不來銀燭暗，枉教人、立盡梧桐影[7]。誰伴我，對鸞鏡[8]。

注釋

1 篆縷：盤香的煙縷上升有如篆字。李清照《滿庭芳》：「篆香燒盡，日影下簾鈎。」2 糝徑：鋪滿小路。杜甫詩《漫興》：「糝徑楊花鋪白氈，點溪荷葉貼青錢。」3 鎮：全。殢酒：病酒，被酒所困。厭厭：同「懨懨」，精神不振的樣子。4 忺：欲，想要。5 倩：請，懇求。6 瓶沉金井：比喻兩情斷絕。7 枉教人、立盡梧桐影：語本唐人《梧桐影》詩「今夜故人來不來，教人立盡梧桐影」。8 鸞鏡：指鏡子。昔有一王得一鸞，三年不鳴。後來對鏡而照，鸞以為同類，感而鳴之。後為鏡子美稱。

賞析與點評

這是一首閨情詞，主要描寫閨中人自晝到夜的活動與感情變化。上片寫晝，室外春意闌珊，花落絮飛；室內畫堂人靜，慵懶病酒。原來意中人遠遊不歸，相思情切。下片寫相思。舊情難尋，人又不歸，音信斷絕，苦苦等待。等待的結果又是如何呢？是歸期未定還是兩情斷絕？想起來實在教人憂心如焚。全詞巧用景語寓情語，將閨秀苦憂情切的狀態寫得極為出色，故能傳誦天下。

廖世美

廖世美（生卒年不詳），約生活在北宋末南宋初。今存詞二首。

燭影搖紅[1] 題安陸浮雲樓

靄靄春空，畫樓森聳凌雲渚。紫薇登覽最關情[2]，絕妙誇能賦。惆悵相思遲暮，記當日、朱闌共語。塞鴻難問，岸柳何窮，別愁紛絮。

催促年光，舊來流水知何處。斷腸何必更殘陽，極目傷平楚[3]。晚霽波聲帶雨，悄無人、舟橫野渡[4]。數峰江上，芳草天涯，參差煙樹[5]。

注釋

1 燭影搖紅：詞牌名，宋吳曾《能改齋漫錄》卷十七「燭影搖紅」：「王都尉有憶故人詞云：『燭影搖紅，向夜闌……』徽宗喜其詞意，猶以不豐容宛轉為恨，遂令大晟府別撰腔。周美成增損其辭，而以首句為名，謂之《燭影搖紅》。」又名《憶故人》、《歸去曲》、《玉珥墜金環》、《秋色橫空》等。2 紫薇：紫薇郎，職官名，唐中書郎的別稱。這裏指杜牧，杜牧曾任中書舍人。3 平楚：平坦的草原。4 舟橫野渡：韋應物《滁州西澗》：「野渡無人舟自橫。」5 數峰江上：錢起《省試湘靈鼓瑟》：「曲終人不見，江上數峰青。」芳草天涯：牟融《贈歐陽詹》：「天涯芳草動愁心。」參差煙樹：語出杜牧《題宣州開元寺水閣閣下宛溪夾溪居人》：「惆悵無因見范蠡，參差煙樹五湖東。」

賞析與點評

這是一首登樓賦景抒懷之作。上片先寫浮雲樓恢弘的氣勢，而自己日暮時分登樓遠望，惹起傷情舊事。下片抒發懷抱，感歎年華流逝。日暮且晚晴帶雨，不僅寫實，而且深有韻味，有傷感國勢之意。結句的野渡無人和參差煙樹更引入一片蒼茫淒清之境。詞人之登樓幾近杜甫之登高也。全詞語淡而情深，化用前人成句而妙如己出，又別具境界，於登樓中融入遲暮之感和家國之思，自是大作。

呂濱老

呂濱老（生卒年不詳），一名渭老，字聖求，嘉興（今屬浙江）人。宣和、靖康間朝士，有詩名。其詞甚工。嘉定五年（一二一二），趙師岌序其詞云：「宣和末，有呂聖求者，以詩名，諷詠中率寓愛君憂國意。」有《聖求詞》一卷。今存詞一百三十四首。

薄倖

青樓春晚[1]。晝寂寂、梳勻又懶[2]。乍聽得、鴉啼鶯哢（lòng）[3]，惹起新愁無限。記年時、偷擲春心，花間隔霧遙相見。便角枕題詩[4]，寶釵貰（shì）酒[5]，共醉青苔深院。

怎忘得、迴廊下，攜手處、花明月滿。如今但暮雨，蜂愁蝶恨，小窗閒對芭蕉展。卻誰拘管。盡無言閒品秦箏，淚滿參差雁[6]。腰肢漸小，心與楊花共遠。

注釋

1 青樓：此指華美的樓房。曹植《美女篇》：「借問女何居，乃在城南端，青樓臨大路，高門結重關。」 2 梳勻：梳頭、勻脂粉，指梳妝打扮。 3 啀：鳥鳴。 4 角枕：用獸角裝飾或製作的枕頭。 5 貰：賒欠。 6 秦箏：相傳古箏出於秦地，故稱。雁：雁柱之簡稱，即箏柱。岑參《秦箏歌》有「汝不聞秦箏聲最苦」、「聞之酒醒淚如雨」等句，說明秦箏樂音悲苦。箏十三絃，承絃的柱參差列陣如雁行。

賞析與點評

這是一首戀情詞。上片寫暮春時節，深閨女子聽到鴉叫鶯鳴，心中愁思泛起。正因為相戀之人不在身邊，繼而回憶起當年初識的溫馨場面。「偷擲春心」寫出當時心動的過程。下片承接，繼續回憶當年情事，花好月圓，兩情相悅。可惜而今卻落得孤寂苦恨，相思成瘦。「芭蕉展」反寫女子芳心不展。全詞今昔交替，對比變換，寫情深刻而細膩，可與柳永情詞相提並論。

查荎

查荎（chí，生卒年不詳），約北宋末至南宋初詞人。今存詞一首。

透碧霄[1]

艤蘭舟[2]。十分端是載離愁[3]。練波送遠[4]，屏山遮斷，此去難留。相從爭奈[5]，心期久要（yāo）[6]，屢變霜秋。歎人生、杳似萍浮。又翻成輕別，都將深恨，付與東流。

想斜陽影裏，寒煙明處，雙槳去悠悠。愛渚梅、幽香動，須採擷，倩纖柔。豔歌粲（càn）發[7]，誰傳餘韻，來說仙遊。念故人、留此遐洲[8]。但春風老後，秋月圓時，獨倚江樓。

注釋

1 調見柳永《樂章集》。2 艤蘭舟：使蘭舟靠岸。3 端是：真是。載離愁：語本北宋鄭文寶《闕題》：「載將離恨過江南。」4 練波：白色的水波。5 爭奈：怎奈。6 心期：兩心期許。要：相約。7 粲發：啟齒歌唱。粲：牙齒潔白。8 遐洲：遠洲。

賞析與點評

詞寫念遠傷別之情。上片寫離別場景，遠遊之人留之不得，即使兩人早已傾心。想想人生就如浮萍一般四海飄零，愁思深恨也都隨水東流。下片表達不捨之情，希望行人別後能記得古人淹留於此，一腔幽怨之情掩之不住。結句表達對行人長期的思念，所謂日日年年如此也，可見相思之深。

魯逸仲

魯逸仲（生卒年不詳），即孔夷，字方平，汝州龍興（今河南寶豐縣）人。孔子四十七世孫。哲宗元祐間隱士，隱居滍陽（今屬河南），與李廌（蘇門六君子之一）為詩酒侶，自號滍皋漁父，作詞則託名魯逸仲。今存詞三首，頗婉麗。

南浦[1] 旅懷

風悲畫角，聽單于、三弄落譙門[2]。投宿駸駸征騎[3]，飛雪滿孤村。酒市漸闌燈火，正敲窗、亂葉舞紛紛。送數聲驚雁[4]，乍離煙水，嘹唳（liáo lì）度寒雲[5]。

好在半朧溪月，到如今、無處不銷魂。故國梅花歸夢，愁損綠羅裙[6]。為問暗香閒豔[7]，也相思、萬點付啼痕。算翠屏應是，兩眉餘恨倚黃昏。

注釋

1 南浦：調名出自《楚辭．九歌》「送美人兮南浦」。唐教坊曲有《南浦子》曲，宋人翻為新調。2 單于：軍中橫吹曲名，有大單于、小單于。唐李益《聽曉角》：「無限塞鴻飛不度，秋風捲入小單于。」弄：奏樂。3 駸駸：馬行快速的樣子。4 送數聲驚雁：《早雁》詩有云：「金河秋半虜絃開，雲外驚飛四散哀。」5 嘹唳：形容高空鳥鳴，聲音響亮淒清。6 綠羅裙：裙名。此指穿裙之人。五代牛希濟《生查子》：「記得綠蘿裙，處處憐芳草。」7 暗香：指梅。

賞析與點評

這首詞寫旅夜相思之情。上片寫旅夜所見所聞，雪滿孤村，闌珊酒市，又有畫角哀聲和驚雁悲鳴，十分淒冷蕭瑟。下片寫相思。憶梅而憐惜愁損之佳人。餘恨悠悠照應上片的畫角三弄。「無處不銷魂」將相思之情拓深，此種相思當不僅憶及佳人，恐有更深闊的內容。清人黃蘇認為此詞作於靖康亂後，大有道理。

岳飛

岳飛（一一〇三—一一四二），字鵬舉，相州湯陰（今屬河南）人。南宋抗金名將，受宗澤賞識，歷任清遠軍節度使、開府儀同三司、少保、河南北諸路招討使，進樞密副使。從軍抗金，屢建大功。但當時朝廷主和，被解職退軍，後遭誣陷，被奸臣秦檜以莫須有罪名殺害。追謚武穆，封鄂王，改謚忠武。後人編其詩文為《岳武穆集》，今存詞三首。

滿江紅[1]

怒髮衝冠[2]，憑闌處、瀟瀟雨歇。抬望眼、仰天長嘯，壯懷激烈。三十功名塵與土，八千里路雲和月。莫等閒、白了少年頭[3]，空悲切。

靖康恥[4]，猶未雪。臣子恨[5]，何時滅。駕長車踏破、賀蘭山缺[6]。壯志飢餐胡虜肉，笑談渴飲匈奴血[7]。待從頭、收拾舊山河，朝天闕[8]。

注釋

1 滿江紅：又名《念良遊》、《傷春曲》。《詞譜》以柳永「暮雨初秋」為正調。此調有仄韻、平韻兩體，仄韻詞宋人填者最多，聲調激越，適合抒發壯烈情懷；平韻創自姜夔，情調都有所變化。2 怒髮衝冠：形容氣勢極度慷慨激昂。《史記》記載藺相如持和氏璧，倚柱而怒髮衝冠。3 等閒：輕易，隨便。4 靖康恥：指靖康二年（一一二七）金兵攻陷汴京，擄徽、欽二帝北去，北宋亡。5 臣子恨：指南宋紹興九年（一一三九），宋金達成和議，南宋向金國稱臣。6 賀蘭山：在今寧夏境內，此藉指敵佔區。7 胡虜、匈奴：均是對金兵的蔑稱。8 朝天闕：朝見皇帝。

賞析與點評

這首詞是慷慨激昂、傳頌千古的名篇。清人陳廷焯認為「千載下讀之，凜凜有生氣焉！」上片回憶自己從軍抗金的過程，表達建功立業、報效祖國的決心和理想。下片抒發詞人掃穴犁庭、收復家國的豪情壯志。這首詞是當時時代的最強音，讀來振聾發聵，催人奮進。

張掄

張掄（生卒年不詳），字才甫，自號蓮社居士，開封（今屬河南）人。淳熙五年（一一七八）為寧武軍節度使，歷知閤門事，兼客省四方館事。詞多應制，較為華豔。有《蓮社詞》，今存詞一百餘首。

燭影搖紅　上元有懷

雙闕中天[1]，鳳樓十二春寒淺[2]。去年元夜奉宸遊[3]，曾侍瑤池宴。玉殿珠簾盡捲。擁群仙、蓬壺閬（làng）苑[4]。五雲深處[5]，萬燭光中，揭天絲管。

馳隙流年，恍如一瞬星霜換[6]。今宵誰念泣孤臣，回首長安遠。可是塵緣未斷。

謾惆悵、華胥夢短[7]。滿懷幽恨，數點寒燈，幾聲歸雁。

注釋

1 雙闕：皇宮前面兩邊高大的樓台。2 鳳樓：指宮內樓閣。鮑照《代陳思王京洛篇》：「鳳樓十二重，四戶八綺窗。」3 宸遊：帝王的巡遊。宸：北辰所居，引指帝王的宮殿，代指帝王。4 蓬壺：蓬萊和方壺，海上仙山名。閬苑：神仙居住地。5 五雲：青白赤黑黃五種雲色，代皇帝所在地。6 星霜：星辰一年一循環，霜則每年秋天開始降下，代指一年。7 華胥：傳説中的古國名，代指夢境。

賞析與點評

詞寫上元感懷，作於靖康之難後的次年（一一二八），詞人滿懷幽恨，撫今追昔，有感而作。上片追敍去年汴京上元節的盛況。詞人長期侍候宸遊，極寫當年盛事。下片寫現今上元節的慘澹景象。人是物非，孤臣幽泣，昔日盛時哪堪回首？以樂景寫哀時，對比強烈，讀來恍如隔世，極為沉痛。

程垓

程垓（生卒年不詳），字正伯，眉山（今屬四川）人。蘇軾中表程之才（字正輔）之孫。淳熙年間，曾遊臨安，見陸游。紹熙三年（一一九二），楊萬里推薦應試賢良方正科。工詩文，尚書尤袤極為稱道。詞風淒婉綿麗。有《書舟詞》，今存詞一百五十餘首。

水龍吟

夜來風雨匆匆，故園定是花無幾。愁多怨極，等閒孤負，一年芳意。柳困桃慵，杏青梅小，對人容易。算好春長在，好花長見，原只是、人憔悴。

回首池南舊事[1]。恨星星[2]、不堪重記。如今但有，看花老眼，傷時清淚。不怕逢花瘦，只愁怕、老來風味[3]。待繁紅亂處，留雲借月[4]，也須拚醉。

注釋

1 池南：泛指故園某地。2 星星：指兩鬢斑白。3 風味：生活。4 留雲借月：留住雲彩，借取月光。意謂努力珍惜時光。

賞析與點評

這是一首惜春歎老之詞。上片寫傷春情懷，不傷眼前之春，而傷故園，又有思鄉之意在內。然而花好春濃，人卻憔悴愁怨，辜負芳春。下片寫嗟老感懷。回首舊事，鬢已星星也，老來堪悲。春濃春逝，且再強留時光，落花而醉。全詞抒情凄婉，用語淺而用情深，頗負盛名。

張孝祥

張孝祥（一一三二—一一六九），字安國，號于湖居士，歷陽烏江（今安徽和縣）人。高宗紹興二十四年（一一五四）進士第一。曾上書為岳飛辯，為秦檜所忌。歷任秘書郎、中書舍人、領建康留守，徙荊南湖北路安撫使，進顯謨閣直學士。善詩文，工詞。其詞氣勢雄健，豪邁自然，多反映社會現實，表現愛國思想，上承蘇軾，下啟辛棄疾，為豪放詞代表作家。有《于湖居士長短句》五卷，今存詞二百二十餘首。

六州歌頭[1]

長淮望斷，關塞莽然平。征塵暗，霜風勁，悄邊聲[2]。黯消凝。追想當年事[3]，殆天數，非人力，洙泗上[4]，絃歌地，亦羶腥。隔水氈鄉[5]，落日牛羊下，區（ōu）脫縱橫[6]。看名王宵獵[7]，騎火一川明。笳鼓悲鳴。遣人驚。

念腰間箭，匣中劍，空埃蠹，竟何成。時易失，心徒壯，歲將零。渺神京。干羽方懷遠[8]，靜烽燧，且休兵。冠蓋使，紛馳騖（wù）[9]，若為情。聞道中原遺老，常南望、翠葆霓旌[10]。使行人到此，忠憤氣填膺。有淚如傾。

注釋

1 六州歌頭：六州指唐代西部的伊、涼、甘、石、渭、氐六州。宋代舉行大祀、大恤典禮皆用此調。2 邊聲：邊塞羌管、畫角等特有的聲音。3 當年事：指金兵南侵，徽、欽二帝被擄北去之事。4 洙泗：二水名。5 隔水氈鄉：指淮河以北金人所佔領的中原地區。6 區脫：匈奴語，用於偵察警戒用的土堡。代指金兵的哨所。7 名王：指金兵將帥。8 干羽：盾牌和雉尾。古代夏禹曾用干羽之舞使遠方苗人歸順。懷遠：以禮樂安撫遠方。9 冠蓋使：指求和的使臣。馳騖：奔走。10 翠葆霓旌：皇帝的車駕。

賞析與點評

這是一首著名的愛國詞。據說此詞作於建康留守張浚宴客席上，張浚讀後，罷席而入。全詞氣勢雄壯，感情飽滿，酣暢淋漓，讀來令人振奮不已。

韓元吉

韓元吉（一一一八—一一八七），字無咎，號南澗翁，許昌（今屬河南）人。隆興中，官吏部尚書。歷建安令、江東轉運判官、吏部侍郎、吏部尚書、龍圖閣學士。後晉封潁川郡公。結交社會名流，多有詩詞唱和。其詞雄渾豪放，或寓家國之思，或抒山林情趣，清幽感人。有《南澗詩餘》，今存詞八十首。

六州歌頭　桃花

東風着意，先上小桃枝。紅粉膩，嬌如醉，倚朱扉。記年時，隱映新妝面。臨水岸，春將半，雲日暖，斜橋轉，夾城西[1]。草軟沙平，跋馬垂楊渡，玉勒爭嘶。

認蛾眉凝笑，臉薄拂燕脂。繡戶曾窺。恨依依。

共攜手處，香如霧，紅隨步，怨春遲。消瘦損，憑誰問，只花知，淚空垂。舊日堂前燕，和煙雨，又雙飛。人自老，春長好，夢佳期。前度劉郎，幾許風流地，花也應悲。但茫茫暮靄，目斷武陵溪。往事難追。

注釋

1 夾城：唐代皇宮建築。

賞析與點評

這是一首愛情詞，詞藉詠桃花訴說一段哀豔的愛情故事。《六州歌頭》一般用來寫壯詞，此詞歸於艷科，依然絕佳，可稱絕唱。

好事近[1] 汴京賜宴聞教坊樂有感[2]

凝碧舊池頭[3]，一聽管絃淒切。多少梨園聲在[4]，總不堪華髮。

杏花無處避春愁，也傍野煙發。惟有御溝聲斷，似知人嗚咽。

注釋

1 好事近：「近」指舞曲前奏，是大曲中某一遍曲調名稱。又名《釣船笛》、《翠圓枝》。2 教坊：掌管女樂的官署，始於唐代。據《金史》載，世宗大定十三年（一一七三）三月，宋派遣禮部尚書韓元吉等人賀萬春節。行經汴梁，金人設宴，韓元吉聞奏舊日教坊音樂，有感而作。3 凝碧：指凝碧池，在唐東都洛陽禁苑中。據《舊唐書・王維傳》載，天寶末年，安祿山叛軍攻陷東都洛陽，時王維扈從不及，被迫任職偽署。安祿山大宴凝碧池，令梨園子弟演奏樂曲，樂工雷海青則擲樂器於地，西向大慟。王維聽到這一消息，暗地裏寫了一首《凝碧詩》：「萬戶傷心生野煙，百官何日再朝天？秋槐葉落深宮裏，凝碧池頭奏管絃。」賊平後，王維因此詩而被原宥。4 梨園：唐明皇時期的教坊，後為安祿山所得。這裏指北宋的教坊。

賞析與點評

這首詞作於出使金國時，詞人藉之抒發家國變亂之悲。全詞語淺而情深，句句淒婉，讀來沉痛。

袁去華

袁去華（生卒年不詳），字宣卿，奉新（今屬江西）人。紹興十五年（一一四五）進士，曾先後任善化（今湖南長沙）、石首（今屬湖北）知縣。因反對郡守於荒年向百姓徵賦，被貶。曾與張孝祥、楊萬里交往。學識淵博，長於詞賦。有《宣卿詞》，今存詞九十八首。

劍器近 1

夜來雨。賴倩得、東風吹住。海棠正妖嬈處。且留取。

悄庭戶。試細聽、鶯啼燕語。分明共人愁緒。怕春去。

佳樹。翠陰初轉午。重簾未捲，乍睡起、寂寞看風絮。偷彈清淚寄煙波，見江頭故人，為言憔悴如許。彩箋無數。去卻寒暄，到了渾無定據。斷腸落日千山暮。

注釋

1 劍器近：唐舞曲有《劍器》，宋教坊曲中也有《劍器曲》，後演變為詞調。又名《劍氣近》。

賞析與點評

這是一首傷春懷人之詞。前兩片為雙曳頭，句式與聲韻完全一致。全詞隨着時間的流逝轉換場景，主人公傷春、惜春、懷人之情隨之流動，愁苦之情愈演愈濃。以景句收縮全篇，言有盡而意無盡，韻味深遠。全詞不用典故，情感層疊婉轉，語言輕快明麗。

安公子[1]

弱柳千絲縷。嫩黃勻遍鴉啼處[2]。寒入羅衣春尚淺，過一番風雨。問燕子來時，綠水橋邊路。曾畫樓、見個人人否[3]。料靜掩雲窗，塵滿哀絃危柱[4]。庾信愁如許。為誰都着眉端聚。獨立東風彈淚眼，寄煙波東去。念永晝春閒，人倦如何度。閒傍枕，百囀黃鸝語。喚覺來厭厭，殘照依然花塢（wù）[5]。

注釋

1 安公子：唐教坊曲名，後用為詞調。調見柳永《樂章集》。2 嫩黃：指鵝黃色柳芽。勻遍：塗遍。3 個人人：那個人。人人：人兒，昵稱。4 哀絃危柱：原指樂聲淒哀，藉指樂器。柱：絃樂器上定音階的柱。5 花塢：花木叢生的低窪之地。引指花房。

陸淞

陸淞（一一〇九—一一八二），字子逸，號雪溪，山陰（今浙江紹興）人。陸游長兄，以祖恩補通仕郎，歷秘閣校理、工部郎中、知辰州（今屬湖南），官至朝請大夫。今存詞二首。

瑞鶴仙

臉霞紅印枕。睡覺來、冠兒還是不整[1]。屏間麝煤冷[2]。但眉峰壓翠，淚珠彈粉。堂深晝永。燕交飛、風簾露井[3]。恨無人，與說相思，近日帶圍寬盡。

重省。殘燈朱幌（huǎng）[4]，淡月紗窗，那時風景。陽台路迥。雲雨夢，便無準[5]。待歸來，先指花梢教看，卻把心期細問。問因循、過了青春[6]，怎生意穩。

注釋

1 覺來：醒來。2 麝煤：一種名貴的香墨。這裏指屏風上的水墨畫。3 露井：沒有覆蓋的井，天井。4 朱幌：紅色的帷幕。5 陽台：隱指男女歡會之地。迥：遠。此句用楚襄王夢交神女的典故，此處用朝雲暮雨無準比喻情人相會無期。6 因循：遲延拖拉。青春：語含雙關，指時令，也指人之青春。

賞析與點評

此詞據說是陸淞為歌姬盼盼所寫，有「臉霞紅印枕」句，時天下盛傳，後盼盼亦歸陸氏。詞作塑造了一位青春苦悶的少女形象。上片用色彩濃重的筆墨刻畫少女的神態和環境，展現少女的慵懶、清冷和孤寂。下片逐層深入描寫女子的內心活動，追憶「那時風景」，擔心相會無期，想像再次見面的溫馨。情緒流動，一波三折，欲罷不能。全詞由外及內，虛實結合，時空跳躍而又一氣呵成，層層深入揭示少女懷春之情。

陸游

陸游（一一二五—一二一〇），字務觀，號放翁，山陰（今浙江紹興）人。紹興二十三年（一一五三）省試第一，因在秦檜孫秦塤前，為秦檜所黜。孝宗時，賜進士出身，除翰林院編修。曾任鎮江（今屬江蘇）、隆興（今屬江西）、夔州（今屬四川）通判，成都府安撫司參議官，先後提舉福建及江南西路常平茶鹽公事；光宗立，任禮部郎中、實錄院同修撰兼修國史，以寶章閣待制致仕。其詩內容宏富，風格多樣。詞則婉約而雅潔，纖麗處似秦觀，飄逸而超俗，豪放處近東坡。有自編《放翁長短句》一卷。今存詞一百四十餘首。

卜算子　詠梅

驛外斷橋邊，寂寞開無主。已是黃昏獨自愁，更着風和雨。無意苦爭春，一任群芳妒。零落成泥碾作塵，只有香如故。

賞析與點評

這是一首著名的詠梅詞。全詞詠梅而不着眼於工致描繪，而是遺貌取神，寫出梅之高潔品格，並將之與人格相聯繫，成為歷代詠物詞的典範之作。

漁家傲　寄仲高[1]

東望山陰何處是[2]。往來一萬三千里。寫得家書空滿紙。流清淚。書回已是明年事。寄語紅橋橋下水[3]。扁舟何日尋兄弟。行徧天涯真老矣[4]。愁無寐。鬢絲幾縷茶煙裏。

注釋

1 仲高：陸升之，字仲高。詞人堂兄。2 山陰：即今浙江省紹興市。陸游的故鄉。3 紅橋：橋名，在山陰縣西七里迎恩門外。4 行徧天涯：陸游十七年出仕，流轉任職於福州、江陰、隆興、巴蜀各地，年屆五十。

賞析與點評

這是陸游寄給同曾祖兄弟陸仲高的詞作。陸仲高曾經阿附秦檜，在政治立場上與陸游有分歧，陸游曾寫詩規勸。此詞只敍說兄弟情深，質樸真切。

定風波

進賢道上見梅贈王伯壽[1]

敧帽垂鞭送客回[2]。小橋流水一枝梅。衰病逢春都不記，誰謂，幽香卻解逐人來[3]。

安得身閒頻置酒，攜手，與君看到十分開。少壯相從今雪鬢，因甚，流年羈恨兩相催。

注釋

1 進賢：地名，今江西南昌東南，當時屬隆興府。王伯壽：作者友人，生平不詳。此詞當作於隆興判任上，詞人時年四十歲，並未衰老。「雪鬢」之語有誇張在內，且寓理想阻隔之慨。2 敧：傾斜。3 逐人來：語出杜甫詩《諸將五首》：「錦江春色逐人來。」

陳亮

陳亮（一一四三—一一九四），字同甫，人稱龍川先生，諡文毅，婺州永康（今屬浙江）人。紹熙四年（一一九三）進士第一，授建康軍節度判官廳公事，赴任途中病故。為人豪邁，力主抗金，反對和議。曾三度被誣下獄，所作政論氣勢縱橫。詞作豪邁，充滿愛國激情。也偶有清幽之作。有《龍川詞》，今存詞七十四首。

水龍吟 春恨

鬧花深處層樓，畫簾半捲東風軟。春歸翠陌，平莎茸嫩[1]，垂楊金淺[2]。遲日催花，淡雲閣雨[3]，輕寒輕暖。恨芳菲世界，遊人未賞，都付與、鶯和燕。

寂寞憑高念遠。向南樓、一聲歸雁。金釵鬥草，青絲勒馬[4]，風流雲散。羅綬分香[5]，翠綃封淚[6]，幾多幽怨。正銷魂、又是疏煙淡月，子規聲斷。

注釋

1 平莎：平原上的莎草。2 金淺：淺黃色。3 閣雨：即擱雨，止雨。4 青絲勒馬：青絲編成的馬絡頭。5 分香：用曹操「分香賣履」的典故，這裏指分別。6 翠綃封淚：用翠帕封存眼淚，此處有封淚與人之意。

賞析與點評

這是一首傷春之作。上片寫春之恨，用大量華麗的辭藻展現絢爛多姿的春景，這正反襯「芳菲世界，遊人未賞，都付與、鶯和燕」的淒涼。下片寫人事之恨。詞人登高遠望的悲涼情緒繼續蔓延，歸雁的鳴叫，或讓詞人想起淪陷的北方家園，悔當年不知珍惜，昔日風流都煙消雲散；到如今，疏煙淡月，杜鵑聲裏，人在天涯，空有落寞孤苦之情徘徊心頭。此詞風格溫婉，頗能體現龍川詞「幽美」的一面。

范成大

范成大（一一二六——一一九三），字致能，號石湖居士，吳郡（今江蘇蘇州）人。紹興二十四年（一一五四）進士，曾任吏部員外郎、起居舍人。乾道六年（一一七〇）以起居郎假資政殿大學士身份出使金國，辭氣慷慨，不辱使命。後又任成都府兼四川制置使、參知政事等職。以詩著名。其詞多寫自然風光和農村景色，早期詞風柔情幽冷，後期氣韻沉雅。有《石湖詞》一卷，今存詞近百首。

憶秦娥[1]

樓陰缺。闌干影臥東廂月。東廂月。一天風露，杏花如雪。

隔煙催漏金虬（qiú）咽[2]**。羅幃黯淡燈花結。燈花結。片時春夢**[3]**，江南天闊。**

注釋

1 憶秦娥：據傳李白創此調，因其中有「秦娥夢斷秦樓月」句，故名《憶秦娥》。秦娥，謂秦地美貌女子。又名《秦樓月》、《碧雲深》、《雙荷葉》等。2 金虬：銅製的龍頭，龍嘴吐水計時。虬：有角的龍。3 片時春夢：語本岑參《春夢》：「枕上片時春夢中，行盡江南數千里。」

賞析與點評

詞寫女子春夜懷人之情。上片寫景，月光如水，杏花如雪，一天風露，清幽淡雅而又有絲絲哀怨，女子獨立庭中已久。下片刻畫女子心情，金漏嗚咽、燈花暗結，輾轉難眠。只有到夢中去相尋。點出女子心頭揮之不去的思念之情。詞作空靈蘊藉，饒有風味。

眼兒媚[1]

萍鄉道中[2]，乍晴。臥輿中，困甚，小憩柳塘。

酣酣日腳紫煙浮[3]，妍暖破輕裘。困人天色，醉人花氣，午夢扶頭[4]。
春慵恰似春塘水，一片縠紋愁[5]。溶溶泄泄[6]，東風無力，欲皺還休。

注釋

1 眼兒媚：又名《小闌干》、《東風寒》、《秋波媚》。2 萍鄉：今江西省萍鄉縣。3 酣酣：熾熱。日腳：穿過雲隙照在地面上的日光。4 扶頭：形容醉態。5 縠紋：比喻水的波紋。縠，縐紗。6 溶溶泄泄：水波搖蕩的樣子。

賞析與點評

此詞寫春景春情。上片寫人之慵懶，下片寫春之香軟。春光的香軟與人的慵懶本是極其平常之事，詞人用細膩的筆墨鋪展開來，相映成趣。人與美妙的大自然融為一體。情景相間而交融，極具畫面感。詞作精巧的構思將這種細膩的心理體驗通過文字表達出來，情韻悠長。

蔡幼學

蔡幼學（一一五四—一二一七），字行之，瑞安（今屬浙江）人。乾道八年（一一七二）進士第一，累官權兵部尚書兼太子詹事。有《育德堂集》，今存詞一首。

好事近

日日惜春殘，春去更無明日。擬把醉同春住[1]，又醒來岑寂。

明年不怕不逢春，嬌春怕無力。待向燈前休睡，與留連今夕。

注釋

1 擬：打算。

辛棄疾

辛棄疾（一一四〇——一二〇七），字幼安，號稼軒，歷城（今山東濟南）人。二十二歲參加抗金義軍；南渡歸宋後歷任建康府通判、滁州知州；荊湖南路、江南西路安撫使，福建提點刑獄和安撫使；知紹興府改鎮江府、兵部侍郎等職。淳熙八年（一一八一）冬受彈劾罷任後閒居江西上饒的帶湖，其後二十年大部分時間生活於此。力主抗金，曾上《美芹十論》、《九議》等，卻始終不得重用。一腔忠憤泄於詞中，歌唱愛國情懷、抗金大業、恢復中原成為辛詞中的最強音。辛詞善於用典，融經、史、子、集入詞，風格多樣，題材豐富，詞風桀驁雄奇，慷慨縱橫，是豪放詞派最高產的代表作家。亦偶有清新婉約之作。有《稼軒詞》及十二卷本《稼軒長短句》兩種。今存詞六百二十餘首。

賀新郎　別茂嘉十二弟[1]

綠樹聽鵜鴂。更那堪、鷓鴣聲住，杜鵑聲切。啼到春歸無啼處，苦恨芳菲都歇。算未抵、人間離別。馬上琵琶關塞黑[2]，更長門、翠輦辭金闕[3]。看燕燕，送歸妾[4]。將軍百戰身名裂。向河梁、回頭萬里，故人長絕[5]。易水蕭蕭西風冷，滿座衣冠似雪。正壯士、悲歌未徹[6]。啼鳥還知如許恨，料不啼清淚長啼血。誰共我，醉明月。

注釋

1 茂嘉：辛棄疾族弟。2「馬上」句：用漢代王昭君出塞遠嫁匈奴事。3「更長門」句、翠輦辭金闕：用漢武帝時，陳皇后失寵，謫居長門宮事。4「看燕燕」句：衞國大亂，戴媯兒子繼位不久被殺，戴媯被遣送回家。5「將軍百戰」三句：用漢代名將李陵戰敗被俘，送別蘇武之事。6「易水」三句：用荊軻為燕太子刺秦王，眾人皆着白衣別於易水之事。

賞析與點評

這首詞是辛棄疾為送別族弟茂嘉所作，嘉茂和辛棄疾志同道合，也是一位力主抗金的節義之士。鳥的悲鳴聲籠罩全篇，營造出悲涼送別氛圍，首尾呼應，構思精巧。全篇鋪排古代的恨事，有美人宮怨，有壯士訣別，有纏綿悱惻，有慷慨悲歌。典故的疊加極大地增加表現的空間，離別的哀傷中包涵家國之思、人生失意之痛，意境渾厚幽深。全詞一氣貫之，沒有嚴格意義上的上下闋之分，是稼軒以文為詞的典範。藝術上情景交融，章法嚴謹，以沉鬱蒼涼、筆法蒼勁為人所稱道。

賀新郎　賦琵琶

鳳尾龍香撥[1]。自開元、《霓裳曲》罷[2]，幾番風月。最苦潯陽江頭客[3]，畫舸亭亭待發。記出塞、黃雲堆雪[4]。馬上離愁三萬里，望昭陽、宮殿孤鴻沒[5]。絃解語，恨難說。

遼陽驛使音塵絕[6]。瑣窗寒、輕攏慢撚[7]，淚珠盈睫。推手含情還卻手，一抹《梁州》哀徹[8]。千古事、雲飛煙滅。賀老定場無消息[9]，想沉香亭北繁華歇[10]。彈到此，為嗚咽。

注釋

1 鳳尾：琵琶木槽的形狀有如鳳尾。龍香撥：用龍香柏木做成的彈撥工具。2 自開元、《霓裳曲》罷：據白居易《新樂府》自注：「《霓裳羽衣曲》，起於開元，盛於天寶。」3 最苦潯陽江頭客：白居易貶官江州，秋夜送客而聞江上女子彈琵琶，遂作《琵琶行》，內有「潯陽江頭夜送客」句。4 出塞：用漢代王昭君琵琶出塞，遠嫁匈奴之事。5 昭陽：漢未央宮裏殿名，皇后所居。6 遼陽：在今東北境內。古時征戍之地，為邊塞之代稱。7 輕攏慢撚：出自白居易《琵琶行》「輕攏慢撚抹復挑」句。攏、撚與下文的推手、卻手、抹都是琵琶指法。8《梁州》：古曲名，又名《涼州》。9 賀老：指賀懷智。唐玄宗時期的琵琶高手，他出手則全場安定無聲。元稹《連昌宮詞》：「賀老琵琶定場屋。」10 沉香亭：位於長安興慶宮圖龍池東，亭前種植有牡丹。玄宗與楊貴妃常於此遊玩。李白《清平調》：「解釋春風無限恨，沉香亭北倚欄杆。」

賞析與點評

本詞藉詠琵琶抒情。起句追憶開元盛世，實為寄託故都之思。以下用潯陽琵琶女、昭君出塞故事，盡顯哀怨之意。下片寫閨中思婦，彈琵琶遣懷，更增哀情。繼而宕開一筆，敍賀老飄零，沉香亭廢，飽含昔盛今衰之感，與開端呼應，至此，哀情盡泄，便以嗚咽作結。全詞以文為詞，意氣縱貫，酣暢淋漓而又沉鬱頓挫，藉詠物而抒發千古歷史感慨，寄寓家國之思、滄桑之感，實是扛鼎之作。

水龍吟　登建康賞心亭[1]

楚天千里清秋，水隨天去秋無際。遙岑遠目，獻愁供恨，玉簪螺髻[2]。落日樓頭，斷鴻聲裏，江南遊子。把吳鉤看了[3]，闌干拍遍，無人會、登臨意。休說鱸魚堪膾。盡西風、季鷹歸未[4]。求田問舍，怕應羞見，劉郎才氣[5]。可惜流年，憂愁風雨，樹猶如此[6]。倩何人，喚取紅巾翠袖，揾英雄淚。

注釋

1 建康：今南京。賞心亭：在下水門城上，下臨秦淮河。2 玉簪螺髻：遠山如同美人的碧玉簪和螺狀髮髻。3 吳鈎：一種彎刀，吳國所造，似劍而彎。這裏指佩劍。4「休說」二句：晉代張翰在洛陽任職，見秋風起，而思念家鄉的蓴菜和鱸魚羹，於是棄官還鄉。5「求田問舍」三句：劉備批評許汜求田問舍，胸無大志。6 樹猶如此：桓溫北征，經過金城，見自己過去種的柳樹已十圍粗，便感歎地說：「木猶如此，人何以堪？」

摸魚兒[1]

淳熙己亥，自湖北漕移湖南[2]，同官王正之置酒小山亭[3]，為賦。

更能消[4]、幾番風雨。匆匆春又歸去。惜春長怕花開早，何況落紅無數。春且住。見說道、天涯芳草無歸路[5]。怨春不語。算只有殷勤，畫簷蛛網[6]，盡日惹飛絮。

長門事[7]，準擬佳期又誤。蛾眉曾有人妒。千金縱買相如賦。脈脈此情誰訴。君莫舞。君不見、玉環飛燕皆塵土[8]。閒愁最苦。休去倚危闌，斜陽正在，煙柳斷腸處。

注釋

1 摸魚兒：又名《摸魚子》。因晁補之詞有「買陂塘、旋栽楊柳」句，更名《買陂塘》，又名《陂塘柳》，或名《邁陂塘》。2 淳熙乙亥：宋孝宗淳熙六年（一一七九）。自湖北漕移湖南：辛棄疾由荊湖北路轉运副使改任荊湖南路轉运副使。3 同官：繼任者。4 消：经受得住。5 天涯芳草無歸路：語本蘇軾《點絳唇》：「歸不去。鳳樓何處？芳草迷歸路。」6 畫簷蛛網：語出蘇軾《虛飄飄》：「畫簷結蛛網。」7 長門事：漢陳皇后失寵，謫居長門宮，出資千金請司馬相如寫《長門賦》，感動漢武帝，陳皇后復得寵。8 玉環：指唐玄宗寵倖的楊貴妃。飛燕：指漢成帝寵愛的皇后趙飛燕。兩個人以專寵名世，也都未得善終。

賞析與點評

這是辛棄疾婉約詞中成功抒發憂國之情的名篇。上片以春意闌珊為主線，以「惜春」、「留春」、「怨春」等心理活動揭示詞人力圖改善國勢衰頹的愿望。下片使事用典，表達詞人為讒言所傷而被君主疏遠的苦悶，並對蒙蔽君主的奸邪小人提出警告。結尾以慘澹衰颯之景暗示對國勢的擔憂。全詞多用比興象徵手法，含蓄曲折，沉鬱悲涼。

永遇樂　京口北固亭懷古[1]

千古江山，英雄無覓、孫仲謀處[2]。舞榭歌台，風流總被，雨打風吹去。斜陽草樹，尋常巷陌，人道寄奴曾住[3]。想當年，金戈鐵馬，氣吞萬里如虎。

元嘉草草，封狼居胥，贏得倉皇北顧[4]。四十三年[5]，望中猶記，烽火揚州路。可堪回首，佛狸祠下，一片神鴉社鼓[6]。憑誰問，廉頗老矣，尚能飯否[7]？

注釋

1 京口：今江蘇省鎮江市。北固亭，在鎮江市东北的北固山上。詞人於鎮江府任上作此詞，時年六十六歲。2 孫仲謀：孫權，字仲謀，三國時吳國國君。3 寄奴：南朝宋武帝劉裕小名。劉裕生於京口，後起兵北伐，收復洛陽、長安，並代晉稱帝。4「元嘉」三句：劉裕子宋文帝劉義隆於元嘉年間草率出兵北伐，敗歸，導致北魏拓跋燾南侵，兵抵長江而返。狼居胥：山名，在今內蒙古。漢武帝曾派霍去病率軍北征匈奴至此，封山而還。5 四十三年：上溯四十三年到孝宗隆興元年，是年，辛棄疾率眾南歸。6 佛狸祠：北魏太武帝小字佛狸，率軍追王玄謨至長江邊，駐軍江北瓜步山上，在山上建行宮，後人稱為佛狸祠。一片神鴉社鼓：謂人們已淡忘往事，只知在佛狸祠擊鼓社祭，引來烏鴉吃祭品。7「廉頗」二句：趙國名將廉頗，晚年被陷害而出奔魏國，後秦攻趙，趙王派使者去探看，廉頗當使者面食斗米飯、十斤肉。而使者謊稱廉頗已經老了，一頓飯時間去了多次茅房。

賞析與點評

這首詞作於開禧元年（一二〇五），當時朝廷準備北伐，辛棄疾受命知鎮江府。上片追憶開疆闢土的孫權、劉裕的英雄業績：孫權坐斷東南，三分天下；劉裕出兵北伐，收復故土。下片引用南朝劉義隆草率北伐，大敗而歸的歷史事實，表明了詞人對即將到來的北伐的憂慮，接着用兩幅圖景作抗金形勢的今昔對照，詞人憂慮更深一層，結尾三句，藉廉頗自比，表達詞人忠於國事的情懷和壯志難酬的概歎。詞風慷慨悲壯，用典妥帖，不愧為辛詞的壓卷之作。

木蘭花慢

滁（chú）州送范倅[1]

老來情味減，對別酒、怯流年。況屈指中秋，十分好月，不照人圓。無情水、都不管，共西風、只管送歸船。秋晚蓴（chún）鱸江上[2]，夜深兒女燈前。

征衫。便好去朝天[3]。玉殿正思賢。想夜半承明[4]，留教視草[5]，卻遣籌邊[6]。長安故人問我，道愁腸殢酒，只依然。目斷秋霄落雁，醉來時響空弦[7]。

注釋

1 滁州：在今安徽滁州市。倅：副職。范倅，即范昂，滁州通判。2 蓴鱸：蓴菜和鱸魚用晉代張翰思鄉典。3 朝天：朝見皇帝。4 承明：汉代宮中有承明廬，為侍臣值宿之処。5 視草：為皇帝草擬制詔。6 籌邊：籌備边境防务。7 落雁：戰國時魏人更羸仰見飛雁，引弓虛發，居然射下一隻大雁。

祝英台近[1] 晚春

寶釵分[2]，桃葉渡[3]。煙柳暗南浦[4]。怕上層樓，十日九風雨。斷腸片片飛紅，都無人管，倩誰喚、流鶯聲住。

鬢邊覷。試把花卜歸期[5]，才簪又重數。羅帳燈昏，嗚咽夢中語。是他春帶愁來，春歸何處。卻不解、帶將愁去[6]。

注釋

1 祝英台近：以梁祝傳說為調名。又名《月底修簫譜》、《寶釵分》、《燕鶯語》、《寒食詞》等。2 寶釵分：古時情人分別之際，將一對宝釵分開持有，以做紀念。3 桃葉渡：今南京秦淮河與青溪合流處。傳說東晉王獻之有妾名桃葉，曾在此渡水。王獻之親自迎送，並作《桃葉歌》，後來即被命名為桃葉渡。4 南浦：指送別之地。5 試把花卜歸期：試數花瓣占卜情人歸來的日期。6「春帶愁來」數句：化自趙彥端《鵲橋仙》：「春愁原自逐春來，卻不肯、隨春歸去。」

青玉案　元夕

東風夜放花千樹[1]。更吹落、星如雨[2]。寶馬雕車香滿路。鳳簫聲動，玉壺光轉[3]，一夜魚龍舞[4]。

蛾兒雪柳黃金縷[5]。笑語盈盈暗香去。眾裏尋他千百度。驀然回首[6]，那人卻在，燈火闌珊處[7]。

注釋

1 東風夜放花千樹：化用岑參《白雪歌送武判官歸京》：「忽如一夜春風來，千樹萬樹梨花開。」2 星如雨：指烟火紛飞如下雨。3 玉壺：指月亮。4 魚龍舞：指舞魚燈、龍燈之類。5 蛾兒、雪柳、黃金縷：都是婦女頭上所戴的裝飾品。6 驀然：猛然，突然。7 闌珊：暗淡零落。

賞析與點評

這是一首元夕詞，詞人藉寫元夕節盛況抒發個人懷抱。上片極力渲染元夕夜的熱鬧繁華，下片則在眾多花枝招展的女性中，突出了不同流俗、幽靜孤高的美人形象。寄託了詞人甘於寂寞、志存高遠的情懷。故梁啟超評曰：「自憐幽獨，傷心人別有懷抱。」

鷓鴣天 鵝湖歸[1]，病起作

枕簟溪堂冷欲秋。斷雲依水晚來收。紅蓮相倚渾如醉，白鳥無言定自愁。

書咄咄，且休休[2]。一丘一壑也風流[3]。不知筋力衰多少[4]，但覺新來懶上樓。

注釋

1 鵝湖：山名，在江西鉛山縣北。淳熙十五年（一一八八）冬，愛國志士陳亮來訪，詞人與之同遊鵝湖，共商抗金大計。2 書咄咄：表示人生失意的感歎。《世說新語．黜免》載，殷浩被廢棄不用，口無怨言，唯終日用手指在空中書寫「咄咄怪事」四字。且休休：表示安於隱逸的情思。《舊唐書．司空圖傳》載司空圖輕淡名利，隱居中條山，為其所建的濯纓亭取名為休休亭。3 一丘一壑：指寄情山水。4 筋力衰：指身體衰老。

賞析與點評

這首詞是作者罷官後閒居上饒期間的作品。上片寫景反映出詞人憂傷抑鬱的心境。下片抒情，連用三個典故，化抑鬱為曠達：雖英雄失意，但不必哀歎，大可安享閒居之樂，寄情山水，遊目騁懷。末二句，情緒又生變化：歎於今筋力已衰，懶於登樓望遠。英雄遲暮之感，溢於言外。全詞用語平淡自然，情感沉鬱低迴。

菩薩蠻　書江西造口壁[1]

鬱孤台下清江水[2]。中間多少行人淚。西北望長安[3]。可憐無數山。

青山遮不住。畢竟東流去。江晚正愁予[4]。山深聞鷓鴣[5]。

注釋

1 造口：又作皂口，今江西萬安縣南六十里，造口江流入贛江處。2 鬱孤台：在今江西贛州西南賀蘭山上。清江：贛江。3 長安：此處指北宋都城汴京。4 愁予：使我發愁。5 聞鷓鴣：據說鷓鴣鳥鳴，其聲似呼：「行不得也哥哥。」

賞析與點評

宋高宗建炎三年（一一二九），金兵追擊隆祐太后至江西造口，不及而還。淳熙三年（一一七六），辛棄疾任江西提點刑獄，見到昔日戰場，遂有此作。

姜夔

姜夔（一一五五—一二二一），字堯章，號白石道人，饒州鄱陽（今江西鄱陽）人。一生懷才不遇，四海飄零，寄人籬下，布衣終老。貌若不勝衣，望之似神仙中人。與楊萬里、范成大、辛棄疾交遊並多得推賞。其詞以詠物、記遊、懷人為主，寄物託情，深情綿邈而情韻俱勝。詞風醇雅，詞筆剛健，詞境清空。工書善詩，長於音律，能自度曲。有十七首詞自注工尺旁譜，是現存唯一的宋詞音樂文獻。有《白石道人歌曲》。

點絳唇　丁未冬，過吳松作[1]

燕（yān）**雁無心**[2]**，太湖西畔隨雲去。數峰清苦。商略黃昏雨**[3]**。**

第四橋邊[4]，擬共天隨住[5]。今何許[6]。憑闌懷古。殘柳參差舞。

注釋

1 丁未：宋孝宗淳熙十四年（一一八七）。吳松，今江蘇吳縣。2 燕雁：北方的雁。3 商略：商量。4 第四橋：吳松城外的甘泉橋。5 天隨：唐代詩人陸龜蒙，號天隨子。6 何許：何處。

賞析與點評

姜夔平生甚為仰慕陸龜蒙，一一八七年冬經過當年陸龜蒙的隱居地吳松時，憑欄懷古，情難自已，作此詞。上片以擬人化手法寫景，靜物而具流動美；下片懷古，結以亂舞之殘柳，使無情物而生有情色，實屬妙筆。這是姜夔特擅的「虛處着神」的手法，含蓄蘊藉而引人遐想。

鷓鴣天　元夕有所夢[1]

肥水東流無盡期。當初不合種相思。夢中未比丹青見[2]，暗裏忽驚山鳥啼。

春未綠，鬢先絲[3]。人間別久不成悲。誰教歲歲紅蓮夜[4]，兩處沉吟各自知。

注釋

1 元夕：正月十五元宵節。2 丹青：泛指圖畫，此處指畫像。3 絲：白髮 4 紅蓮夜：即元夕。紅蓮：花燈。

踏莎行

自沔（miǎn）東來[1]。丁未元日，至金陵江上[2]，感夢而作。

燕燕輕盈，鶯鶯嬌軟[3]。分明又向華胥見。夜長爭得薄情知，春初早被相思染。別後書辭，別時針線。離魂暗逐郎行（háng）遠[4]。淮南皓月冷千山[5]，冥冥歸去無人管。

注釋

1 沔東：唐宋州名，今湖北漢陽。2 丁未元日：宋孝宗淳熙十四年（一一八七）正月初一；金陵：今南京。3 燕燕、鶯鶯：指所思女子。4 郎行：情郎那邊。行，宋時口語，即「這邊」、「那邊」。5 淮南：今安徽合肥。

賞析與點評

這首詞也是憶合肥情事。以健筆驅柔情，構築了詞史上著名的冷境，為人稱賞。

齊天樂[1]

丙辰歲[2]，與張功甫會飲張達可之堂，聞屋壁間蟋蟀有聲，功甫約余同賦，以授歌者。功甫先成，詞甚美。余徘徊茉莉花間，仰見秋月，頓起幽思，尋亦得此。蟋蟀，中都呼為促織[3]，善鬥，好事者或以三二十萬錢致一枚，鏤象齒為樓觀以貯之。

庾郎先自吟愁賦[4]。淒淒更聞私語。露濕銅鋪[5]，苔侵石井，都是曾聽伊處。哀音似訴。正思婦無眠，起尋機杼。曲曲屏山，夜涼獨自甚情緒。

西窗又吹暗雨。為誰頻斷續。相和砧杵。候館迎秋，離宮弔月，別有傷心無數。《豳》詩漫與[6]。笑籬落呼燈，世間兒女。寫入琴絲，一聲聲更苦。

注釋

1 齊天樂：得名於周密《天基聖節排當樂次》第一盞「觱篥起聖壽齊天樂慢」。又名

《台城路》、《如此江山》。[2] 丙辰：宋寧宗慶元二年（一一九六）。[3] 中都：指南宋都城臨安（今杭州）。[4] 庾郎：庾信。[5] 銅鋪：銅製的門環底座，指門戶。[6]《豳》詩：指《詩經．豳風．七月》詩，詩裏有「十月蟋蟀，入我牀下」句。

賞析與點評

這是一首詠蟋蟀詞，詞人巧妙的避免直接吟詠物本身，而是從側面着筆，描繪不同對象在不同場合聽到蟋蟀聲後的各種感受，意氣流貫，筆法高超。名為詠物，實際上是藉物的外殼抒發了不同的怨情，「離宮」句更是上升到了家國之痛上，層層遞進，沉鬱蘊藉。

琵琶仙

[1]《吳都賦》云：「戶藏煙浦，家具畫船。」惟吳興為然。春遊之盛，西湖未能過也。己酉歲[2]，余與蕭時父載酒南郭[3]，感遇成歌。

雙槳來時，有人似、舊曲桃根桃葉[4]。歌扇輕約飛花，蛾眉正奇絕。春漸遠，

汀洲自綠，更添了幾聲啼鴂。十里揚州，三生杜牧[5]，前事休說。

又還是、宮燭分煙[6]，奈愁裏、匆匆換時節。都把一襟芳思，與空階榆莢。千萬縷、藏鴉細柳[7]，為玉尊、起舞迴雪。想見西出陽關，故人初別。

注釋

1 姜夔自度曲。2 己酉歲：宋孝宗淳熙十六年（一一八九）。3 南郭：南城。4 桃根桃葉：晉王獻之有妾名桃葉，桃根為桃葉妹。5 見黃庭堅詩「春風十里捲珠簾，仿佛三生杜牧之」。6 宮燭分煙：指寒食節。7 藏鴉：枝葉茂密。

念奴嬌

余客武陵，湖北憲治在焉[1]。古城野水，喬木參天。余與二三友，日蕩舟其間，薄荷花而飲，意象幽閒，不類人境。秋水且涸，荷葉出地尋丈，因列坐其下，上不見日，清風徐來，綠雲自動。間於疏處，窺見遊人畫船，亦一樂也。朅（qiè）來吳興[2]，數得相羊荷花中[3]，又夜泛西湖，光景奇絕，故以此句寫之。

鬧紅一舸，記來時，嘗與鴛鴦為侶。三十六陂（bēi）人未到[4]，水佩風裳無數[5]。

翠葉吹涼，玉容銷酒，更灑菰（gū）蒲雨[6]。嫣然搖動，冷香飛上詩句。日暮。青蓋亭亭，情人不見，爭忍凌波去。只恐舞衣寒易落，愁入西風南浦。高柳垂陰，老魚吹浪，留我花間住。田田多少[7]，幾回沙際歸路。

注釋

1 武陵：今湖南常德。湖北憲治：宋時在湖北路所設的提點刑獄官署。2 朅來：來到。朅，發語詞。3 相羊：徜徉。4 陂：池塘。5 水佩風裳：指荷葉荷花。6 菰蒲：水草。7 田田：荷葉茂盛的樣子。

賞析與點評

這是一首詠物詞。詞人筆下的荷花如同一位美人，上片極力描繪了荷花的花容月貌；下片寫其命運的坎坷。通篇重神韻，從虛處、空處下筆，寫荷而又不滯於荷，確是妙筆。

揚州慢[1]

淳熙丙申至日，余過維揚[2]。夜雪初霽，薺麥彌望。入其城則四顧蕭條，寒水自碧，暮色漸起，戍角悲吟。余懷愴然，感慨今昔，因自度此曲。

千岩老人以為有《黍離》之悲也[3]。

淮左名都，竹西佳處[4]，解鞍少駐初程。過春風十里，盡薺麥青青。自胡馬窺江去後[5]，廢池喬木，猶厭言兵。漸黃昏、清角吹寒，都在空城。

杜郎俊賞，算而今、重到須驚。縱豆蔻詞工，青樓夢好[6]，難賦深情。二十四橋仍在[7]，波心蕩、冷月無聲。念橋邊紅藥，年年知為誰生。

注釋

1《揚州慢》為姜夔自度曲，詞序已道其中原委。又名《朗州慢》。2 淳熙丙申至日：即宋孝宗淳熙三年（一一七六）冬至日。維揚：揚州。3 千岩老人：蕭德藻，詞人的岳伯父。《黍離》：《詩經》名篇，哀悼西周衰亡。4 淮左：淮東，宋代淮南東路管轄區；竹西：竹西亭，在揚州城東。5 胡馬窺江：宋高宗建炎三年（一一二九）金人初犯揚州，其後紹興三十一年（一一六一）再次侵犯揚州。6「豆蔻」二句：語出杜牧《贈別》詩「娉娉嫋嫋十三餘，豆蔻梢頭二月初」及《遣懷》詩「十年一覺揚州夢，贏得青樓薄倖名」。7 二十四橋：揚州橋名，據傳曾有二十四位美人吹簫於此，故名。

賞析與點評

這是一首亂後感懷之作。上片即景言情，寫詞人初到揚州的所見所感。將虛實、遠近結合起來，暗含今昔對比，寫出戰火之無情。下片以昔日繁華作比，更襯今日的蕭瑟、荒涼。結句一點紅色更是刺目，將滄桑之感推到極致，生出無邊的淒涼。通觀全詞，確實「不唯清空，又且騷雅，讀之使人神觀飛越。」（宋張炎《詞源》）

長亭怨慢[1]

余頗喜自製曲。初率意為長短句，然後協以律，故前後闋多不同。桓大司馬云：「昔年種柳，依依漢南。今看搖落，悽愴江潭。樹猶如此，人何以堪。」[2]此語余深愛之。

漸吹盡，枝頭香絮。是處人家，綠深門戶。遠浦縈迴，暮帆零亂，向何許。閱人多矣，誰得似、長亭樹。樹若有情時，不會得、青青如此。

日暮。望高城不見，只見亂山無數。韋郎去也，怎忘得、玉環分付[3]。第一是、早早歸來，怕紅萼無人為主。算空有并（bīng）刀[4]，難剪離愁千縷。

注釋

1 此亦為姜夔自度曲，因詞中有「誰得似、長亭樹」句，故名。又名《長亭怨》。 2 桓大司馬：東晉大司馬桓溫。「種柳」句，可見《世說新語．言語》。 3 韋郎：指韋皋。韋皋遊江夏，遇到少女玉簫，一見鍾情，別時相約七年後迎娶，以玉指環為定情信物。後韋皋爽約，玉簫絕食而死。事見《雲溪友議》。 4 并刀：并州產的剪刀，以鋒利著名。并州，今太原。

淡黃柳[1]

客居合肥南城赤欄橋之西，巷陌淒涼，與江左異[2]，惟柳色夾道，依依可憐[3]。因度此曲，以紓客懷。

空城曉角。吹入垂楊陌。馬上單衣寒惻惻[4]。看盡鵝黃嫩綠。都是江南舊相識。正岑寂。明朝又寒食。強攜酒、小橋宅。怕梨花、落盡成秋色。燕燕飛來，問春何在，惟有池塘自碧。

注釋

1 這也是姜夔自度曲。度曲原因見小序。 2 江左：指江南。 3 可憐：可愛。 4 惻惻：淒涼。

暗香[1]

丙辛亥之冬，余載雪詣石湖[2]。止既月，授簡索句，且徵新聲[3]，作此兩曲，石湖把玩不已，使工妓隸習之[4]，音節諧婉，乃名之曰：《暗香》、《疏影》。

舊時月色。算幾番照我，梅邊吹笛。喚起玉人，不管清寒與攀摘。何遜而今漸老[5]，都忘卻、春風詞筆。但怪得、竹外疏花，香冷入瑤席。

江國。正寂寂，歎寄與路遙，夜雪初積。翠尊易泣，紅萼無言耿相憶[6]。長記曾攜手處，千樹壓、西湖寒碧。又片片吹盡也，幾時見得。

注釋

1 此詞及下篇《疏影》皆為姜夔自度曲（參見詞前小序）。調名取自林逋《山園小梅》「疏影橫斜水清淺，暗香浮動月黃昏」句。2 辛亥：宋光宗紹熙二年（一一九一）。這年冬季，姜夔應范成大之邀來到石湖。3 授簡：給予紙筆。新聲：新的詞調。4 工妓：樂工、歌伎。隸習：練習，排練。5 何遜：南朝梁詩人，在揚州有《詠早梅》詩。6 翠尊：碧玉酒杯。紅萼：指紅梅。

賞析與點評

這是一首詠梅詞，以梅懷舊，追念往昔。以梅的盛衰寫人之聚散，寄意題外，包蘊無窮。

疏影

苔枝綴玉。有翠禽小小，枝上同宿。客裏相逢，籬角黃昏，無言自倚修竹[1]。昭君不慣胡沙遠，但暗憶、江南江北。想佩環月夜歸來[2]，化作此花幽獨。

猶記深宮舊事[3]，那人正睡裏，飛近蛾綠[4]。莫似春風，不管盈盈，早與安排金屋。還教一片隨波去，又卻怨、玉龍哀曲[5]。等恁時、重覓幽香，已入小窗橫幅。

注釋

1 化用杜甫《佳人》詩「日暮倚修竹」。2 化用杜甫《詠懷古跡》詩「環佩空歸月夜魂」。3 深宮舊事：據《太平御覽》載，宋武帝女壽陽公主臥於含章殿下，有梅花落公主額上，成五出花，經久不褪。後即以此為梅花妝。4 蛾綠：指眉黛。5 玉龍：玉笛。笛曲有《梅花落》。

賞析與點評

這是《暗香》的姊妹篇。通篇詠梅，而不着一梅字，第一句以下全以側面着筆，虛處傳神，境界清空。也因不着一梅字，而被王國維於《人間詞話》中譏為「隔」。梅的隨春早逝似寓戀人之分離，而梅的芳魂歸來又隱隱有家國之情在內，蘊藉深厚，婉曲動人。

翠樓吟[1]

丙淳熙丙午冬[2]，武昌安遠樓成[3]，與劉去非諸友落之[4]，度曲見志。余去武昌十年，故人有泊舟鸚鵡洲者，聞小姬歌此詞，問之，頗能道其事。還吳，為余言之，興懷昔遊，且傷今之離索也。

月冷龍沙，塵清虎落，今年漢酺（pú）初賜[5]。新翻胡部曲，聽氈幕、元戎歌吹[6]。層樓高峙，看檻曲縈紅，簷牙飛翠。人姝麗。粉香吹下，夜寒風細。

此地宜有詞仙，擁素雲黃鶴，與君遊戲。玉梯凝望久，但芳草萋萋千里[7]。天涯情味，仗酒祓（fú）清愁[8]，花消英氣。西山外，晚來還捲，一簾秋霽。

注釋

1 為姜夔自度曲。序為十年後補記。這是一首為安遠樓的落成而寫的詞作。2 淳熙丙午：淳熙十三年（一一八六）。3 安遠樓：為慶祝抗金勝利而建。4 落：參加落成典禮。5 龍沙：西北方沙漠中有白龍堆，故得名。虎落：遮護城堡或營寨的竹籬障礙。漢酺：指皇帝特別的宴會。6 氈幕：毛氈帳幕，指軍隊帳篷。元戎：軍隊主帥。7 這幾句化用崔顥《黃鶴樓》詩：「昔人已乘黃鶴去，此地空餘黃鶴樓」、「晴川歷歷漢陽樹，芳草萋萋鸚鵡洲」。8 祓：消除。

賞析與點評

這首詞表面上似為安遠樓落成而作的祝詞，然而在度曲中卻能看到詞人不一般的志向。上片寫高樓落成後政府舉行的盛大典禮，在新翻胡曲、熱鬧歌吹中卻隱寓偏安東南之意。故一切熱鬧，均是側面反襯。下片中西山夕照不僅是羈旅鄉愁，而且還有國勢衰頹之感。故「酒祓清愁」與「花消英氣」大含詞人憂憤之情。寫景闊大，抒情婉轉，在白石詞中境界頗高。

杏花天影[1]

丙午之冬，發沔口[2]。丁未正月二日，道金陵，北望淮、楚，風日清淑，小舟掛席，容與波上[3]。

綠絲低拂鴛鴦浦。想桃葉，當時喚渡。又將愁眼與春風，待去。倚蘭橈、更少駐。

金陵路。鶯吟燕舞。算潮水、知人最苦。滿汀芳草不成歸[4]，日暮。更移舟、向甚處。

注釋

1 杏花天影：姜夔自度曲，又名《杏花天》。2 丙午：淳熙十三年（一一八六），後之丁未為次年。沔口：漢水入江處。3 容與：悠閒的樣子。4 化用《楚辭・招隱士》：「王孫遊兮不歸，芳草生兮萋萋。」

一萼紅[1]

丙午人日[2]，余客長沙別駕之觀政堂[3]，堂下曲沼，沼西負古垣，有盧橘幽篁，一徑深曲。穿徑而南，官梅數十株，如椒如菽，或紅破白露，枝影扶疏。着屐蒼苔細石間，野興橫生，亟命駕登定王台[4]，亂湘流入麓山，湘雲低昂，湘波容與，興盡悲來，醉吟成調。

古城陰。有官梅幾許，紅萼未宜簪。池面冰膠，牆腰雪老，雲意還又沉沉。翠藤共、閒穿徑竹，漸笑語、驚起卧沙禽。野老林泉，故王台榭，呼喚登臨。南去北來何事，蕩湘雲楚水，目極傷心。朱戶黏雞，金盤簇燕[5]，空歎時序侵尋[6]。記曾共、西樓雅集，想垂柳、還嫋萬絲金。待得歸鞍到時，只怕春深。

注釋

1 一萼紅：《樂府雅詞》無名氏詞有「未教一萼，紅開鮮蕊」句，故取以為調名。

2 人日：古時稱正月初七為人日。3 長沙別駕：指蕭德藻，詞人岳伯父。別駕：宋代通判的別稱。4 定王台：今長沙城東，西漢定王劉發至長沙，築台以望母，稱定王台。5 黏雞：據《歲時記》載，人日（正月初七）貼「畫雞」於門上，在上面繫上葦稈，旁邊插上靈符，可以辟邪。金盤簇燕：立春日陳列春盤，上面放置「金雞玉燕」。6 侵尋：漸漸消失。

賞析與點評

這是一首登臨觀覽，羈旅傷懷之作。上片寫早春景象，詞人乘興遊春賞梅，下片即轉到羈旅之愁。通篇寫興轉悲，筆斷意連，正是張炎所謂「清空」之處。

霓裳中序第一

1 丙午歲，留長沙，登祝融[2]，因得其祠神之曲，曰《黃帝鹽》、《蘇合香》。又於樂工故書中得商調《霓裳曲》十八闋，皆虛譜無辭。按沈氏《樂律》：《霓裳》道調，此乃商調，樂天詩云「散序六闋」，此特兩闋，未知孰是。然音節閒雅，不類今曲。

余不暇盡作，作《中序》一闋傳於世。余方羈遊，感此古音，不自知其辭之怨抑也。

亭皋正望極。亂落江蓮歸未得。多病卻無氣力。況紈扇漸疏，羅衣初索[3]。流光過隙，歎杏梁[4]、雙燕如客。人何在，一簾淡月，仿佛照顏色。

幽寂。亂蛩吟壁。動庾信、清愁似織。沉思年少浪跡。笛裏關山，柳下坊陌[5]。墜紅無信息，漫暗水、涓涓溜碧。飄零久、而今何意，醉臥酒壚側[6]。

注釋

1 霓裳中序第一：詞牌名，姜夔創製，旁注有工尺譜，參見小序。2 祝融：衡山七十二峰之最高峰。3 紈扇漸疏：疏遠團扇；羅衣初索：羅衣放置一旁。均暗指天涼。4 杏梁：文杏做的梁。5 柳下坊陌：歌舞伎所居。6 醉臥酒壚側：據《世說新語》載，阮籍鄰居婦貌美，當壚沽酒。阮籍常常從婦飲酒，醉，眠其側，終無他意。

章良能

章良能（?—一二一四），字達之，麗水（今屬浙江）人。淳熙五年（一一七八）進士，嘉定二年（一二〇九）同知樞密院事，六年參知政事。今存詞一首。

小重山[1]

柳暗花明春事深。小闌紅芍藥，已抽簪[2]。雨餘風軟碎鳴禽[3]。遲遲日，猶帶一分陰。

往事莫沉吟。身閒時序好，且登臨。舊遊無處不堪尋。無尋處，惟有少年心。

注釋

1 調見《花間集》。《詞譜》以薛昭蘊為正調。一名《小衡山》、《柳色新》、《小重山令》。2 抽簪：喻花開。3 風軟碎鳴禽：語出杜荀鶴《春宮怨》詩「風暖鳥聲碎」。碎，指鳥聲細碎。

賞析與點評

這是一首傷春之作。詞的上片寫春深雨後的環境氣氛，過片即寫往事，然而馬上轉到現實，身閒且時序正好，又舊遊堪尋，三層疊加似不見春愁，然而急轉直下，堪尋舊遊卻難尋少年情懷，時光流逝之感婉轉而出。

劉過

劉過（一一五四—一二〇六），字改之，自號龍洲道人，吉州太和（今江西泰和）人。曾伏闕上書，屢陳抗戰方略，不報。又累試不第，乃放浪江湖，與陸游、辛棄疾、陳亮等交遊，終身未仕。詞作感慨國事，詞風粗豪激越，自饒俊致。有詞集《龍洲詞》。

唐多令[1]

安遠樓小集[2]，侑觴（yòu shāng）歌板之姬[3]，黃其姓者，乞詞於龍洲道人，為賦此。同柳阜之、劉去非、石民瞻、周嘉仲、陳孟參、孟容，時八月五日也。

蘆葉滿汀洲。寒沙帶淺流。二十年、重過南樓。柳下繫船猶未穩，能幾日、又

中秋。黃鶴斷磯頭[4]。故人今在否。舊江山、渾是新愁。欲買桂花同載酒[5]，終不似、少年遊。

注釋

1 又名《糖多令》，周密因劉過詞有「二十年重過南樓」句，又名《南樓令》。2 參見姜夔《翠樓吟》注3。3 侑觴：勸酒。4 黃鶴磯：今湖北武昌近江處。相傳仙人乘黃鶴曾遊此處，後有人建樓以記之。5 桂花：酒名。

賞析與點評

這是一首登臨名作。雖為應酬，卻因詞中蘊藉的深厚情感而成為千百年來倍受盛讚的傑作。詞作主要抒發今昔之感，分三層敘之。一是江山的今昔，安遠樓本身就是國事多發之地，此番重遊，憂時傷國，故新愁難抑；二是故人之今昔，二十年後重遊，故人凋零，可謂淒涼；三是詞人自身之今昔。老大無成，藉酒澆愁，卻已非少年情懷，深刻寫出懷才不遇之情。情感蘊藉深厚而又抒發婉轉。

嚴仁

嚴仁（生卒年不詳），字次山，號樵溪，邵武（今屬福建）人。與嚴羽、嚴參並稱「邵武三嚴」。其詞頗能道閨幃之趣。今存詞三十首，見《中興以來絕妙詞選》卷五。

木蘭花

春風只在園西畔。薺菜花繁蝴蝶亂。冰池晴綠照還空[1]，香徑落紅吹已斷。意長翻恨遊絲短[2]。盡日相思羅帶緩[3]。寶奩如月不欺人，明日歸來君試看。

注釋

1 冰池：指水面光潔如冰的池子。2 翻：反而。3 緩：寬鬆。

俞國寶

俞國寶（生卒年不詳），臨川（今江西撫州）人。淳熙年間為太學生。今存詞五首。

風入松[1]

一春長費買花錢。日日醉湖邊。玉驄慣識西湖路[2]，驕嘶過、沽酒樓前。紅杏香中簫鼓，綠楊影裏鞦韆。

暖風十里麗人天。花壓鬢雲偏。畫船載取春歸去，餘情付、湖水湖煙。明日重扶殘醉[3]，來尋陌上花鈿[4]。

注釋

1 風入松：郭茂倩《樂府詩集》卷六十收皎然《風入松歌》，小序云：「《琴集》曰：『風入松，晉嵇康所作也。』」調名本此。又名《風入松慢》、《遠山横》。2 玉驄：青白雜色的馬。3 這是宋高宗所改，詞人原文是「重攜殘酒」，高宗以為儒酸氣太重，遂改之。4 花鈿：以金翠珠寶製成的花形首飾。

賞析與點評

這是一首遊賞西湖的詞作。上片寫詞人春來醉心西湖，故乃日日來遊。呼應嚴密，長費對日日再對慣識，可謂頻繁；紅杏對買花、綠楊對湖邊、醉對酒，可謂滴水不漏。下片轉到同遊之麗人。歡快之餘，興致未盡，來日再來遊，可謂興濃。詞以買花尋醉開篇，結以扶醉尋花，又是密切聯繫，層層照應，結構可說得上精緻工到。

張鎡

張鎡（zī，一一五三——一二一一？），字功甫，一字時可，號約齋，西秦（今屬陝西）人，居臨安（今浙江杭州）。張鎡出身高貴，曾任直秘閣通判婺州、司農寺主簿等。能詩擅詞，且善畫竹石古木。嘗學詩於陸游。與尤袤、楊萬里、辛棄疾、姜夔等交遊。好聲色宴饗之樂。詞風較為浮豔。有詞集《玉照堂詞》、《南湖詩餘》，今存詞八十餘首。

滿庭芳 促織兒[1]

月洗高梧，露漙（tuán）幽草[2]，寶釵樓外秋深[3]。土花沿翠，螢火墜牆陰。靜聽寒聲斷續，微韻轉，淒咽悲沉。爭求侶、殷勤勸織，促破曉機心[4]。

兒時曾記得，呼燈灌穴，斂步隨音。任滿身花影，獨自追尋。攜向華堂戲鬥[5]，亭台小、籠巧妝金。今休說，從渠牀下[6]，涼夜伴孤吟。

注釋

1 促織兒：即蟋蟀。本詞乃作者與姜夔聚會時聽到蟋蟀聲，二人同賦，作者先成，參見姜夔《齊天樂》小序。2 溥：濕潤。3 寶釵樓：漢武帝所建樓名。4 意謂驚動織婦之心。5 戲鬥：以鬥蟋蟀為遊戲。6 從渠牀下：語出《詩經．豳風．七月》「十月蟋蟀，入我牀下」。

賞析與點評

這是一首詠蟋蟀詞。全詞遺貌而取神，境界頗高。上片寫蟋蟀發聲的大環境，然後寫聽到蟋蟀聲的感受，引出織婦聞聲而愁苦。下片追憶兒時捕蟋蟀、鬥蟋蟀的情趣，轉到今日之老大無成，與織婦之愁形成對應，又嵌入身世之感，正是此詞高處。

史達祖

史達祖（一一六三？—一二二〇？），字邦卿，號梅溪，汴（今河南開封）人。曾為宰相韓侂冑屬吏，代韓擬帖擬旨，頗受倚重；韓敗被誅，史受株連而被流放。曾師從張鎡學詞。其詠物詞成就突出，善用擬人手法，描寫細膩，唯稍嫌纖巧。有《梅溪詞》。

綺羅香[1] 詠春雨

做冷欺花，將煙困柳，千里偷催春暮。盡日冥迷[2]，愁裏欲飛還住。驚粉重、蝶宿西園，喜泥潤、燕歸南浦。最妨他、佳約風流，鈿車不到杜陵路[3]。

沉沉江上望極，還被春潮晚急，難尋官渡[4]。隱約遙峰，和淚謝娘眉嫵[5]。臨斷岸、新綠生時，是落紅、帶愁流處。記當日、門掩梨花，剪燈深夜語。

注釋

1 此為史達祖自度曲。又名《綺羅春》。2 冥迷：昏暗迷離。3 鈿車：用金片裝飾的車輛。杜陵：地名，漢宣帝的陵墓。4 官渡：公家開設的渡口。5 謝娘：即謝秋娘，唐李德裕的歌妓，泛指歌女。眉嫵：眉眼嬌媚。

賞析與點評

這是一首詠物詞。上片活寫春雨而帶懷人之情。開端以擬人手法寫春雨之態，輔以春雨的效果，再轉到人情，一氣而下。下片即承上片鋪寫懷人。尋官渡即照應鈿車不到，遙峰和新綠在懷人之情下而顯出新象，將懷人之情烘到極處，故能轉到昔日之回憶而不板滯。通篇詠雨而不見一個雨字，情景融合巧妙，頗得詞家稱賞。

雙雙燕[1] 詠燕

過春社了，度簾幕中間，去年塵冷。差（cī）池欲住[2]，試入舊巢相並。還相雕樑藻井[3]，又軟語、商量不定。飄然快拂花梢。翠尾分開紅影。

芳徑。芹泥雨潤。愛貼地爭飛，競誇輕俊。紅樓歸晚，看足柳昏花暝。應自棲香正穩，便忘了、天涯芳信[4]。愁損翠黛雙蛾，日日畫闌獨憑。

注釋

1 此為史達祖自度曲。2 差池：燕子飛時羽翼參差不齊貌。3 相：看。藻井：俗稱天花板。4 芳信：情人書信，古傳燕能傳書。

東風第一枝[1] 春雪

巧沁蘭心，偷黏草甲[2]，東風欲障新暖。謾疑碧瓦難留，信知暮寒猶淺。行天入鏡，做弄出、輕鬆纖軟。料故園、不捲重簾，誤了乍來雙燕。

青未了、柳迴白眼。紅欲斷、杏開素面。舊遊憶着山陰[3]，後盟遂妨上苑[4]。寒爐重熨，便放慢、春衫針線。怕鳳靴、挑菜歸來[5]，萬一灞（bà）橋相見[6]。

注釋

1東風第一枝：相傳宋呂渭老首創此調以詠梅，其詞已佚。2草甲：草萌芽時所帶外皮。3山陰：今浙江紹興。4上苑：指梁苑，即兔園。5挑菜：唐宋時二月二日為挑菜節。6灞橋：橋名。在今陝西省西安市東。

三姝媚[1]

煙光搖縹（piǎo）瓦[2]。望晴簷多風，柳花如灑。錦瑟橫牀，想淚痕塵影，鳳絃常下。倦出犀帷[3]，頻夢見、王孫驕馬。諱道相思，偷理綃裙，自驚腰衩（chǎ）[4]。

惆悵南樓遙夜。記翠箔張燈，枕肩歌罷。又入銅駝[5]，遍舊家門巷，首詢聲價。可惜東風，將恨與閒花俱謝。記取崔徽模樣[6]，歸來暗寫。

注釋

1三姝媚：此調始見於史達祖，調名出古樂府《三婦豔》。2縹瓦：淡青色的琉璃瓦。3犀帷：用犀形物鎮住帷幕，同犀簾。4腰衩：指腰帶。5銅駝：街名，在洛陽城中。6崔徽：唐歌女，與出使到此的裴敬中相愛。敬中離開後，徽請人畫像寄給裴敬中，說一旦比不上畫中人，就為敬中而死。後果然發狂而死。

秋霽[1]

江水蒼蒼，望倦柳愁荷，共感秋色。廢閣先涼，古簾空暮，雁程最嫌風力。故園信息，愛渠入眼南山碧。念上國[2]，誰是膾鱸江漢未歸客。

還又歲晚，瘦骨臨風，夜聞秋聲，吹動岑寂。露蛩悲、青燈冷屋，翻書愁上鬢毛白。年少俊遊渾斷得[3]。但可憐處，無奈苒苒魂驚，採香南浦，剪梅煙驛[4]。

注釋

1 秋霽：此調始見於宋胡浩然，一說無名氏作。又名《春霽》，賦春晴詞，名《春霽》；賦秋晴詞，名《秋霽》。2 上國：古稱大國為上國，指南宋。3 渾斷得：完全斷了音信。4 剪梅煙驛：用陸凱寄梅事。見舒亶《虞美人》注3。

賞析與點評

這是一首思鄉懷歸的詞作，當作於詞人貶謫時期。秋景蕭瑟，滿懷愁倦的詞人看見秋色而起懷鄉之情，悲秋懷鄉轉而憶舊，無奈年少俊遊多半凋零，沉鬱之情歷歷可見。詞境蒼闊，詞風沉鬱，寓有身世之感，是史達祖詞作中的上品。

夜合花[1]

柳鎖鶯魂，花翻蝶夢，自知愁染潘郎[2]。輕衫未攬，猶將淚點偷藏。念前事，怯流光。早春窺、酥雨池塘。向消凝裏，梅開半面，情滿徐妝[3]。

風絲一寸柔腸。曾在歌邊惹恨，燭底縈香。芳機瑞錦[4]，如何未織鴛鴦。人扶醉，月依牆。是當初、誰敢疏狂。把閒言語，花房夜久，各自思量。

注釋

1 夜合花：調見宋晁補之《琴趣外篇》。調名取自唐韋應物詩「夜合花開香滿庭」。2 潘郎：潘岳。潘岳曾作《秋興賦》，感慨自己鬢生白髮。這裏是詞人自比。3 徐妝：即半面妝。據《南史》載，梁元帝徐妃，以帝眇一目，每知帝將至，就以半面妝相迎，元帝見則大怒而出。4 芳機：織機。

賞析與點評

這是一首遣懷寄遠之作。上片感歎年光流逝，兩情相隔，佳期難再；下片寫兩情相隔的原因，並婉轉表示各自思量和好之意，與一般的相思詞有所區別。

玉蝴蝶[1]

晚雨未摧宮樹，可憐閒葉，猶抱涼蟬。短景歸秋，吟思又接愁邊。漏初長、夢魂難禁，人漸老、風月俱寒。想幽歡、土花庭甃[2]，蟲網闌干。

無端啼蛄（gū）攪夜[3]，恨隨團扇，苦近秋蓮。一笛當樓，謝娘懸淚立風前。故園晚、強留詩酒，新雁遠、不致寒暄。隔蒼煙、楚香羅袖，誰伴嬋娟。

注釋

1 玉蝴蝶：調見《花間集》卷一溫庭筠詞。又名《玉蝴蝶令》、《玉蝴蝶慢》。2 土花：指苔蘚。庭甃：井壁。3 啼蛄：即螻蛄。雄蟲能鳴，晝伏夜出。

賞析與點評

這是一首傷秋懷人之作。上片寫晚來秋雨之景，秋色淒涼，悲秋愁思隨雨而至。下片寫身世漂泊，歸期無定，懷人而思鄉。其中懷人部分從對方着筆，意味頗深。

劉克莊

劉克莊（一一八七—一二六九），字潛夫，號後村居士，甫田（今屬福建）人。早年以恩補入仕，曾任建陽令，知袁州，仕途坎坷，皆中途被免。宋淳祐六年（一二四六）賜同進士出身，累遷至中書舍人，因彈劾權相史嵩之而罷官。晚年趨奉奸臣賈似道，以龍圖閣學士致仕，是南宋江湖派詩人和辛派詞人的重要作家。其詞粗豪雄放，慷慨激越，有些詞作中引文入詞，注重議論，是對詞的表現方式的擴大。有《後村長短句》。

生查子 元夕戲陳敬叟[1]

繁燈奪霽華[2]，戲鼓侵明發[3]。物色舊時同，情味中年別。

淺畫鏡中眉，深拜樓西月。人散市聲收，漸入愁時節。

注釋

1 陳敬叟：詞人同邑友人。2 霽華：雨後的明朗月光。3 明發：黎明。

賀新郎

端午

深院榴花吐。畫簾開，綀（shū）衣紈扇[1]，午風清暑。兒女紛紛誇結束[2]，新樣釵符艾虎[3]。早已有、遊人觀渡[4]。老大逢場慵作戲，任陌頭、年少爭旗鼓。溪雨急，浪花舞。

靈均標緻高如許[5]。憶平生、既紉（rèn）蘭佩[6]，更懷椒糈（xǔ）[7]。誰信騷魂千載後，波底垂涎角黍[8]。又說是、蛟饞龍怒。把似而今醒到了[9]，料當年、醉死差無苦。聊一笑，弔千古。

注釋

1 綀衣：粗麻衣。2 結束：打扮。3 釵符艾虎：端午節採艾草製成虎形的釵頭符，戴之可辟邪。4 觀渡：即龍舟比賽。5 靈均：屈原，字靈均，楚國人，官三閭大夫。標綴：韵綴。[6]紉蘭佩：揉搓秋蘭作為配飾。語出《離騷》「紉秋蘭以為佩」。[7]懷椒糈：祭神禮品。糈：精米。語出《離騷》「懷椒糈而要之」。[8]角黍：粽子。[9]把似：假如。到了：到底，到今。

賞析與點評

這是一首吟詠端午節的詞作。詞人藉詠屈原，寄託心中感慨。上片描繪出一幅盛大而熱鬧的端午風俗圖，下片抒懷寄慨，屈原如此高標，死後卻也如此寂寞，隱見磊落不平之意。再轉至如若獨醒閱世至今，恐怕還不如當年醉死，刺世意味又濃，詞人之憤懣與幽愁表現得淋漓盡致。

賀新郎　九日[1]

湛湛長空黑[2]。更那堪、斜風細雨，亂愁如織。老眼平生空四海，賴有高樓百尺。看浩蕩、千崖秋色。白髮書生神州淚，盡淒涼、不向牛山滴[3]。追往事，去無跡。

少年自負凌雲筆[4]**。到而今、春華落盡，滿懷蕭瑟。常恨世人新意少，愛說南朝狂客**[5]**。把破帽、年年拈出。若對黃花孤負酒**[6]**，怕黃花、也笑人岑寂。鴻北去，日西匿。**

注釋

1 九日：指重陽節。2 湛湛：濃重貌。3 牛山滴：齊景公遊牛山，北臨其國而流淚。見《晏子春秋》。4 凌雲筆：指才華橫溢。5 南朝狂客：指東晉名士孟嘉。一日，在桓溫的宴會上，孟嘉的帽子被風吹落，孟嘉談笑如舊。桓溫讓人寫文章取笑他，他拿筆作答，文辭卓越，四座皆驚。6 指古人重陽節飲菊花酒的習俗。

賞析與點評

這是一首重陽登高抒懷之作。上片登高望遠，風雨如晦，亂愁如織，國家正值多事之秋，而自己卻老境頹唐，無所作為，感慨可謂深沉。下片指明現今之無所作為實乃懷才不遇，少年之雄心換得滿懷蕭瑟，藉酒澆愁，也恐無人能解。結句的夕陽西下，更是寓意國勢的衰頹，乃至無可奈何之境地。詞境蒼闊，感慨深沉，感人心魄。

木蘭花 戲林推[1]

年年躍馬長安市。客舍似家家似寄。青錢換酒日無何，紅燭呼盧宵不寐[2]。易挑錦婦機中字[3]。難得玉人心下事。男兒西北有神州，莫滴水西橋畔淚。

注釋

1 推：推官。林推，作者的友人。2 呼盧：賭博之戲。3 錦婦機中字：即指錦字書。

賞析與點評

這是一首規勸友人的詞作。上片極力描寫友人在長安的浪漫和豪邁，隱含箴誡之意。下片規勸朋友，含蓄地指出他迷戀青樓、疏遠家室的錯誤。結句更暗示國家多難，男兒應當有所作為，寓慷慨激昂於婉轉規勸中，頗得稱賞。

盧祖皋

盧祖皋（生卒年不詳），字申之，又字次夔，號蒲江，永嘉（今浙江溫州）人。慶元五年（一一九九）進士。歷池州教授、吳江主簿，累官權直學士院。工小令，時有佳趣，詞風婉秀。有《浦江詞稿》。

江城子

畫樓簾幕捲新晴。掩銀屏。曉寒輕。墜粉飄香，日日喚愁生。暗數十年湖上路，能幾度、着娉婷。

年華空自感飄零。擁春酲（chéng）[1]**。對誰醒。天闊雲閒，無處覓簫聲。載酒**

買花年少事[2]，渾不似、舊心情。

注釋

1醒：醉酒。2載酒買花：指遊冶狎妓等事。

賞析與點評

這是一首傷春懷舊詞。開篇寫春景即轉到傷春之情，十年時光荏苒，前事都非。下片「年華」照應「十年」，自歎飄零。少年情事老來悲，滿懷愁鬱。全詞情感處理低迴縈繞，婉秀深雅。

宴清都[1]

春訊飛瓊管[2]。風日薄，度牆啼鳥聲亂。江城次第，笙歌翠合，綺羅香暖。溶溶澗淥（lù）冰泮[3]。醉夢裏，年華暗換。料黛眉、重鎖隋堤，芳心還動梁苑[4]。

新來雁闊雲音，鸞分鑑影[5]，無計重見。啼春細雨，籠愁淡月，恁時庭院[6]。離腸未語先斷。算猶有、憑高望眼。更那堪、芳草連天，飛梅弄晚。

注釋

1 宴清都：此調首見周邦彥《片玉詞》，又名《四代好》。調名取自南朝梁沈約詩「朝上閶闔宮，夜宴清都闕」。2 瓊管：古時以葭莩灰填滿律管，節候至則灰飛管通。管為玉製，故名瓊管。3 渷：清澈。泮：冰塊消融。4 梁苑：西漢梁孝王所建花園，代指園林。5 鸞分鑒影：鸞鳥失去伴侶後，見到鏡中影子會悲鳴。6 恁時：那時。

賞析與點評

這是一首春日懷人之作。上片詞人寫春景而着筆時光流逝，春來如舊，伊人猶不能忘懷離別之事。下片暗合「年華暗換」，離別之後相見無期，思念之情濃可見，回憶離別之場景，風雨相催，愁腸早斷，唯寄意登高望遠。結以春暮之景，離別之情更見深廣。

潘牥

潘牥（fāng，一二〇五—一二四六），字庭堅，號紫岩，閩（今福建閩侯）人。宋端平二年（一二三五）進士。歷太學正，通判潭州。其詞灑脫俊雅。今存五首。

南鄉子

題南劍州妓館[1]

生怕倚闌干。閣下溪聲閣外山。惟有舊時山共水，依然。暮雨朝雲去不還。

應是躡（niè）飛鸞[2]。月下時時整佩環。月又漸低霜又下，更（gēng）闌[3]。折得梅花獨自看。

注釋

1 南劍州：今福建南平。2 躡：緊跟。3 更闌：更鼓將盡。

賞析與點評

這是一首懷舊悼亡之作。對象應是南劍州一位歌妓。上片登樓懷人，寫伊人一去不歸；下片月下賞梅，想伊人魂魄化梅，乘月而歸。況周頤《蕙風詞話》評此詞「有尺幅千里之妙」。結句中又暗藏委婉，哀感無限，真可謂「語盡而意不盡，意盡而情不盡」。

陸叡

陸叡（?—一二六六），字景思，號雲西，會稽（今浙江紹興）人。紹定五年（一二三二）進士，官至起居舍人，集英殿修撰。今存詞三首。

瑞鶴仙

濕雲黏雁影。望征路愁迷，離緒難整。千金買光景。但疏鐘催曉，亂鴉啼暝。花悰（cóng）暗省[1]。許多情，相逢夢境。便行雲[2]、都不歸來，也合寄將音信。孤迥[3]。盟鸞心在[4]，跨鶴程高[5]，後期無準。情絲待剪，翻惹得、舊時恨。怕天教何處，參差雙燕，還染殘朱剩粉。對菱花[6]、與說相思，看誰瘦損。

注釋

1 花悰：花的心緒。2 行雲：巫山神女「旦為朝雲，暮為行雨」與楚王相候。比喻所思女子。3 迥：遙遠。4 盟鸞：指男女之間的定情信約。5 跨鶴：指飛升成仙。6 菱花：指銅鏡。

賞析與點評

本詞別本題作「梅」。表面上，這是一首詠梅詞，實際上，詞人藉詠梅寫自己的羈旅之愁與相思之苦。上片描寫旅途景象，襯託離愁別緒。下片寫相思之苦。離別後，相見無期，本擬剪斷情絲，奈何卻引出舊恨，更加悲苦。

蕭泰來

蕭泰來（生卒年不詳），字則陽，號小山，臨江（今江西清江）人。紹定二年（一二二九）進士，寶祐元年（一二五三）自起居郎出守隆興府。曾任御史。著有《小山詞》，今存詞二首。

霜天曉角[1]　梅

千霜萬雪。受盡寒磨折。賴是生來瘦硬[2]，渾不怕、角吹徹。

清絕。影也別。知心惟有月。元沒春風情性[3]，如何共、海棠說。

注釋

1 霜天曉角：又名「月當窗」、「長橋月」、「踏月」。2 賴是：幸虧。3 元：原本。

吳文英

吳文英（約一二一二—約一二七二），字君特，號夢窗，晚號覺翁，四明（今浙江寧波）人。終生未仕，以布衣出入侯門，結交權貴；曾為倉台幕、吳潛幕府、榮王門客。行跡不出江浙，長期居住在蘇杭一帶。其精擅音律，多自度曲，詞作格律精嚴，綿麗深雅，惟稍嫌雕琢，在南宋後期影響很大。有《夢窗詞甲乙丙丁稿》四卷附補遺。

霜葉飛　重九

斷煙離緒。關心事，斜陽紅隱霜樹。半壺秋水薦黃花，香噀（xùn）西風雨[1]。縱玉勒、輕飛迅羽[2]。淒涼誰弔荒台古。記醉蹋南屏[3]，彩扇咽寒蟬，倦夢不知蠻素[4]。聊對舊節傳杯，塵箋蠹管[5]，斷闋經歲慵賦。小蟾斜影轉東籬[6]，夜冷殘蛩語。早白髮、緣愁萬縷。驚飆縱捲烏紗去。漫細將、茱萸看，但約明年，翠微高處。

注釋

1 噀：噴。2 迅羽：疾飛的猛禽，指鷹。3 南屏：南屏山，西湖邊上。4 蠻素：小蠻和樊素。都是白居易的愛妾。5 蠹：蛀蟲。6 小蟾：指新月。

賞析與點評

相傳吳文英在蘇杭曾納二妾，後一亡一去。這首詞就是吳氏為追憶杭州愛妾而作。全詞層層鋪墊，情感深蘊，讀來甚為感人。

宴清都　連理海棠

繡幄鴛鴦柱。紅情密、膩雲低護秦樹[1]。芳根兼倚，花梢鈿合，錦屏人妒[2]。

東風睡足交枝[3]，正夢枕、瑤釵燕股[4]。障灩蠟、滿照歡叢[5]，嫠蟾（lí chán）冷落羞度[6]。

人間萬感幽單，華清慣浴[7]，春盎風露。連鬟並暖[8]，同心共結，向承恩處。憑誰為歌《長恨》，暗殿鎖、秋燈夜語。敘舊期、不負春盟，紅朝翠暮。

注釋

1 秦樹：據《閱耕錄》記載，秦中有雙株海棠，樹高十丈。2 錦屏人：指閨中人。3 東風睡足交枝：唐明皇登沉香亭召見楊貴妃，貴妃醉酒未醒，侍兒扶來，鬢亂釵橫，明皇笑言：「不是妃子醉，是海棠沒有睡足也。」4 瑤釵燕股：即玉燕釵。5 灩蠟：跳躍的燭光。6 嫠蟾：無夫的嫦娥，這裏指月亮。嫠：寡婦。7 華清：指華清池，唐明皇曾多次與楊貴妃在此遊冶。8 連鬟：即同心髻。

賞析與點評

這是一首吟詠海棠之詞，詞人藉詠連理海棠來歌詠唐明皇與楊貴妃的愛情。李楊愛情終歸悲劇，讓人歎息，然而精魂尚在，比翼可期。人和花雙結，完成了圓滿式的結構。

齊天樂

煙波桃葉西陵路[1]，十年斷魂潮尾。古柳重攀，輕鷗聚別，陳跡危亭獨倚。涼颸（sī）乍起[2]，渺煙磧（qì）飛帆[3]，暮山橫翠。但有江花，共臨秋鏡照憔悴。華堂燭暗送客，眼波回盼處，芳豔流水。素骨凝冰，柔葱蘸雪[4]，猶憶分瓜深意[5]。清尊未洗，夢不濕行雲，漫沾殘淚。可惜秋宵，亂蛩疏雨裏。

注釋

1 桃葉：即桃葉渡，此泛指渡口。西陵：橋名，在杭州西湖孤山下。2 颸：冷風。3 煙磧：遠處迷蒙的沙岸。4 柔葱：少女玉手如同白皙的葱根。雪：雪白的細鹽，用來佐拌吃水果。5 分瓜：切瓜分食。

賞析與點評

這是一首回憶杭州愛姬之作，寫出詞人的婉轉深情。

花犯　郭希道送水仙，索賦

小娉婷，清鉛素靨（yè）[1]，蜂黃暗偷暈[2]。翠翹攲鬢[3]。昨夜冷中庭，月下相認。睡濃更苦淒風緊。驚回心未穩。送曉色、一壺蔥茜（qiàn）[4]，才知花夢準。

湘娥化作此幽芳[5]，凌波路[6]，古岸雲沙遺恨。臨砌影，寒香亂、凍梅藏韻。熏爐畔、旋移傍枕，還又見、玉人垂紺鬒（gàn zhěn）[7]。料喚賞、清華池館[8]，台杯須滿引。

注釋

1 靨：酒窩。2 蜂黃：唐代宮妝。比喻水仙花蕊。3 翠翹：翠玉頭飾。比喻水仙綠葉。4 蔥茜：青翠色。5 湘娥：湘水女神，又稱湘靈。6 凌波：水仙花又稱作凌波仙子，故名。7 紺鬒：青髮。8 清華池館：即郭希道家池館。

賞析與點評

這是一首詠水仙的詠物詞。上片總寫夢花、得花，從花朵、花葉、花蕊展示水仙的娉婷。下片寫戀花、賞花。以湘娥比水仙，更得神韻。結拍既感謝郭氏送花，且有欣賞郭家池館的願望，情感融洽無隔，筆調空靈婉轉。

浣溪沙

門隔花深夢舊遊，夕陽無語燕歸愁，玉纖香動小簾鈎[1]。

落絮無聲春墮淚，行雲有影月含羞，東風臨夜冷於秋。

注釋

1 玉纖：代指美人手指。

浣溪沙

波面銅花冷不收[1]，玉人垂釣理纖鈎[2]，月明池閣夜來秋。

江燕話歸成曉別，水花紅減似春休[3]，西風梧井葉先愁。

注釋

1 銅花：謂水面波平如銅鏡。2 纖鈎：謂月影。3 水花：荷花的別稱。

點絳唇

試燈夜初晴[1]

捲盡愁雲，素娥臨夜新梳洗[2]。暗塵不起，酥潤凌波地[3]。
輦路重來[4]，仿佛燈前事。情如水，小樓熏被，春夢笙歌裏。

注釋

1 試燈夜：元宵節前夜。2 素娥：指明月。3 酥潤：春雨滋潤大地。4 輦路：帝王車駕之路。泛指京城大道。

賞析與點評

這是一首記遊之詞。上片寫賞燈之遊，月白風清，夜景迷人。下片憶前次賞燈情事，只是當年情事已如春水潺潺而逝，故唯有夢境重溫，淡淡的哀愁油然而生。用語自然，造境空靈。

祝英台近　春日客龜溪[1]，遊廢園

採幽香，巡古苑，竹冷翠微路。鬥草溪根，沙印小蓮步。自憐兩鬢清霜，一年寒食，又身在、雲山深處。

晝閒度。因甚天也慳春，輕陰便成雨。綠暗長亭，歸夢趁風絮。有情花影闌干，鶯聲門徑，解留我、霎時凝佇。

注釋

1 龜溪：今浙江德清境內。

祝英台近　除夕立春

剪紅情，裁綠意，花信上釵股[1]。殘日東風[2]，不放歲華去。有人添燭西窗，不眠侵曉，笑聲轉、新年鶯語。

舊尊俎[3]。玉纖曾擘黃柑[4]，柔香繫幽素[5]。歸夢湖邊，還迷鏡中路。可憐千點吳霜[6]，寒消不盡，又相對、落梅如雨。

注釋

1 花信：花期。2 殘日：一年的最後一天。3 尊俎：古代盛酒肉的器具。俎：砧板。4 擘：剖分。5 幽素：謂幽情素心。6 吳霜：指白髮。

賞析與點評

這是一首除夕感懷之作。客中逢春，愁寂難捺，故作此詞。全詞構思精巧，摹情婉轉，為諸家稱賞。

澡蘭香[1] 淮安重午

盤絲繫腕，巧篆垂簪[2]，玉隱紺紗睡覺[3]。銀瓶露井，彩箑（shà）雲窗[4]，往事少年依約。為當時、曾寫榴裙，傷心紅綃褪萼。黍夢光陰[5]，漸老汀洲煙蒻（ruò）[6]。

莫唱江南古調，怨抑難招，楚江沉魄[7]。熏風燕乳，暗雨梅黃，午鏡澡蘭簾幕[8]。念秦樓、也擬人歸，應剪菖蒲自酌[9]。但悵望、一縷新蟾，隨人天角。

注釋

1吳文英自度曲。因詞中有「午鏡澡蘭簾幕」，故名。2盤絲繫腕：端午節時在腕上繫五色絲線，相傳能辟邪。3紺紗：青紗。睡覺：剛睡醒。4彩箑：彩扇。5黍夢：黃粱夢。6煙蒻：柔嫩的蒲草。7楚江沉魄：指屈原。8午鏡：端午所鑄之鏡，據說照之能使人青春永駐。澡蘭：煮蘭湯沐浴。9應剪菖蒲自酌：端午節，剪菖蒲浸酒，傳說可避瘟氣。

賞析與點評

這是一首端午懷歸之作。全詞辭采豔麗，想象出奇，層層相接，令人目不暇接。

風入松

聽風聽雨過清明。愁草瘞(yì)花銘[1]。樓前綠暗分攜路[2]，一絲柳、一寸柔情。料峭春寒中(zhòng)酒[3]，交加曉夢啼鶯。

西園日日掃林亭。依舊賞新晴。黃蜂頻撲鞦韆索，有當時、纖手香凝。惆悵雙鴛不到[4]，幽階一夜苔生。

注釋

1 瘞花銘：北朝庾信所作文章。瘞：埋葬。2 分攜：分手。3 中酒：醉酒。4 雙鴛：鴛鴦履，指女鞋。

賞析與點評

這是一首懷念戀人之詞。癡語動人，柔情萬端。

鶯啼序[1] 春晚感懷

殘寒正欺病酒，掩沉香繡戶。燕來晚、飛入西城，似說春事遲暮。畫船載、清明過卻，晴煙冉冉吳宮樹。念羈情遊蕩，隨風化為輕絮。

十載西湖，傍柳繫馬，趁嬌塵軟霧。溯紅漸、招入仙溪[2]，錦兒偷寄幽素[3]。倚銀屏、春寬夢窄，斷紅濕、歌紈金縷[4]。暝堤空，輕把斜陽，總還鷗鷺。

幽蘭旋老，杜若還生，水鄉尚寄旅。別後訪、六橋無信[5]，事往花委，瘞玉埋香，幾番風雨。長波妒盼，遙山羞黛，漁燈分影春江宿。記當時、短楫桃根渡，青樓仿佛。臨分敗壁題詩，淚墨慘澹塵土。

危亭望極，草色天涯，歎鬢侵半苧（zhù）[6]。暗點檢、離痕歡唾，尚染鮫綃（jiāo xiāo）[7]，嚲鳳迷歸[8]，破鸞慵舞[9]。殷勤待寫，書中長恨，藍霞遼海沉過雁，漫相思、彈入哀箏柱。傷心千里江南，怨曲重招，斷魂在否。

注釋

[1] 鶯啼序：調始見吳文英《夢窗詞》，為詞調中字數最多的一首。「序」，大曲的序樂。一說「序」即「敍」，鋪敍之意。[2] 仙溪：據《幽明錄》載，劉晨、阮肇入天台山，在溪邊遇二仙女，忘歸。及歸，世上已千年。[3] 錦兒：錢塘名妓楊愛愛的侍兒。此處指所戀女子的侍女。幽素：代指書信。[4] 斷紅：指眼淚。歌紈金縷：舞時所執的紈扇、所着的金縷衣。[5] 六橋：杭州西湖堤橋。[6] 苧：麻類植物，背面白色。此處形容髮白如苧。[7] 鮫綃：鮫人所織之綃，指羅帕。[8] 嚲鳳：謂垂翅之鳳。[9] 破鸞：指破鏡。

賞析與點評

這是一首傷春懷人詞。詞作追憶自己當年旅居西湖期間的一段情事，共分四疊，各有所敍而互相照應，離合變換，空絕千古。全詞結構變化極為繁複，今昔不斷跳轉，將昔日之情同今日之羈旅、傷春、追悼之情糅合在一起，融以景物鋪寫，情感綿密而深杳，讀來神韻流轉，搖曳生姿。

惜黃花慢

次吳江，小泊，夜飲僧窗惜別。邦人趙簿攜小妓侑尊[1]。連歌數闋，皆清真詞。酒盡已四鼓，賦此詞餞尹梅津[2]。

送客吳皋[3]。正試霜夜冷[4]，楓落長橋。望天不盡，背城漸杳，離亭黯黯，恨水迢迢。翠香零落紅衣老，暮愁鎖，殘柳眉梢。念瘦腰，沈郎舊日，曾繫蘭橈[5]。

仙人鳳咽瓊簫。悵斷魂送遠，《九辯》難招[6]。醉鬟留盼，小窗剪燭，歌雲載恨，飛上銀霄。素秋不解隨船去，敗紅趁、一葉寒濤。夢翠翹。怨鴻料過南譙[7]。

注釋

1 邦人：同鄉。侑尊：勸酒。2 尹梅津：名煥，山陰人。曾為《夢窗詞》作序。3 吳皋：吳江邊。紅衣：指荷花。4 試霜：霜初降如試。5 瘦腰、沈郎：指因愁而消瘦的南朝詩人沈約。這裏係詞人自比。蘭橈：小舟。6《九辯》：《楚辭》篇名，宋玉所作。悲秋之祖。7 南譙：南門上的譙樓。譙：城門上的望樓。參見秦觀《滿庭芳》詞：「畫角聲斷譙門。」另說為地名，在今安徽省。恐誤。

賞析與點評

這是一首送別詞。上片寫與友人餞別，慘澹的秋景渲染了愁苦的離情。從與友人之別自然的想到當年與情人之別，暗啟下片。下片寫餞別的實況，表達惜別之情，進而將對戀人的思念與目前的惜別結合起來，情景交融，虛實結合，又一次展示了詞人傑出的章法佈局能力。

高陽台 落梅

宮粉雕痕，仙雲墮影，無人野水荒灣。古石埋香，金沙鎖骨連環[1]。南樓不恨吹橫笛，恨曉風、千里關山。半飄零、庭上黃昏，月冷闌干。

壽陽空理愁鸞[2]。問誰調玉髓[3]，暗補香瘢。細雨歸鴻，孤山無限春寒。離魂難倩招清些（suò）[4]，夢縞衣、解佩溪邊[5]。最愁人、啼鳥晴明，葉底青圓。

注釋

1 鎖骨：指鎖骨菩薩。他為了度脱世上淫慾之人歸正而化身為女，後死去，開墓視之，骨鈎連如鎖。2 壽陽：南朝宋壽陽公主，因梅落額頭而作梅花妝。3 玉髓：玉屑和獺髓等混合製藥，涂在臉上能去瘢痕。4 清些：淒清的楚調。些是楚辭中常用的語助詞，代指楚辭。5 解佩：舊傳鄭交甫在漢上遇到江妃，江妃解佩相贈。

賞析與點評

這是一首詠梅詞。詞人藉詠梅兼抒悼亡之情。通篇詠梅而不着一字，空靈蘊藉，頗得姜夔風味。

高陽台 豐樂樓分韻得「如」字[1]

修竹凝妝，垂楊駐馬，憑闌淺畫成圖。山色誰題，樓前有雁斜書。東風緊送斜陽下，弄舊寒、晚酒醒餘。自消凝[2]，能幾花前，頓老相如[3]。

傷春不在高樓上，在燈前敧枕，雨外熏爐。怕艤遊船，臨流可奈清臞（qú）[4]。飛紅若到西湖底，攪翠瀾、總是愁魚。莫重來、吹盡香綿，淚滿平蕪。

注釋

1 豐樂樓：宋代杭州的一座酒樓。2 消凝：凝神佇立。3 相如：西漢辭賦作家司馬相如。4 清臞：清瘦。

賞析與點評

詞人與友人聚飲於豐樂樓，即席聯吟，詞人寫下這首名篇。但是詞人卻並不着意展現豐樂樓的美景，而是在登樓所見時抒發傷春憂時之感。上片寫登樓所見之景，暗扣歲月流逝，時勢傾危之意。下片總寫此種傷春憂時之感，詞人想象出奇，就連湖底深魚也都含愁而處，可見此種憂愁已達極致。詞作託物興悲，富於想象，蘊藉深厚，筆力頓挫，是吳文英詞作中的佳制。

三姝媚　過都城舊居有感

湖山經醉慣。漬（zì）春衫[1]，啼痕酒痕無限。又客長安，歎斷襟零袂，涴（wǎn）塵誰浣[2]。紫曲門荒[3]，沿敗井、風搖青蔓。對語東鄰，猶是曾巢，謝堂雙燕[4]。

春夢人間須斷。但怪得當年，夢緣能短[5]。繡屋秦箏，傍海棠偏愛，夜深開宴。舞歇歌沉，花未減、紅顏先變。佇久河橋欲去，斜陽淚滿。

注釋

1 漬：染。2 涴：污染。浣：洗。3 紫曲：歌樓聚集的街巷。4 謝堂：王謝之堂，前代權貴的府邸。5 能：通「恁」，如此，這樣。

賞析與點評

這是一首懷舊憑弔之詞。陳洵《海綃說詞》以為「過舊居，思故國也」。

八聲甘州

靈岩陪庾幕諸公遊[1]

渺空煙四遠，是何年、青天墜長星。幻蒼崖雲樹，名娃金屋[2]，殘霸宮城[3]。箭徑酸風射眼[4]，膩水染花腥。時靸（sǎ）雙鴛響，廊葉秋聲[5]。

宮裏吳王沉醉，倩五湖倦客[6]，獨釣醒醒。問蒼波無語，華髮奈山青。水涵空、闌干高處，送亂鴉、斜日落漁汀。連呼酒，上琴台去[7]，秋與雲平。

注釋

1 靈岩：今蘇州西南，山頂有吳國宮殿遺跡。庾幕：幕僚的美稱。2 名娃金屋：吳王夫差為西施所築的館娃宮。3 殘霸：吳王夫差曾一度稱霸中原，後國破身亡，故云。4 箭徑：即採香徑。5「時靸」二句：館娃宮中有響屧廊，人行其上，空空作響。靸：穿。6 五湖倦客：指范蠡，他輔佐句踐滅吳後泛舟五湖，不知所蹤。7 琴台：在靈岩山頂，亦吳宮遺跡。

賞析與點評

這是一首登高懷古之作。上片寫吳宮遺跡，筆力雄健，視野從遠而近，由大到小，由幻到實，進而幻和實交錯轉換，虛實相生，奇幻至極。下片追緬歷史，醉醒對比，褒貶暗含。輔以斜陽亂鴉，語含蒼涼，懷古而傷今之情明顯可見。這首詞沉鬱而雄闊，筆法奇幻，歷來備受稱賞。

踏莎行

潤玉籠綃[1]，檀櫻倚扇[2]。繡圈猶帶脂香淺[3]。榴心空疊舞裙紅，艾枝應壓愁鬟亂[4]。

午夢千山，窗陰一箭。香瘢新褪紅絲腕[5]。隔江人在雨聲中，晚風菰（gū）葉生秋怨[6]。

注釋

1 潤玉：指身體白潤如玉。2 檀櫻：櫻桃小口。3 繡圈：繡花妝。4 艾枝：端午時採艾葉製成虎形戴於髮間，可辟邪。5 紅絲：端午佩戴可避禍。6 菰：俗稱茭白。

賞析與點評

這是一首端午節感夢懷人之詞。上片寫歌女舞罷小憩的睡姿。下片寫午夢方醒，揭出上片全為夢境。雖醒，尚依稀看見伊人玉手香瘢；繼而感歎江風暮雨，愁生難捺。全詞虛幻和現實交融，寫真似幻，寫幻成真，極具靈動變化。

瑞鶴仙

晴絲牽緒亂[1]。對滄江斜日，花飛人遠。垂楊暗吳苑[2]。正旗亭煙冷[3]，河橋風暖。蘭情蕙盼。惹相思、春根酒畔。又爭知、吟骨縈消，漸把舊衫重剪。淒斷。流紅千浪，缺月孤樓，總難留燕[4]。歌塵凝扇。待憑信，拚分鈿。試挑燈欲寫，還依不忍，箋幅偷和淚捲。寄殘雲剩雨[5]，蓬萊也應夢見[6]。

注釋

1 晴絲：即遊絲。2 吳苑：吳國的宮苑。3 旗亭：集市中的酒樓。煙冷：寒食節禁煙。4 留燕：唐代武寧節度使張愔死後，其愛妾關盼盼獨守燕子樓十多年。5 殘雲剩雨：未完的春夢。6 蓬萊：海外仙山。

鷓鴣天 化度寺作[1]

池上紅衣伴倚欄。棲鴉常帶夕陽還。殷雲度雨疏桐落[2]，明月生涼寶扇閒。鄉夢窄，水天寬。小窗愁黛淡秋山[3]。吳鴻好為傳歸信，楊柳閶門屋數間[4]。

注釋

1 化度寺：杭州名寺。2 般：厚密。3 秋山：指女子的眉色。4 閶門：城門名。在今江蘇省蘇州市城西。

夜遊宮[1]

人去西樓雁杳。敍別夢、揚州一覺[2]。雲淡星疏楚山曉。聽啼烏，立河橋[3]，話未了。

雨外蛩聲早。細織就、霜絲多少[4]。說與蕭娘未知道[5]。向長安，對秋燈，幾人老。

注釋

1 調見毛滂《東堂詞》，又名《念彩雲》、《新念別》。2 揚州一覺：杜牧有「十年一覺揚州夢」詩句。3 河橋：指送別之地。4 霜絲：指白髮。5 蕭娘：泛稱女子。

青玉案

新腔一唱雙金斗[1]。正霜落、分甘手[2]。已是紅窗人倦繡。春詞裁燭[3]，夜香溫被，怕減銀壺漏[4]。

吳天雁曉雲飛後。百感情懷頓疏酒。彩扇何時翻翠袖。歌邊拚取，醉魂和夢，化作梅花瘦。

注釋

1 金斗：酒杯。2 分甘：分享快樂。3 裁燭：刻燭。南齊竟陵王蕭子齊，夜集學士作詩，刻燭記時。4 指擔心夜短。

賞析與點評

這是一首懷舊之作。上片回憶往昔，同佳人兩情繾綣，唯恐夜短，不忍離別也。下片寫現今之相思，加以對重逢的展望。全詞今昔對比，情感低迴婉轉，是夢窗詞的典型寫法。

賀新郎 陪履齋先生滄浪看梅[1]

喬木生雲氣。訪中興、英雄陳跡[2]，暗追前事。戰艦東風慳借便[3]，夢斷神州故里。旋小築、吳宮閒地。華表月明歸夜鶴[4]，歎當時、花竹今如此。枝上露，濺清淚。

遨頭小簇行春隊[5]。步蒼苔、尋幽別墅，問梅開未。重唱梅邊新度曲，催發寒梢凍蕊。此心與東君同意[6]。後不如今今非昔，兩無言、相對滄浪水[7]。懷此恨，寄殘醉。

注釋

1 履齋先生：即吳潛。吳文英曾為其幕僚。滄浪：亭名。在今蘇州。2 中興英雄：指韓世忠。3 戰艦東風：指韓世忠黃天蕩之捷。4 華表月明歸夜鶴：遼東人丁令威學道成仙後，化為一鶴，飛臨家鄉，站在華表上高唱：「有鳥有鳥丁令威，去家千歲今來歸。城郭如故人民非，何不學仙塚累累。」5 遨頭：指太守。行春：太守春日出巡。6 東君：春神。指吳履齋。7 滄浪水：本指滄浪亭下之水，兼用《楚辭・漁父》「滄浪之水清兮，可以濯我纓，滄浪之水濁兮，可以濯我足。」

賞析與點評

這首詞藉滄浪亭看梅懷念抗金名將韓世忠並感及時事。詞上片從滄浪寫起，結於看梅；下片看梅始，結到滄浪，章法嚴謹，感情沉鬱其中，是吳詞中的佳構。

唐多令

何處合成愁？離人心上秋[1]。縱芭蕉、不雨也颼（sōu）颼[2]。都道晚涼天氣好，有明月、怕登樓。

年事夢中休。花空煙水流。燕辭歸、客尚淹留。垂柳不縈裙帶住，漫長是、繫行舟。

注釋

1 心上秋：即「愁」字。2 颼颼：象聲詞。

黃孝邁

黃孝邁（生卒年不詳），字德文，號雪舟。詞風清麗。今存詞四首。

湘春夜月[1]

近清明，翠禽枝上消魂。可惜一片清歌，都付與黃昏。欲共柳花低訴，怕柳花輕薄，不解傷春。念楚鄉旅宿，柔情別緒，誰與溫存。

空尊夜泣，青山不語，殘照當門。翠玉樓前，惟是有、一陂湘水[2]，搖蕩湘雲。天長夢短，問甚時、重見桃根。者次第[3]，算人間、沒個并刀，剪斷心上愁痕。

注釋

1 湘春夜月：此調無其他作者，應為黃孝邁自度曲。2 陂：湖泊。3 者：同「這」。

次第：時候。

賞析與點評

這首詞抒發暮春羈旅懷人之情。詞人客寄楚湘，羈旅暮春，所見湘水之濱，春夜月色，無限銷魂。無人慰藉，愁懷搖蕩，有如湘月搖蕩湘雲，情景交融，結之以心頭難斷之愁，更加深沉。

潘希白

潘希白（生卒年不詳），字懷古，號漁莊，永嘉（今浙江溫州）人。理宗寶祐元年（一二五三）進士，幹辦臨安府節制司公事；德祐中以史館檢校徵詔，不赴。今存詞一首。

大有　九日

戲馬台前[1]，採花籬下，問歲華、還是重九。恰歸來、南山翠色依舊。簾櫳昨夜聽風雨，都不似、登臨時候。一片宋玉情懷[2]，十分衞郎清瘦[3]。

紅萸佩，空對酒。砧杵動微寒，暗欺羅袖。秋已無多，早是敗荷衰柳。強整帽檐攲側，曾經向、天涯搔首。幾回憶、故國蒓鱸[4]，霜前雁後。

注釋

1 戲馬台：江蘇銅山附近，項羽曾在此閱兵。詞中藉指。2 宋玉情懷：指悲秋情懷。宋玉《九辯》有「悲哉，秋之為氣也」句。3 衛郎清瘦：指晉人衛玠，風神秀絕，然而身體羸弱，早卒。4 蒓鱸：張翰在洛陽為官，見秋風起，懷念家鄉吳中的蒓菜和鱸魚羹，遂辭官歸家。

賞析與點評

這是一首重陽感懷之作。上片寫悲秋之情，重陽時節，歲華搖蕩，且兼風雨，詞人以宋玉、衛玠自比，可見悲秋愁濃。下片抒思鄉之情，已近秋暮，然而仍在天涯飄零，幾時得歸？「秋已無多」句兼有憂時傷國之情，可以與辛棄疾「更能消幾番風雨」相參看。全詞悲秋思歸，情感沉鬱，寓有末世哀歌，讀來倍覺沉重。

無名氏

原題黃公紹作。《陽春白雪》、《翰墨大全》、《花草粹編》等書俱作無名氏。黃公紹，字直翁，福建人。度宗咸淳元年（一二六五）進士，後隱居。

青玉案

年年社日停針線。怎忍見、雙飛燕。今日江城春已半。一身猶在，亂山深處，寂莫溪橋畔。

春衫着破誰針線。點點行行淚痕滿。落日解鞍芳草岸。花無人戴，酒無人勸，醉也無人管。

朱嗣發

朱嗣發（一二三四——一三〇四），字士榮，號雪崖，烏程（今浙江湖州）人。宋亡前，在家奉親。宋亡，舉充提學學官，不受。今存詞一首。

摸魚兒

對西風、鬢搖煙碧，參差前事流水。紫絲羅帶鴛鴦結[1]，的的鏡盟釵誓[2]。渾不記，漫手織迴文[3]，幾度欲心碎。安花着葉，奈雨覆雲翻，情寬份窄，石上玉簪脆。

朱樓外，愁壓空雲欲墜。月痕猶照無寐。陰晴也只隨天意，枉了玉消香碎。君

且醉。君不見、長門青草春風淚[4]。一時左計[5]，悔不早荊釵，暮天修竹，頭白倚寒翠[6]。

注釋

1 鴛鴦結：即同心結。2 的的：明顯的。鏡盟釵誓：代指愛情誓言。3 迴文：蘇惠給其丈夫竇濤織「迴文璇璣圖」，將詩句暗襯其中。4 長門：漢代長門宮，阿嬌失寵後曾幽居於此。春風：指美人。5 左計：失策。6「暮天」二句：化用杜甫《佳人》詩「天寒翠袖薄，日暮倚修竹」。

賞析與點評

這是一首棄婦詞，藉棄婦之恨，寄託亡國之思。上片寫女子遭遺棄後的哀怨之情，下片寫女子遭棄後愁思深重，非常後悔，表達了儘管淒苦艱辛，卻希望能夠貞節自守，矢志不悔的決心。詞人實際上藉棄婦寄託亡國之思，有自誡的意味。

劉辰翁

劉辰翁（一二三二—一二九七），字會孟，號須溪，廬陵（今江西吉安）人。宋理宗景定三年（一二六二）廷試對策忤權相賈似道，被置進士丙等；曾為贛州濂溪書院山長、臨安府學教授等。宋亡後隱居不仕。其詞多寫戰亂之苦、故國之思，詞風繼承蘇、辛一脈，清麗中飽含豪情，是南宋遺民詞人中的傑出代表。有《須溪詞》。

蘭陵王　丙子送春[1]

送春去，春去人間無路。鞦韆外、芳草連天，誰遣風沙暗南浦。依依甚意緒。漫憶海門飛絮[2]。亂鴉過、斗轉城荒，不見來時試燈處。

春去誰最苦？但箭雁沉邊，樑燕無主。杜鵑聲裏長門暮。想玉樹凋土[3]。淚盤如露。咸陽送客屢回顧，斜日未能度。春去尚來否？正江令恨別[4]，庾信愁賦，蘇堤盡日風和雨[5]。歎神遊故國，花記前度。人生流落，顧孺子，共夜語。

注釋

1 丙子：宋恭帝德佑二年（一二七六）。2 海門：縣名，今江蘇南通附近。這句暗指南宋幼帝從海上逃亡。3 玉樹凋土：喻指國破家亡。4 江令：指江淹。作有《恨賦》、《別賦》。5 蘇堤：在杭州西湖中，蘇東坡築。

賞析與點評

這首詞寫送春，實際是哀悼南宋王朝的滅亡。全詞給南宋的滅亡奏了一曲輓歌，表現了南宋遺民的故國之思。

寶鼎現[1]

紅妝春騎。踏月影、竿旗穿市。望不盡、樓台歌舞，習習香塵蓮步底。簫聲斷、約彩鸞歸去[2]，未怕金吾呵醉[3]。甚輦路、喧闐且止。聽得念奴歌起[4]。

父老猶記宣和事[5]。抱銅仙、清淚如水[6]。還轉盼、沙河多麗[7]。滉（huàng）漾明光連邸第。簾影凍、散紅光成綺。月浸葡萄十里。看往來、神仙才子，肯把菱花撲碎。

腸斷竹馬兒童，空見說、三千樂指[8]。等多時、春不歸來，到春時欲睡。又說向、燈前擁髻[9]。暗滴鮫珠墜[10]。便當日、親見《霓裳》，天上人間夢裏。

注釋

1 又名《三段子》、《寶鼎見》、《寶鼎兒》、《寶鼎詞》等。另本下有小題：「春月」。2 彩鸞：傳説中的仙女。3 金吾：官名，負責京都防務治安。呵醉：夜間巡邏。4 念奴：唐天寶年間名妓，善歌，出入宮禁。5 宣和事：指北宋徽、欽二宗被擄事。6 抱銅仙、清淚如水：金銅仙人辭漢歸魏，清淚如鉛水。藉指南宋王國之恨。7 沙河：塘名。8 三千樂指：三百人的宮廷樂隊。指：一人十指。9 擁髻：愁苦的樣子。10 鮫珠：指眼淚。

賞析與點評

全詞吟詠南宋滅亡前後的元宵節，分三疊寫之，敘昔比今，以昔日之繁盛歡樂來寫現今之衰敗蕭瑟，正所謂以樂景寫哀，讀來令人大生悲慨，情難自已。

永遇樂

余自乙亥上元[1]，誦李易安《永遇樂》[2]，為之涕下。今三年矣，每聞此詞，輒不自堪，遂依其聲，又託之易安自喻，雖辭情不及，而悲苦過之。

璧月初晴，黛雲遠淡，春事誰主。禁苑嬌寒，湖堤倦暖，前度遽如許[3]。香塵暗陌，華燈明晝，長是懶攜手去。誰知道、斷煙禁夜[4]，滿城似愁風雨。

宣和舊日，臨安南渡，芳景猶自如故。緗帙（xiāng zhì）**流離[5]，風鬟三五[6]。能賦詞最苦。江南無路。鄜**（fū）**州今夜[7]，此苦又誰知否。空相對、殘釭無寐[8]，滿村社鼓。**

注釋

1 乙亥上元：宋恭帝德祐元年（一二七五）元宵節。2 即李清照《永遇樂・落日熔金》。3 遽：匆匆。4 臨安：今杭州。5 緗帙：淺黃色的書套。此指代書。6 風鬟：頭髮零亂貌。三五：即元宵節。7 鄜州今夜：化用杜甫《月夜》詩「今夜鄜州月，閨中只獨看」。8 殘釭：殘燈。

賞析與點評

這是一首哀悼故國之詞。此詞作於臨安淪陷之後，南宋政權崩潰前夕。李清照作《永遇樂》時，尚存半壁江山，如今此且不保，故序中所言「悲苦過之」乃是實情。上片悲慨臨安淪陷，當年繁華，已然消逝。下片追敍李清照當年南渡之事，寫其孤苦淒切之情，且寓自身感情於李清照經歷上，明寫李氏，實際上雙扣，感情真切而沉痛。

摸魚兒

酒邊留同年徐雲屋[1]

怎知他、春歸何處，相逢且盡尊酒。少年嫋嫋天涯恨，長結西湖煙柳。休回首，但細雨斷橋，憔悴人歸後。東風似舊，問前度桃花，劉郎能記，花復認郎否[2]？

君且住，草草留君剪韭[3]，前宵正恁時候。深杯欲共歌聲滑，翻濕春衫半袖。空眉皺。看白髮尊前，已似人人有。臨分把手。歎一笑論文，清狂顧曲[4]，此會幾時又？

注釋

1 同年：指同一年考中進士的人。2「東風」四句：化用劉禹錫詩「種桃道士歸何處，前度劉郎今又來」。3 草草：隨便。剪韭：指留客。杜甫《贈衛八處士》：「夜雨剪春韭，新炊間黃粱。」4 顧曲：指聽人演奏，隨時糾正。傳說周瑜妙解音律，人奏琴有任何錯誤，他都會注意到。

周密

周密（一二三二——一二九八），字公瑾，號草窗，又號蘋州、弁陽嘯翁、四水潛夫等。吳興（今浙江湖州）人。景炎初年曾任義烏令，入元不仕。詞風清麗，講求聲韻，注重格律。又與王沂孫、陳允平、張炎等宋末詞人多相唱和，詞作也多有寄託。有《草窗詞》、《蘋州漁笛譜》。

瑤華[1]

后土之花[2]，天下無二本。方其初開，帥臣以金瓶飛騎進之天上，間亦分致貴邸。餘客輦下，有以一枝（下缺。按他本題改作「瓊花」）。

朱鈿寶玦。天上飛瓊[3]，比人間春別。江南江北，曾未見，漫擬梨雲梅雪。淮

山春晚，問誰識、芳心高潔。消幾番、花落花開，老了玉關豪傑[4]。

金壺剪送瓊枝，看一騎紅塵[5]，香度瑤闕[6]。韶華正好，應自喜、初識長安蜂蝶。杜郎老矣[7]，想舊事、花須能說。記少年、一夢揚州，二十四橋明月。

注釋

1 又名《瑤華慢》。2 后土：后土祠，在揚州。3 飛瓊：許飛瓊，傳說中西王母的侍女。4 玉關：玉門關，藉指南宋抗元前線。5 一騎紅塵：語出杜牧《華清宮絕句》「一騎紅塵妃子笑，無人知是荔枝來」。6 瑤闕：皇帝宮闕。7 杜郎：指杜牧。後皆用杜牧揚州事。

賞析與點評

這是一首詠物詞。詞作於南宋未亡之時，詞人藉詠瓊花來諷喻朝政，寄託哀感。上片全面描繪了瓊花的特質，既讚揚它的高潔，也哀歎它的無人欣賞。下片以杜牧典故抒發今昔對比之情，瓊花也閱盡人間滄桑。全詞詠瓊花而寄託亡國之思，託喻巧妙，意境悠遠。

玉京秋[1]

長安獨客，又見西風，素月丹楓，凄然其為秋也，因調夾鐘羽一解。[2]

煙水闊。高林弄殘照，晚蜩（tiáo）凄切[3]。碧砧度韻，銀牀飄葉[4]。衣濕桐陰露冷，採涼花、時賦秋雪[5]。歎輕別。一襟幽事，砌蟲能說[6]。

客思吟商還怯[7]。怨歌長、瓊壺暗缺[8]。翠扇恩疏[9]，紅衣香褪，翻成消歇。玉骨西風，恨最恨、閒卻新涼時節。楚簫咽，誰倚西樓淡月。

注釋

1 玉京秋：周密自度曲。2 調：譜曲。夾鐘：古代十二律中六陰律之一。羽：古代五音之一。一解：一段。3 蜩：蟬。4 銀牀：指井架。5 涼花、秋雪：指蘆花。6 砌蟲：指蟋蟀。7 吟商：吟唱秋歌。秋屬金，在律為商。8 瓊壺暗缺：晉人王敦酒後吟誦曹操《步出夏門行》時，以麈尾擊缺唾壺。9 翠扇：比喻荷葉。

賞析與點評

這是一首感秋傷時之詞。全詞寄託幽微，感情深厚，讀來頗為動人。

曲遊春

禁煙湖上薄遊，施中山賦詞甚佳[1]，余因次其韻。蓋平時遊舫，至午後則盡入裏湖，抵暮始出斷橋，小駐而歸，非習於遊者不知也。故中山極擊節余「閒卻半湖春色」之句，謂能道人之所未云。

禁苑東風外[2]，颺（yáng）暖絲晴絮[3]，春思如織。燕約鶯期。惱芳情偏在，翠深紅隙。漠漠香塵隔，沸十里、亂絲叢笛。看畫船、盡入西泠（líng）[4]，閒卻半湖春色。

柳陌。新煙凝碧。映簾底宮眉，堤上遊勒[5]。輕暝籠寒，怕梨雲夢冷，杏香愁冪[6]。歌管酬寒食。奈蝶怨、良宵岑寂。正滿湖、碎月搖花，怎生去得。

注釋

1 施中山：施岳，字中山，號梅川，是作者的詞友。2 禁苑：湖邊皇家園林。3 颺：飄揚。4 西泠：即西泠橋。近於蘇堤，由此可入裏湖。5 宮眉：宮中式樣的眉妝。遊勒：遊騎。6 冪：籠罩，形容深濃。

賞析與點評

本詞寫寒食節遊湖，注意時間和空間的順序，從午時寫到夜間，從小景寫到大景，再現宋時居民西湖遊賞的場景。全詞摹寫細緻精微，富有情致，多被前人認為將寒食春遊情致寫盡。

花犯

水仙花

楚江湄（méi）[1]，湘娥再見[2]，無言灑清淚。淡然春意。空獨倚東風，芳思誰寄。凌波路、冷秋無際。香雲隨步起。漫記得、漢宮仙掌[3]，亭亭明月底。

冰絲寫怨更多情[4]，騷人恨，枉賦芳蘭幽芷[5]。春思遠，誰歎賞、國香風味。相將共、歲寒伴侶，小窗靜，沉煙熏翠袂[6]。幽夢覺、涓涓清露，一枝燈影裏。

注釋

1 湄：岸邊水草相接之地。2 湘娥：即湘妃。此處指水仙。3 漢宮仙掌：即仙人承露盤。據傳漢武帝為求長生，在宮中置銅仙人掌，上有托盤，以承仙露，和玉屑服之，能得長生。4 冰絲：琵琶絃。據傳有一種琵琶絃用綠冰蠶絲做成。5「騷人恨」二句：屈原賦《離騷》常以芳蘭幽芷喻自身高潔。6 沉煙：沉香之煙。翠袂：翠袖，比喻水仙葉子。

蔣捷

蔣捷（生卒年不詳），字勝欲，號竹山，陽羨（今江蘇宜興）人。宋度宗咸淳十年（一二七〇）進士；宋亡，隱居不仕，居太湖竹山終老。其詞多寫亡國之思，多有愁苦之音，煉字精深，音律諧暢，在南宋遺民詞人中影響頗大。有《竹山詞》。

賀新郎

夢冷黃金屋[1]。歎秦箏、斜鴻陣裏[2]，素絃塵撲。化作嬌鶯飛歸去，猶識紗窗舊綠。正過雨、荊桃如菽。此恨難平君知否。似瓊台、湧起彈棋局[3]。消瘦影，嫌明燭。

鴛樓碎瀉東西玉[4]。問芳蹤、何時再展，翠釵難卜。待把宮眉橫雲樣，描上生綃畫幅[5]。怕不是、新來裝束。彩扇紅牙今都在，恨無人、解聽開元曲[6]。空掩袖，倚寒竹[7]。

注釋

1 黃金屋：漢武帝藏嬌之地。2 斜鴻陣：箏上標識音位的絃柱，斜排如雁陣，故云。3 彈棋局：彈棋遊戲用的棋盤，中心隆起。古人常用以比喻內心不平。4 鴛樓：鴛鴦樓。東西玉：指酒。5 生綃：未經漂煮的生絲織品。6 開元曲：盛唐開元年間的樂曲。藉指宋盛時樂曲。7 空掩袖，倚寒竹：語本杜甫《佳人》詩「天寒翠袖薄，日暮倚修竹」。

賞析與點評

這首詞抒發了故國之思。上片藉夢境重回舊樓閣，然而琴箏早廢，佳人也杳。中心不平之事由此而發。下片懷舊。人琴俱亡，唯有畫裏相尋，然已非復當年模樣。無人聽開元曲更將之滲入到亡國之悲上。難平之恨實乃指此。故結以日暮之幽獨形象，沉痛難以言表。全詞清麗中深蘊愁苦，層層揭示，極富吞吐開合之妙，乃是竹山詞中的代表作。

女冠子[1] 元夕

蕙花香也。雪晴池館如畫。春風飛到，寶釵樓上，一片笙簫，琉璃光射[2]。而今燈漫掛。不是暗塵明月[3]，那時元夜。況年來、心懶意怯，羞與蛾兒爭耍[4]。

江城人悄初更打。問繁華誰解，再向天公借。剔殘紅灺（xiè）[5]。但夢裏隱隱，鈿車羅帕[6]。吳箋銀粉砑（yà）[7]。待把舊家風景，寫成閒話。笑綠鬟鄰女，倚窗猶唱，夕陽西下。

注釋

1 女冠子：唐教坊曲名，後用為詞調名。女冠，即女道士。此調原用來歌詠女道士之神態。有小令、長調兩體。又名《女冠子慢》。2 琉璃：指琉璃燈。3 暗塵明月：元夕夜市情景。語本蘇味道《正月十五夜》：「暗塵隨馬去，明月逐人來。」4 蛾兒：婦女的髮飾。5 灺：紅色的燈燭之灰，藉指燈燭。6 鈿車：嵌以珠玉的車子。7 砑：碾磨。

賞析與點評

這是一首元夕詞。詞作於南宋滅亡之後，故詞中蘊含濃厚的今昔之感。

張炎

張炎（一二四八——一三二二?），字叔夏，號玉田，臨安（今浙江杭州）人。張鎡的曾孫。曾北上大都（今北京），參加繕寫《大藏經》，後失意南歸，漫遊江浙，潦倒終生。其詞多寫景詠物，多有寄託亡國之思、漂泊之苦。詞風典雅，講求音律，與姜夔一道成為雅正派的代表，為清初浙西詞派所推崇。有《山中白雲詞》。

高陽台 西湖春感

接葉巢鶯[1]，平波捲絮，斷橋斜日歸船。能幾番遊，看花又是明年。東風且伴薔薇住，到薔薇、春已堪憐。更淒然。萬綠西泠，一抹荒煙。

當年燕子知何處，但苔深韋曲[2]，草暗斜川[3]。見說新愁，如今也到鷗邊。無心再續笙歌夢，掩重門、淺醉閒眠。莫開簾。怕見飛花，怕聽啼鵑。

注釋

1 接葉巢鶯：化用杜甫詩「卑枝低結子，接葉暗巢鶯」。2 韋曲：唐代長安城南郊，當時貴族韋氏世居之地。此指臨安繁華之處。3 斜川：古地名，在江西境內。此泛指遊覽勝地。

八聲甘州

辛卯歲[1]，沈堯道同余北歸[2]，各處杭、越。逾歲，堯道來問寂寞，語笑數日，又復別去，賦此曲，並寄趙學舟。

記玉關、踏雪事清遊。寒氣脆貂裘。傍枯林古道，長河飲馬，此意悠悠。短夢依然江表，老淚灑西州[3]。一字無題處，落葉都愁。

載取白雲歸去，問誰留楚佩，弄影中洲[4]。折蘆花贈遠，零落一身秋。向尋常、野橋流水，待招來、不是舊沙鷗[5]。空懷感，有斜陽處，卻怕登樓[6]。

注釋

1 辛卯：元世祖至元二十八年（一二九一）。2 沈堯道：即沈欽，他與詞人及後面提及的趙學舟一道在一二九〇年北上大都寫經。3 老淚灑西州：據《晉書》載，謝安因病還都時從西州城門而入，謝死後，素為謝安所器重的羊曇即避而不走西州路。後酒後大醉，不知至西州門，慟哭而去。4 指湘夫人尋湘君不見，遺佩於江浦。5 舊沙鷗：指志同道合的老朋友。6 登樓：東漢末王粲避亂荊州，作《登樓賦》抒發思國懷鄉之情。

賞析與點評

這首詞是玉田詞中的悲歌之作。詞人同友人自大都南歸以來，情懷落索，復值友人分別，暮秋之感、身世之慨、惜別之情、家國之思，一起湧上心頭，痛作此詞。上片先是回憶當年共同北遊經歷，轉到知己離散之悲，心本已痛。下片寫惜別之情，斜陽照樓，則又在惜別中引入家國之思，更見愁苦。種種感情層層交融打通，韻長辭雄，且又感慨深沉，極為動人。

解連環　孤雁

楚江空晚。恨離群萬里，怳然驚散。自顧影、卻下寒塘，正沙淨草枯，水准天遠。寫不成書，只寄得相思一點。料因循誤了[1]，殘氈擁雪[2]。故人心眼。

誰憐旅愁荏苒。謾長門夜悄[3]，錦箏彈怨。想伴侶、猶宿蘆花，也曾念春前，去程應轉。暮雨相呼，怕驀地、玉關重見。未羞他、雙燕歸來，畫簾半捲。

注釋

1 因循：拖延。2 殘氈擁雪：據《漢書》載，蘇武出使匈奴，被匈奴拘於大窖中，不給飲食。蘇武以雪拌氈毛共咽食之，不死。後雙方和親，漢派使者到匈奴索蘇武，匈奴假說蘇武已死，漢使說漢天子射雁，在雁足上發現蘇武的信。匈奴只得將蘇武放回。3 長門：漢武帝幽閉陳皇后的宮殿，後成為冷宮的代稱。

賞析與點評

這首詞是詠物詞的名作。詞人以擬人的手法將孤雁離群的旅程及心理活動表達得極為沉痛動人，藉孤雁寫自己天涯漂泊的孤寂，寄託國破家亡的哀思，詞人因此得一外號「張孤雁」。上片着重寫孤雁離群後的環境及其孤寂的形象，下片展示孤雁的心理活動。詞中之雁，實為詞人寫照，為南宋遺民寫照，歷來稱賞無數。

疏影　詠荷葉

碧圓自潔。向淺洲遠浦，亭亭清絕。猶有遺簪[1]，不展秋心，能捲幾多炎熱。鴛鴦密語同傾蓋[2]，且莫與、浣紗人說。恐怨歌、忽斷花風[3]，碎卻翠雲千疊。

回首當年漢舞，怕飛去謾皺，留仙裙折[4]。戀戀青衫[5]，猶染枯香，還歎鬢絲飄雪。盤心清露如鉛水，又一夜西風吹折。喜淨看、疋練飛光[6]，倒瀉半湖明月。

注釋

1 遺簪：女子遺落的髮簪，比喻剛出水面的嫩荷葉。2 傾蓋：指荷葉展開，遇風吹則傾，如車蓋之傾。3 花風：指花期之風。4「回首」三句：據《趙飛燕外傳》載，飛燕善舞，裙隨風起，像要成仙飛去似的，侍從們趕緊抓住裙子，弄出不少皺褶，而裙子卻更好看。他日宮女們都將裙子做成皺形，號留仙裙。5 青衫：下層官僚所穿衣服。6 疋練：水。語出李白詩：「水如一疋練。」

月下笛

孤遊萬竹山中[1]，閒門落葉，愁思黯然，因動黍離之感[2]。時寓甬東積翠山舍[3]。

萬里孤雲，清遊漸遠，故人何處。寒窗夢裏，猶記經行舊時路。連昌約略無多柳[4]，第一是、難聽夜雨。漫驚回淒悄，相看燭影，擁衾誰語。

張緒[5]歸何暮？半零落，依依斷橋鷗鷺。天涯倦旅。此時心事良苦。只愁重灑西州淚，問杜曲[6]、人家在否？恐翠袖，正天寒，猶倚梅花那樹。

注釋

1 萬竹山：在浙江天台縣境內。2 黍離之感：即故國之思。3 甬東：今浙江舟山。4 連昌：即唐連昌宮，宮中多置柳樹。藉指臨安宋宮。5 張緒：南齊時吳郡人，官至國子祭酒，風姿清雅。史載，齊武帝曾以雲和殿前柳樹比張緒：「楊柳風流可愛，似張緒當年時。」6 杜曲：長安南郊，唐時貴族杜氏世居於此。藉指臨安繁華之地。

賞析與點評

這是一首記遊之詞。詞人追憶往昔，夢回臨安舊宮，表現了深沉的故國之思。又自己羈旅天涯，故交零落，心事良苦，雖然如此，仍當效仿寒梅，以高潔自守，遺民心跡，展露無遺。

王沂孫

王沂孫（約一二四〇——一二九〇），字聖與，號碧山，又號中仙，玉笥山人，會稽（今浙江紹興）人。入元，曾出任慶元路學正。其詞以詠物見長，託寓家國之思。詞意高遠，詞法縝密，詞句典雅。有《碧山樂府》。

天香[1] 龍涎香[2]

孤嶠蟠煙[3]，層濤蛻月，驪宮夜採鉛水[4]。汛遠槎（chá）風[5]，夢深薇露[6]，化作斷魂心字。紅甆候火，還乍識、冰環玉指。一縷縈簾翠影，依稀海天雲氣。

幾回殢嬌半醉[7]。剪春燈、夜寒花碎。更好故溪飛雪，小窗深閉。荀令如今頓

老[8]**，總忘卻、樽前舊風味。漫惜餘熏，空篝素被。**

注釋

1 此詞為詞人與唐鈺等人結社填詞所作，以龍涎香、白蓮、蟬、蒓、蟹等為題，抒發亡國之痛。2 龍涎香：香料的一種。抹香鯨的腸內分泌物，古人誤為龍涎所化。3 嶠：高而陡的山峰。蟠：繚繞。4 驪宮：驪龍居住的宮殿。鉛水：指龍涎。5 槎：海船。6 薇露：一種香水。7 殢：倦慵。8 荀令：東漢末荀彧（yù），曾任漢獻帝守尚書令，故人稱荀令。據《襄陽記》載：「荀令君至人家，坐幕三日，香氣不歇。

賞析與點評

這是一首詠物詞，詞人藉詠龍涎香抒發故國之思、遺民之恨。詞人想像豐富，在詠物中加入身世滄桑之感，不露痕跡，是南宋遺民詞中的典範之作。

眉嫵　新月

漸新痕懸柳，淡彩穿花，依約破初暝。便有團圓意，深深拜[1]，相逢誰在香徑。畫眉未穩，料素娥[2]、猶帶離恨。最堪愛、一曲銀鈎小，寶簾掛秋冷。

千古盈虧休問，歎謾磨玉斧[3]，難補金鏡[4]。太液池猶在[5]，淒涼處、何人重賦清景。故山夜永，試待他、窺戶端正[6]。看雲外山河[7]，還老盡、桂花影。

注釋

1 深深拜：唐宋時有拜新月的風俗。2 素娥：嫦娥。3 磨玉斧：古代傳說有玉斧修月之事。4 金鏡：喻圓月。5 太液池：指宋朝宮中的池沼。6 端正：月圓之時。7 雲外山河：指月中山河之影。

賞析與點評

這首詞藉詠新月寄託家國之思。上片寫新月初生之態，引入離恨，表現拜月者的孤寂。下片藉金鏡難補、宮池荒蕪表達故國已衰、繁華流散的感傷。結句期盼新月能夠「窺戶端正」，照見「雲外山河」，遙寄重整山河、還復家國之意。全詞藉新月而寄寓種種感慨，十分工到，是詠月詞中的絕構。

齊天樂　蟬

一襟餘恨宮魂斷[1]，年年翠陰庭樹。乍咽涼柯，還移暗葉，重把離愁深訴。西窗過雨。怪瑤珮流空，玉箏調柱。鏡暗妝殘，為誰嬌鬢尚如許[2]。

銅仙鉛淚似洗，歎攜盤去遠，難貯零露[3]。病翼驚秋，枯形閲世，消得斜陽幾度。餘音更苦。甚獨抱清商[4]，頓成悽楚。謾想熏風[5]，柳絲千萬縷。

注釋

1 宮魂斷：宮妃之魂。據《古今注》載，齊王后怨齊王而死，死後屍體化為蟬，登庭樹哀鳴。2 嬌鬢：指蟬翼。3「銅仙」三句：漢武帝時用銅鑄造了承露仙人，後魏明帝遣人拆走了此像，銅仙人潸然淚下。參見李賀《金銅仙人辭漢歌》。4 清商：即清商曲，是古樂府的一種曲子。5 熏風：南風。古《南風歌》：「南風之熏兮，可以解吾民之慍兮。」後又以南風喻南風楚國，藉指南方政權。此處藉指南宋。

賞析與點評

這首詞藉詠蟬抒發家國之痛、黍離之悲。全詞字字血淚，寓意沉痛，是遺民思痛詞中的佳作，歷代評價甚高。

高陽台 和周草窗寄越中諸友韻[1]

殘雪庭陰，輕寒簾影，霏霏玉管春葭[2]。小貼金泥[3]，不知春在誰家。相思一夜窗前夢，奈個人，水隔天遮[4]。但淒然、滿樹幽香，滿地橫斜。

江南自是離愁苦，況遊驄古道[5]，歸雁平沙。怎得銀箋[6]，殷勤與說年華。如今處處生芳草，縱憑高、不見天涯。更消他，幾度東風，幾度飛花。

注釋

1 此詞乃詞人追和周密《高陽台》（小雨分江）之作。2 玉管：玉製的律管。以蒹葭之灰放於律管中，置於密室，節氣至則灰動。3 小貼：指立春日剪綵為燕形，並貼宜春兩字，戴之。金泥：金粉。4 個人：那人，指伊人。5 遊驄：漫遊的馬。6 銀箋：指書信。

賞析與點評

這是一首唱和詞，抒發了詞人春日追懷友人的感情。上片先寫氣候，春來時節，而春景不顯，友人又天涯相隔，故心頭一片淒然。下片承續上片，總以離愁。諸友飄零天涯，羈旅情愁，書信難通。如今春歸時候，芳草叢生而歸期不知，自己又年華老去，尚能幾度得見春歸？引離愁入身世之慨，低迴掩抑，沉痛纏綿。陳廷焯《詞則》中認為相比姜夔《暗香》、《疏影》，有過之而無不及。

附錄 **高陽台** 寄越中諸友（周密）

小雨分江，殘寒迷浦，春容淺入蒹葭。雪霽空城，燕歸何處人家？夢魂欲渡蒼茫去，怕夢輕、翻被愁遮。感流年，夜汐東還，冷照西斜。

萋萋望極王孫草，認雲中煙樹，鷗外春沙。白髮青山，可憐相對蒼華。歸鴻自趁潮回去，笑倦遊、猶是天涯。問東風，先到垂楊，後到梅花？

法曲獻仙音[1] 聚景亭梅次草窗韻[2]

層綠峨峨[3]，纖瓊皎皎[4]，倒壓波痕清淺[5]。過眼年華，動人幽意，相逢幾番

春換。記喚酒尋芳處，盈盈褪妝晚[6]。已消黯[7]。況淒涼、近來離思，應忘卻、明月夜深歸輦[8]。荏苒一枝春，恨東風、人似天遠。縱有殘花，灑征衣，鉛淚都滿[9]。但殷勤折取，自遣一襟幽怨。

注釋

1 法曲獻仙音：陳暘《樂書》：「法曲興於唐，其聲始出清商部，比正律差四律，有鐃、鈸、鐘、磬之音。《獻仙音》其一也。」又名《獻仙音》、《越女鏡心》等。2 聚景亭：聚景園內。聚景園為南宋皇家園林，在西湖邊清波門外。草窗：周密。周密有《法曲獻仙音》（弔雪香亭梅），託物言情，寄寓亡國之思，哀感動人。3 層綠：指綠梅。峨峨：高挺的樣子。4 纖瓊：本指女子纖細潔白的手指，代指白梅。5 倒壓波痕清淺：化用姜夔《暗香》：「長記曾攜手處，千樹壓，西湖寒碧。」和林逋《山園小梅》詩「疏影橫斜水清淺」。6 褪妝：指梅花凋零。7 消黯：銷魂而黯然傷神。8 輦：帝王所乘之車。9 鉛淚：出自李賀《金銅仙人辭漢歌》：「空將漢月出宮門，憶君清淚如鉛水。」

法曲獻仙音　弔雪香亭梅（周密）

松雪飄寒，嶺雲吹凍，紅破數椒春淺。襯舞台荒，浣妝池冷，淒涼市朝輕換。歎花與人凋謝，依依歲華晚。

共淒黯，問東風、幾番吹夢，應慣識、當年翠屏金輦。一片古今愁，但廢綠、平煙空遠。無語銷魂。對斜陽、衰草淚滿。又西泠殘笛。低送數聲春怨。

彭元遜

彭元遜（生卒年不詳），字巽吾，廬陵（今江西吉安）人。景定二年（一二六一）解試，曾與劉辰翁唱和。宋亡不仕。今存詞二十首。

疏影　尋梅不見

江空不渡。恨蘼（mí）蕪杜若[1]，零落無數。遠道荒寒，婉娩（miǎn）流年[2]，望望美人遲暮[3]。風煙雨雪陰晴晚，更何須，春風千樹。盡孤城、落木蕭蕭，日夜江聲流去。

日晏山深聞笛[4]，恐他年流落，與子同賦。事闊心違，交淡媒勞[5]，蔓草沾衣多露。汀洲窈窕餘醒寐，遺佩浮沉澧浦[6]。有白鷗淡月，微波寄語，逍遙容與[7]。

注釋

1 蘼蕪、杜若：皆香草名。2 婉娩：指女性儀容柔順，也指天氣溫和。3 望望：久望。美人遲暮：語本《離騷》「惟草木之零落兮，恐美人之遲暮」。此喻梅花。4 晏：晚。5 交淡媒勞：化用《九歌》：「心不同兮媒勞，恩不甚兮輕絕。」6 遺佩浮沉澧浦：語本《離騷》「遺余佩兮澧浦」。7 容與：從容閒適的樣子。

六醜 楊花

似東風老大，那復有、當時風氣。有情不收，江山身是寄。浩蕩何世。但憶臨官道[1]，暫來不住，便出門千里。癡心指望迴風墜。扇底相逢，釵頭微綴。他家萬條千縷，解遮亭障驛，不隔江水。瓜洲曾艤[2]。等行人歲歲。日下長秋，城烏夜起[3]。帳廬好在春睡。共飛歸湖上，草青無地。愔愔雨[4]、春心如膩。欲待化、豐樂樓前[5]，帳飲青門都廢[6]。何人念、流落無幾。點點摶（tuán）作[7]，雪綿松潤，為君裛（yì）淚[8]。

注釋

1 官道：驛道。古代植柳樹於官道邊，稱官柳。2 瓜洲：又稱瓜埠洲，大運河入長江處。此泛指渡口。艤：船靠岸。3 二句係化用柳宗元《楊白華》：「回看落日下長秋，哀歌未斷城烏起。」4 愔愔：寂靜無聲的樣子。5 豐樂樓：北宋汴京樓名。又南宋臨安也有豐樂樓名。6 青門：長安城東門。7 搏：以手揉捏成團。8 裛：沾濕。

賞析與點評

這是一首詠楊花詞，藉楊花抒發身世之感、家國之恨。上片寫楊花漂泊不定，時已春暮，楊花也已老，無處可安身，暗示時世的變遷。楊花還擬迴風暫留，然而卻是千里飄零，隨水而逝。下片寫楊花與流落之人的共鳴。楊花為雨打濕，只好暫泊瓜州，有如流落之人。楊花漂泊過昔日繁華之地，而今都已荒廢，這種變遷又上升到家國之變上，隱含詞人自身的感受，故讀來沉痛至極。結句楊花與流落之人互相慰藉，未嘗不是詞人內心真情的流露。全詞寫楊花而不拘於花，寄寓流落之苦、家國之思，真切感人。

姚雲文

姚雲文（生卒年不詳），字聖瑞，高安（今屬江西）人。咸淳四年（一二六八）進士，曾任高郵尉、興縣尉；入元授承直郎，撫、建兩路儒學提舉。今存詞九首。

紫萸香慢[1]

近重陽、偏多風雨，絕憐此日暄明。問秋香濃未，待攜客、出西城。正自羈懷多感，怕荒台高處，更不勝情。向尊前、又憶漉酒插花人[2]。只座上、已無老兵[3]。淒清。淺醉還醒。愁不肯、與詩平。記長楸走馬，雕弓笮（zé）柳[4]，前事休評。紫萸一枝傳賜[5]，夢誰到、漢家陵。盡烏紗、便隨風去[6]，要天知道，華髮如此星星。歌罷涕零。

注釋

1 此詞始見於姚雲文，因詞中有「紫萸一枝傳賜」句，故取以為調名。2 漉酒：濾酒。插花：頭戴菊花。3 座上老兵：指酒席上的罵座者。灌夫為將果敢，性格粗豪，不好當面阿諛人，曾於丞相田蚡座上罵人。4 筰柳：同「射柳」。古時的一種競技活動。在場上插柳，馳馬射之，中者為勝。5 此句係化用杜甫《九日五首》：「茱萸賜朝士，難得一枝來。」6 烏紗：帽子。用東晉名士孟嘉事。

賞析與點評

這是一首重陽感懷之作。上片寫重陽登高，而又羈懷多感，懷友思舊之情油然而生。下片飲酒澆愁，憶及前昔盛事，似不僅懷舊，兼寓故國之思。後句回到現實，哀愁淒涼氣氛更濃，動人情思。全詞緊扣重陽習俗來寫，藉回憶昔日盛事抒發感懷故國舊友之情，貼切而感人。

僧揮

僧揮（生卒年不詳），俗姓張，字師利，名揮，法號仲殊，故又稱僧仲殊，安州（今湖北安陸）人。嘗舉進士。年少時遊蕩不羈，被妻子投毒羹中，幾死，食蜜而得解。遂出家為僧，寓居蘇州奉天寺、杭州寶月寺。與蘇軾交遊甚厚。詞風開闊、瀟脫。有詞集《寶月集》，今不傳。現存詞七十首。

金明池 1

天闊雲高，溪橫水遠，晚日寒生輕暈。閒階靜，楊花漸少；朱門掩，鶯聲猶嫩。悔匆匆、過卻清明，旋占得、餘芳已成幽恨。卻幾日陰沉，連宵慵困。起來韶華都盡[2]。

怨入雙眉閒鬥損[3]。乍品得情懷，看承全近[4]。深深態，無非自許；厭厭意，終羞人問。爭知道、夢裏蓬萊，待忘了餘香，時傳音信。縱留得鶯花，東風不住，也則眼前愁悶。

注釋

1 又作《夏雲峰》。別本有題作「傷春」。金明池：原為北宋汴京西郊的一處皇家苑囿。皇室曾多於此地遊玩。2 韶華：美好的時光，此處指春光。3 閒鬥損：指雙眉終日緊蹙。損：十分。4 看承：護持。全近：非常親近。

賞析與點評

這是一首傷春詞。上片描寫春光流逝，起筆勾勒春深光景，「悔匆匆」幾句寫暮春之惆悵，收於春光漸盡，轉入下片的抒情。下片寫女子傷春、怨春、惜春，暗扣題旨。從傷春到怨春，寫盡留春不住的無奈；而夢裏相尋，春歸惹愁又極寫惜春情懷。全詞筆筆緊扣，情景相生，寫得婉曲而深情。

李清照

李清照（一〇八四—一一五五？），自號易安居士，濟南章丘（今屬山東）人。宋代傑出女詞人。出身於書香門第，早期生活優裕，與丈夫趙明誠致力於金石書畫的搜集和整理。其詞作清新婉約，多為情詞或寫景之作。南渡之後，歷經家國變亂，詞風為之一變，哀感淒涼，多悲歎身世，每有故國之思。李清照在詞論上也多有建樹，提出「別是一家」之說，作詞講求格律，善用口語入詞，白描與故實並重，風格多樣，自成一家，時人譽為「易安體」。有詞集《漱玉集》，亡佚。現存詞五十多首。

如夢令[1]

昨夜雨疏風驟。濃睡不消殘酒。試問捲簾人，卻道海棠依舊。知否。知否。應是綠肥紅瘦[2]。

注釋

1 據蘇軾《仇池筆記》，此曲本後唐莊宗製，名《憶仙姿》，嫌其名不雅，因此詞中有「如夢、如夢」疊句，故改為《如夢令》。2 綠肥紅瘦：形容葉繁花少。

賞析與點評

這是一首傷春惜春詞，整首詞在短短的篇幅中蓄藏了無盡的餘味，讀來令人驚歎不已。

鳳凰台上憶吹簫[1]

香冷金猊，被翻紅浪，起來慵自梳頭。任寶奩塵滿，日上簾鈎。生怕離懷別苦，多少事、欲說還休。新來瘦，非干病酒[2]，不是悲秋。

休休。這回去也，千萬遍《陽關》，也則難留。念武陵人遠[3]，煙鎖秦樓[4]。惟有樓前流水，應念我、終日凝眸。凝眸處，從今又添，一段新愁。

注釋

1《列仙傳》卷上「蕭史」：「蕭史者，秦穆公時人也。善吹簫，能致孔雀、白鶴於庭。穆公有女字弄玉，好之，公遂以女妻焉。日教弄玉作鳳鳴，居數年，吹似鳳聲，鳳凰來止其屋。公為作鳳台，夫婦止其上，不下數年。一旦，皆隨鳳凰飛去。」調名《鳳凰台上憶吹簫》即來源於此。又名《憶吹簫》。2 非干：與之無關。3 武陵：東漢時劉晨、阮肇入山採藥遇見仙女的地方。4 秦樓：即秦弄玉居所。這裏指自己的住處。武陵人遠和煙鎖秦樓都指神仙眷侶暫時分開，借指自己與丈夫的離別。

醉花陰[1]

薄霧濃雲愁永晝。瑞腦消金獸[2]。佳節又重陽，玉枕紗廚[3]，半夜涼初透。

東籬把酒黃昏後[4]。有暗香盈袖。莫道不消魂，簾捲西風，人比黃花瘦。

注釋

1《琅嬛記》：「李易安以重陽《醉花陰》詞，函致趙明誠。明誠歎賞，自愧弗逮，務欲勝之。一切謝客，忘食寢者三日夜，得五十闋，雜易安作，以示友人陸德夫。德夫玩之再三，曰：『只三句絕佳。』明誠詰之，曰：『莫道不銷魂，簾捲西風，人比黃花瘦。』正易安作也。」2 **瑞腦**：即龍腦，一種名貴的香料。**金獸**：獸形銅香爐。3 **紗廚**：即碧紗廚，類似紗帳。4 **東籬把酒黃昏後**：化用陶淵明《飲酒》詩「採菊東籬下，悠然見南山」。

賞析與點評

這首詞抒發了詞人重陽佳節思念丈夫的感情。上片寫詞人重陽節的感受，白天恨其長，夜間怨其涼，孤身之愁乃是原因所在。下片插入黃昏時節飲酒賞菊之事，正因為百無聊賴，只好端酒賞菊，然而人花相對，人比花瘦，令人感懷難已。正是千百年來，為人傳頌的佳句。

聲聲慢

尋尋覓覓，冷冷清清，淒淒慘慘戚戚[1]。乍暖還寒時候[2]，最難將息[3]。三杯兩盞淡酒，怎敵他、曉來風急[4]。雁過也，正傷心，卻是舊時相識。

滿地黃花堆積。憔悴損、如今有誰堪摘？守着窗兒，獨自怎生得黑[5]。梧桐更兼細雨，到黃昏、點點滴滴。這次第[6]，怎一個愁字了得？

注釋

1 十四個疊字開篇，前四字寫人的活動，中間四字寫氛圍，後面六字寫尋覓結果。
2 乍暖還寒：早上將暖未暖的時候。3 將息：休養。4 曉：或作晚。「曉」字佳。正是早上起來，飲上三杯兩盞淡酒，是為扶頭酒，為了解宿醉而飲的。一般早上六七點左右喝。再則，全詞展現的正是一天到晚難捱的情形，下片主要是寫黃昏時候，反推此處應是早上。故當作「曉」字。5 怎生：怎樣。6 這次第：這種情形。

賞析與點評

這首詞作於詞人晚年時期，寫盡國破家亡、顛沛流離後的孤苦情懷，歷來受人稱道。開篇連用十四個疊字，大膽而新穎，筆力雄渾，定下悲苦哀婉的基調，正是當行本色。接着展現了一天到晚寂寞難捱的愁悶，早上的扶頭酒説明昨日已然藉酒澆愁了，可謂是伏筆暗藏，天天如此，可見愁苦之甚。秋鴻歸來，卻是舊日北地故識，傷心更進一層。秋日之菊此時也是滿地憔悴，早非當年悠然飲酒東籬下的情形了。兼之梧桐秋雨不止，一點一滴如同打在心頭，痛煞人也。這種苦痛豈止是悲秋而已，滲透了詞人一生經歷的苦痛，涵括了種種物是人非的感懷，又豈能用一個愁字説明呢？全詞巧用口語，三個「怎」字反問，卻寫得筆力雄健，直透人心。

念奴嬌

蕭條庭院，又斜風細雨，重門須閉。寵柳嬌花寒食近，種種惱人天氣。險韻詩成[1]，扶頭酒醒[2]，別是閒滋味。征鴻過盡，萬千心事難寄。

樓上幾日春寒，簾垂四面，玉闌干慵倚。被冷香消新夢覺，不許愁人不起。清露晨流，新桐初引[3]，多少遊春意。日高煙斂，更看今日晴未。

注釋

1 險韻：以生僻難押字作韻腳。2 扶頭酒：古人於卯時飲酒，稱為卯酒，又稱扶頭酒，酒味偏淡，以解宿醉。現在還有部分地區有這個習俗，稱還魂酒。3「清露」二句：語出《世說新語·賞譽》，王恭看見早晨的清露和初生的桐芽，稱讚建武將軍王忱也如此。初引：剛剛發芽。

永遇樂

落日鎔金，暮雲合璧，人在何處？染柳煙濃，吹梅笛怨[1]，春意知幾許。元宵佳節，融和天氣，次第豈無風雨[2]。來相召、香車寶馬，謝他酒朋詩侶。

中州盛日[3]，閨門多暇，記得偏重三五[4]。鋪翠冠兒[5]，撚金雪柳[6]，簇戴爭濟楚[7]。如今憔悴，風鬟霜鬢[8]，怕見夜間出去。不如向、簾兒底下，聽人笑語。

注釋

1 吹梅笛怨：笛曲《梅花落》淒婉哀怨。2 次第：頃刻，轉眼。3 中州：中原河南一帶古稱中州。此處特指汴京。4 三五：三五相乘即十五，指正月十五元宵節。5 鋪翠冠兒：以翡翠羽毛裝飾的帽子。6 撚金雪柳：用金線捻成的髮飾。7 簇戴：插戴滿頭。濟楚：整齊。8 風鬟霜鬢：形容頭髮斑白零亂。

賞析與點評

這是李清照晚年流寓臨安時所作的一首名篇，藉寫今昔元宵佳節對比抒發家國之思，歷來受人稱道。上片寫現今元宵佳節傍晚景色，而由於流寓南方，故「人在何處」一問即隱隱可見家國之思所在。佳節時候，詞人感受到的卻是轉眼的風雨相次，內心淒冷，故辭謝酒朋詩友。下片回憶昔日元夕盛況，進而回到現實，早已物是人非，昔日閨中少女已成滿鬢風霜的寡婦，往昔佳節出遊的興致變為如今孤獨的看客，寫盡人生淒涼。南宋末年劉辰翁在元夕時讀到此詞，即潸然淚下，繼而唱和，道盡悲苦情懷。

浣溪沙

髻子傷春慵更梳[1]，晚風庭院落梅初，淡雲來往月疏疏。
玉鴨熏爐閒瑞腦[2]，朱櫻斗帳掩流蘇[3]，通犀還解闢寒無[4]。

注釋

1 髻子：髮髻。2 玉鴨熏爐：白色的香爐。3 朱櫻斗帳：繡有櫻桃花的方頂小帳。流蘇：絲穗。4 通犀：即通天犀，一種名貴的犀角。據《開元天寶遺事》載：「開元二年冬至，交趾國進犀一株，色黃似金。使者請以金盤置於殿中，溫溫然有暖氣襲人。上問其故，使者對曰：『此闢寒犀也。』」詞中指犀角梳或犀角簪。

賞析與點評

這是一首傷春詞。開片點明題旨，接着寫庭院環境及景象，描寫清麗，暗襯詞人心境。下片寫室內之景，香停帳掩，人卻無法入睡，「閒」和「寒」字寫出詞人心境的淒冷。通篇寓情於景，含蓄蘊藉，實是婉約本色。

名句索引

五畫

六畫

衣帶漸寬終不悔。為伊消得人憔悴。 ○六一
西山外，晚來還捲，一簾秋霽。 二七一

七畫

那堪更被明月，隔牆送過鞦韆影。 ○二六
我住長江頭，君住長江尾。日日思君
不見君，共飲長江水。 一四三
但春風老後，秋月圓時，獨倚江樓。 二一六
何處合成愁？離人心上秋。 三二八
別來不寄一行書。尋常相見了，猶道
不如初。 一二七
別來迅景如梭，舊遊似夢，煙水程何
限。 ○六七
君知否？亂鴉啼後，歸興濃於酒。 一八四
吹盡殘花無人見，惟有垂楊自舞。 一八一
更回首、重城不見，寒江天外，隱隱
兩三煙樹。 ○六二

杏花無處避春愁，也傍野煙發。惟有
御溝聲斷，似知人嗚咽。 二三○
杜宇聲聲不忍聞。欲黃昏。雨打梨花
深閉門。 二○一
把吳鈎看了，闌干拍遍，無人會，登
臨意。 二五○
沉思年少浪跡。笛裏關山，柳下坊陌。 二七五
沉恨細思，不如桃杏，猶解嫁東風。 ○二四
沙上並禽池上暝。雲破月來花弄影。 ○二五

八畫

芭蕉不展丁香結。枉望斷天涯，兩厭
厭風月。 一七二
花無人戴，酒無人勸。醉也無人管。 三三三
事闊心違，交淡媒勞，蔓草沾衣多露。 三六四
兩地離愁，一尊芳酒淒涼，危闌倚遍。 一九六
夜月一簾幽夢，春風十里柔情。 一一○

九畫

相思除是，向醉裏，暫忘卻。 一八〇

十畫

庭院深深深幾許？楊柳堆煙，簾幕無重數。 〇四七

浮生長恨歡娛少。肯愛千金輕一笑。為君持酒勸斜陽，且向花間留晚照。 〇四二

記當日、門掩梨花，剪燈深夜語。 二八六

高柳垂陰，老魚吹浪，留我花間住。 二六五

消幾番、花落花開，老了玉關豪傑。 三四三

缺月掛疏桐，漏斷人初靜。誰見幽人獨往來，飄渺孤鴻影。 〇九七

十一畫

梧桐葉上三更雨，葉葉聲聲是別離。 一九七

梧桐更兼細雨，到黃昏、點點滴滴。 三七五

莫倚能歌斂黛眉。此歌能有幾人知。 一五六

莫唱江南古調，怨抑難招，楚江沉魄。 三一三

莫道不消魂，簾捲西風，人比黃花瘦。 三七三

都來此事，眉間心上，無計相迴避。 〇一九

問燕子來時，綠水橋邊路。曾畫樓、見個人人否。 二三二

情到不堪言處，分付東流。 一二二

惆悵雙鴛不到，幽階一夜苔生。 三一四

欲將沉醉換悲涼。清歌莫斷腸。 〇八九

欲盡此情書尺素。浮雁沉魚，終了無憑據。 〇八二

眾裏尋他千百度。驀然回首，那人卻在，燈火闌珊處。 二五六

深深態，無非自許，厭厭意，終羞人問。 三七〇

清露晨流，新桐初引，多少遊春意。 三七六

十二畫

黃菊枝頭生曉寒。人生莫放酒杯乾。 一〇五

啼鳥還知如許恨，料不啼清淚長啼血。

十三畫

十四畫

十五畫

十六畫

十七畫及以上

新 視 野
中華經典文庫

新 視 野

中華經典文庫